SANG
D'OM
ET DE FÉES
JULIEN PIRON
IMAGINARY Edge

ENFANT DE FÉE

Ne croyez pas ces histoires. Ne vous laissez pas berner par ces légendes enchanteresses et ces contes merveilleux qui se murmurent au coin du feu. Ces récits, peu importe leur forme, ont été embellis pour ne pas effrayer les enfants. Comme les cadeaux qu'on dépose sous un sapin la veille de Noël, on les a soigneusement emballés dans des couleurs agréables avant de les agrémenter de jolis nœuds roses et de dorures. Mais, si vous aviez réellement rencontré une fée, vous sauriez qu'elles ne sont pas ces jolies demoiselles aux ailes de papillon voletant au fond des bois tout en éparpillant de la poussière dorée. Vous sauriez qu'il n'existe pas de créatures plus viles et plus cruelles que ces êtres à l'apparence terrifiante.

Priez de toujours l'ignorer... Car, si vous deviez le découvrir, sans doute ne vivriez-vous pas assez longtemps pour le raconter.

C'est aux abords de la dernière forêt des Fées que débute cette histoire, bien au-delà des frontières séparant la civilisation des verdoyantes collines des Vallées-Chantraine et des plaines maudites de Tervâne. Au cœur d'une nuit froide et sans étoiles où l'espoir est un voyageur qui ne trouve plus son chemin. Le silence dominant les paysages était si intense qu'il en était devenu aussi fragile que de la porcelaine.

Rien n'est plus fragile que le silence, car il suffit de le nommer pour le briser.

C'est ce que se disait Gloria Velner, une mage vieillissante, appréciant les randonnées et les pèlerinages dans ces parties du pays où même les trolls les plus téméraires n'osaient poser le pied. Elle avait toujours quelque chose à se dire, car tels sont les sages qui pensent plus qu'ils ne parlent. Une pensée solitaire qui s'avéra juste. Quelques centaines de mètres la séparaient encore de Tervâne, quand elle entendit d'horribles et glaçants cris perçants résonnant dans toute la région. Des hurlements inhumains, vibrants de cruauté, si puissants qu'ils ne briseraient pas simplement le silence, mais qui bouleverseraient ces lieux des années durant de leurs échos sinistres.

N'importe qui d'autre aurait fait demi-tour et se serait enfui à toutes jambes. La peur et l'ignorance forment un duo diabolique capable de vous retourner le cœur. Mais Gloria reconnut ces cris. Ils étaient les notes aiguës de ce qu'elle appelait le Chant des Fées. L'expression d'une discussion animée entre ces créatures démoniaques prédisant quelques violentes altercations et mises à mort.

Parce qu'elle avait vécu dans les galeries souterraines infestées de semi-loup et parmi les gobelins et les trolls sauvages de Tenebrium, Gloria ne se laissait pas impressionner aisément. Ce fut pourquoi elle continua de gravir les collines qui obstruaient son champ de vision afin de rejoindre la dernière forêt des Fées et découvrir l'objet de leur émoi.

Gloria Velner avait la cinquantaine bien tapée, gardait la forme grâce à ses randonnées à travers le monde et ressemblait à une bohémienne autant capable de vous offrir le thé que de vous maudire jusqu'aux racines les plus profondes de votre arbre généalogique. Une grande dame au teint d'ébène et à la chevelure folle, toujours vêtue de ses anciennes robes de mage qu'elle aimait raccommoder. Si on la trouvait souriante et charmante au premier regard, elle était aussi brusque et cinglante, n'hésitant pas à exprimer le fond de ses pensées et à jouer des poings pour défendre les plus faibles. Elle avait pratiqué la magie des éléments, la branche la plus prestigieuse des universités de sorcellerie, et possédait tout un tas de recettes pour concocter des élixirs lui promettant de vivre encore bien soixante années supplémentaires. Elle avait travaillé plus de quarante ans aux côtés des Gardiens et des Héritiers, combattant pour la paix et l'harmonie d'un pays en proie à la peur, ce qui lui avait valu une certaine renommée. De dures années durant lesquelles elle avait économisé une belle fortune afin de pouvoir s'offrir une retraite à la hauteur de ses efforts. Et quand vint le jour pour elle de quitter l'Ordre, la branche gouvernementale en charge de la protection des Héritiers et de Tenebrium, elle se fit construire une belle maison en bois au cœur d'un domaine naturel où l'on croisait plus d'écureuils et de renards que de trolls et de représentants en assurance. Un lieu où la paix était réelle, et non l'illusion temporaire englobant les cités du pays, loin des guerres de clans, des marchés noirs et de ces galeries souterraines empestant le chien mouillé.

En cette nuit de pleine lune, emportée dans sa randonnée annuelle qui l'amenait dans ces régions hostiles où elle pouvait travailler sa magie tranquillement et sans avoir à remplir les documents administratifs adéquats, elle avait décidé d'installer son bivouac de l'autre côté des collines, sur des terres arborant moins de reliefs, auprès de quelques arbres solitaires. Mais, d'entendre les Fées aussi animées avait attisé sa curiosité. Elle termina donc de grimper les collines, les descendit ensuite, toujours guidée par ces cris tonitruants ressemblant aux plaintes d'un millier d'animaux agonisants, et retrouva les plaines en quelques minutes. En chemin, elle avait lâché ses sacs pour gagner en vitesse.

Elle calma néanmoins ses ardeurs en approchant de la forêt. Il aurait été suicidaire de s'y aventurer sans prudence. Se dissimulant derrière des rochers, elle sonda l'obscurité malveillante de ce massif forestier comme on toise un ennemi pour déceler ses failles. Elle étudia les différents sentiers et chemins dérobés vous invitant à pénétrer ces lieux, jeta un sort de détection mineur pour localiser les fées les plus proches et se releva quand elle fut certaine qu'elle pouvait progresser sur une cinquantaine de mètres sans risquer d'être démembrée ou dévorée vivante.

Les cris s'intensifiaient. S'amusaient avec les sens de Gloria. Elle devait faire appel à toute sa concentration pour réussir à avancer sans s'étourdir ou s'évanouir derrière la magie noire que dispersaient les Fées en se disputant de la sorte. Quand elle dépassa les premiers arbres, il ne restait presque plus rien de sa curiosité. Face à cette nature sombre et poisseuse, Gloria se sentit vide. Épuisée. Comme si ces arbres longilignes à l'écorce luisante et aux feuillages gris cendre lui soutiraient toute son énergie vitale.

Malgré tout, elle fit encore quelques pas. Elle progressa en ligne droite dans cet univers qui lui était inconnu avant de saisir enfin toute la stupidité de son acte. Ici, elle n'était plus l'éminente Gloria Velner saluée dans les couloirs du bâtiment-mère de l'Ordre. Elle n'était plus la femme qui avait combattu des trolls sauvages durant la rébellion de 1969 et gagné la médaille du courage pour avoir empêché l'ancien Meneur de Loup d'attenter à la vie d'un Héritier.

Ici, elle n'était qu'une proie comme les autres.

Reprenant ses esprits, elle comprit qu'il était temps de rebrousser chemin. De partir avant qu'on ne remarque sa présence. Elle s'apprêta donc à quitter cette forêt, avant d'être le jouet d'une bande de créatures sadiques capables de vous étouffer avec votre propre foie fraîchement arraché, quand elle perçut des pleurs parmi les cris. Des pleurs vibrants d'innocence au cœur de ce chant effroyable.

Était-ce l'une des victimes de ces Fées qui appelaient à l'aide? Qui usait de ses dernières forces pour tenter de capter l'attention d'un aventurier aveuglé par sa témérité?

Tendant l'oreille, Gloria finit par saisir à qui appartenaient ces pleurs. Ils étaient ceux d'un nourrisson. D'un nouveau-né.

Cette terrifiante certitude la troubla au plus haut point, jusqu'à lui faire oublier les nombreux dangers rôdant dans la pénombre. Elle jeta un nouveau sort de détection et perçut, à moins de vingt mètres de sa position, une étincelle de vie brillant de ses derniers éclats. Tout autour, l'énergie néfaste des Fées se rapprochait, ceinturait l'étincelle pour la prendre en étau, offrant peu d'espoir de survie à ce bébé.

N'écoutant que son courage et répondant à la chaleur de son instinct, elle courut. Elle courut plus vite encore qu'un chat sauvage, filant à contre-courant des vents froids et pestilentiels de cette forêt maudite. Suivant les derniers éclats de l'étincelle, que l'obscurité étouffait déjà, elle trouva l'enfant. Un bébé se débattant dans les fougères brûlantes et les herbes coupantes, recouvert d'une couche de gélatine le protégeant de cette végétation hostile. Autour d'eux, elle aperçut les silhouettes géantes et filiformes des Fées qui venaient dans sa direction, hurlantes et affamées. Les prédatrices les plus cruelles de la création. Les ignorant, elle arracha un pan de sa robe et en enveloppa le bébé. Elle le souleva et l'amena tout contre son cœur, là où elle pouvait sentir la fragilité de cet être démuni. Jetant un dernier regard terrifié vers l'ennemi, elle fit volte-face et chercha, au cœur de ces ténèbres, un chemin salvateur. Dans le sillage de son dernier sort, dans les lueurs de sa propre puissance magique, une voie d'éclats argentés se dessina. Sans hésiter, elle repartit dans cette direction.

Les Fées, pleines de rages, coururent derrière elle, étendant leurs longs bras raides et pourvus d'ongles crasseux pour l'arrêter dans sa fuite. Gloria, plus rapide que ne laissaient le supposer sa silhouette et son âge avancé, put rapidement les distancer. Faisant danser la cendre autour de ses pieds, elle sortit de ces bois maudits avant qu'ils ne se referment sur elle et emprisonnent sa chair et son âme. Elle courut encore, même quand elle fut certaine d'être libérée des intentions cruelles de ces Fées qui hurlaient dans son dos.

Ce ne fut qu'aux pieds des collines qu'elle s'arrêta et prit enfin le temps de découvrir le nourrisson qu'elle venait de sauver d'une mort aussi certaine que violente. Et son étonnement atteint alors son comble.

Un mâle. Le nouveau-né était un mâle. Il présentait bien quelques difformités osseuses prouvant son appartenance au peuple des Fées, mais elles étaient légères. Du reste, si ce n'était que ses yeux d'un rouge vermillon, il tenait des humains surtout. Cette sous-race vivant de l'autre côté des sortilèges mis en place pour préserver Tenebrium de leur infériorité.

Gloria était troublée par cette découverte. De toute évidence, le bébé provenait bien de ce peuple maudit, ce qui allait contre toutes les théories mises en place par les spécialistes et les historiens. De toujours, il était un fait que les Fées n'enfantaient que des femelles, faisant de leur espèce l'unique à être représentée par un seul genre. Et pourtant, en cet instant précis, sous l'œil laiteux d'une lune pleine et dans les bras froids de cette nuit d'automne, Gloria Velner rencontrait le tout premier mâle du peuple des Fées. Rejeté par sa mère dès sa naissance, qui avait certainement préféré l'abandonner plutôt que de subir la honte d'une telle création, il attendait, sans le savoir, les supplices d'un châtiment injuste perpétré par les mères de ces forêts maudites. Du simple fait d'être né avec le mauvais sexe, il aurait dû mourir, si seulement Gloria ne s'en était pas mêlée.

Elle sut, en jugeant l'ampleur de cette découverte, que l'enfant était voué à un grand destin. Il ne pouvait en être autrement. Il était unique dans ce monde si vaste et méritait, de ce fait, une éducation unique. Ce fut la raison pour laquelle Gloria Velner décida de l'adopter. Une décision impulsive, certes, mais rappelant à la mage retraitée qu'il fallait toujours suivre son instinct. De sa position, elle était toute disposée à lui enseigner l'histoire et les langues, l'art et l'écriture, mais aussi la magie et la nécromancie. Elle pouvait également lui offrir le confort d'une maison spacieuse et la protection.

De belles offrandes dont peu d'enfants pouvaient se vanter.

Perdue dans ses pensées, elle constata soudain que le bébé avait cessé de pleurer. Enveloppé dans ce pan de robe usée, il avait trouvé la sécurité et le réconfort. Dans un échange de regards aussi troublant qu'envoûtant, les deux êtres semblaient se lier.

Son aura débordait de magie, sans l'ombre d'un doute. Il ne fallait faire usage d'aucun sortilège de révélation pour le constater. Un héritage sacré le prédestinant à côtoyer les meilleures carrières. Instinctivement, Gloria jaugea les risques de garder un tel enfant chez elle, entre les murs de sa baraque. Les Fées pourraient bien vouloir quitter leurs forêts pour détruire cette abomination et redorer leur blason. Fort heureusement, elles étaient prisonnières de leurs demeures et ne pouvaient en sortir qu'à l'apogée du chaos, quand les magies noires reprendraient le contrôle de Tenebrium. Et comme personne ne voulait voir ces créatures déambuler dans les rues et les magasins, ce n'était pas près d'arriver ! Pas tant que l'Ordre s'épuiserait à garantir l'harmonie des peuples et à garder les Lycans dans leur royaume souterrain. Pas tant que les Héritiers seraient là pour assurer la sérénité de leur simple présence.

Gloria mit fin plus tôt que prévu à sa randonnée, rebroussant chemin dès les premières lueurs flamboyantes d'une aube nouvelle. Elle usa de ses connaissances et de ce que la nature avait à offrir pour concocter un élixir de

Jouissance, afin de lui permettre une montée de lait et de nourrir l'enfant. Ses seins gonflèrent et devinrent douloureux, mais cela calma les pleurs du bébé qui reprirent dès le matin. Du fait de l'élixir, elle eut des désirs qu'un étranger ou une étrangère aurait pu satisfaire au vu de ses états, mais quelques sorts d'apaisement calmèrent rapidement ses ardeurs.

Il leur fallut deux jours de marche pour retrouver sa demeure. Deux jours éreintants, autant pour Gloria que pour l'enfant. Mais, quand elle retrouva sa maison, le bois de ses murs brillait, les lacs alentour scintillaient de mille éclats, les cèdres verdoyaient et les plantes s'affichaient une dernière fois dans leurs plus beaux tons avant d'être fauchées par l'hiver. Le domaine paraissait s'être accoutré royalement pour la venue du nouveau-né, confortant Gloria dans sa décision.

L'HÉRITIER ET LE GARDIEN

Gloria avait mené une existence parfois difficile, ponctuée d'embûches, de malédictions, de mauvais sorts et de guerres civiles, mais rien n'aurait pu la préparer à cette ultime épreuve. Aucun de ces combats, même les plus acharnés, ne pouvait être comparé au métier de parent.

Du fait de sa position de mage ayant travaillé pour l'Ordre, elle n'eut aucun mal à faire de cet enfant le sien. Quelques signatures suffirent pour qu'elle devienne officiellement sa mère. Elle cacha son appartenance au peuple des Fées, pour éviter de le condamner à mort du simple fait d'être né, et lui donna le nom de son arrière-grand-père : Aru. Il était, selon la version qu'elle avait donnée et qui était désormais reprise dans le dossier du garçon, un simple orphelin découvert devant les tanières de quelques trolls sauvages. Un enfant sans passé à qui on offrait la chance d'avoir un avenir.

Elle modifia quelque peu son apparence pour lui donner les airs d'un mage, diminuant ses protubérances osseuses, donnant une meilleure forme à ses oreilles et changeant le rouge de ses yeux en un noir profond, et l'éduqua avec autant de douceur que de fermeté. Elle lui apprit la langue commune de Tenebrium et l'Eludyen, qui était le parler magique enseigné dans les Académies, mais aussi quelques dialectes conservés dans les tribus primitives. Elle lui apprit à lire et à écrire dès qu'il fut en âge de bien tenir un crayon, et il lui apprit en retour la patience et la tendresse.

Connaissant ses origines, Gloria n'était qu'à moitié étonnée de ses facilités d'apprentissage. Il avait parfois peur quand il se promenait près des cités et qu'il croisait quelques bandes d'orcs ou de jeunes nécromanciens, mais il ne manquait pas de courage pour autant. Il était également persévérant et attentionné, un peu distrait parfois, et toujours affamé de connaissances.

Ce qui étonna par contre Gloria, ce fut le lien qui se créa entre eux. Il ne fallut pas attendre les âges de la réflexion pour qu'elle s'en rende compte. Et quand il se mit à parler, qu'il trouva les armes pour exprimer ce qu'il ressentait à propos de cette femme qui l'avait éduqué, il ne trouva même pas de mots assez forts que pour décrire l'amour qu'il avait pour elle.

Quand il fut en âge d'aller à l'école, elle l'inscrivit dans l'un des établissements populaires de la ville de Fairy-Bourg, là où il pourrait grandir parmi les différents peuples qui composaient Tenebrium. Depuis plus d'un siècle, les mages et les nécromanciens cohabitaient avec les trolls, les gobelins et les orcs, travaillant chacun à cette harmonie parfois fragile, et Gloria pensait indispensable que son fils vive parmi ces gens pour mieux les comprendre lorsqu'il serait en âge de les diriger. Pour ce faire, elle quitta son beau domaine dans les Vallées-Chantraine et s'installa en bordure de ville, entre la nature et la cité des Reines. Ainsi, Aru pourrait étudier au modeste Collège d'Adèle-et-Navart, là où les problèmes ne se trouvaient pas que sur des feuilles d'examens. Gloria n'appréciait pas de lâcher son fils dans la sauvagerie somnolente de ce pays, mais il était important pour un enfant de Tenebrium de se créer une carapace dès son plus jeune âge. La seule règle qui lui était imposée était de ne jamais entrer dans les métros. On n'y trouvait plus aucun moyen de transport depuis 25 ans, mais seulement des accès aux galeries souterraines où survivait le peuple des Lycans. Des lieux infâmes, glorifiant le vice et la violence, et où les sept péchés capitaux étaient dignement représentés.

Il fut difficile pour lui de s'intégrer. Les écoles populaires offraient un enseignement tout à fait respectable, avec des options dédiées à la magie, aux arts mystiques et à l'histoire des peuples, mais réunissaient des enfants parfois très indisciplinés. On y partageait sa classe avec des trolls sauvages, des orcs agressifs, des gobelins sournois, des nécromanciens ingérables et des mages prétentieux. Les profs y étaient même secondés par des trolls de montagne pour assurer leur sécurité et celle des élèves les plus dociles. Aru, qui n'appartenait à aucun clan, fut malmené de toute part. Gloria le vit rapidement, un soir qu'il rentrait de l'école avec un œdème à l'œil, les cheveux défaits et des traces de sang sur son pull. Elle le soigna et lui fit boire un thé relaxant. Une fois qu'il fut plus à même de parler, elle le pria de raconter ce qui s'était passé.

— Ce sont les trolls qui m'ont bousculé, dit-il, la tête basse.

— Pourquoi ont-ils fait cela ?

— Je ne sais pas.

— Est-ce la première fois ?

Aru hésita à répondre, mais pas longtemps. Il était difficile de mentir à Gloria. La douceur de sa voix invitait à la sincérité.

— Ça arrive tout le temps, se confia-t-il. Les gobelins me jettent des crasses dessus pendant les cours et les mages se moquent de moi. Parfois, les orcs essayent de brûler ma veste juste pour rire et les nécromanciens trouvent drôle de me plonger la tête dans les toilettes… Mais, les pires, ce sont les trolls. Je les déteste !

— Ils ne se sont pas contentés de te bousculer ? devina Gloria.

Aru s'assombrit et secoua la tête. Le cœur de Gloria se serra d'entendre tout ça. Il lui était interdit d'user de magie contre des mineurs juste pour quelques brimades, mais elle s'imaginait bien faire tomber les toits de l'école sur leurs têtes. Elle n'en dit rien, évidemment, mais Aru vit une lueur de colère passer dans ses yeux noirs. Elle attendit que passent ses émotions avant de reprendre :

— Pourquoi ne fais-tu rien ?

— Ils sont plus grands que moi.

Gloria s'approcha de son fils et plongea ses yeux si profondément dans les siens, qu'on aurait cru qu'ils allaient bientôt partager la même vision.

— Tu compares donc la puissance à la hauteur d'une personne ?

— Ils sont très forts.

— Tu l'es aussi.

Aru voulut protester, lui rappelant combien il paraissait fragile face à des ennemis aussi costauds que des trolls, mais Gloria avait le regard insistant.

— Qu'est-ce que je dois faire ? finit-il par demander.

— Il est de ton devoir de faire ce qui te paraît juste.

— Je ne comprends pas.

— Je suppose que ces brutes s'en prennent à d'autres élèves ? - Aru opina du chef - Que te dit ton cœur quand ils agissent de cette manière ?

— J'aimerais les défendre, avoua le jeune garçon.

Une envie qui se confirma dans le brillant de ses larmes.

— Alors, fais-le, lui dit Gloria d'un ton sans équivoque. Défends-toi. Défends-les.

Il voulut protester, mais ses protestations se heurtèrent à l'implacabilité de sa mère.

Le lendemain, à peine fit-il un pas dans le bâtiment principal de l'école, qu'un troll de deux fois son poids se jeta sur lui. Un troll bien comme il faut, tout en muscles et en graisses, à la peau grise et rugueuse, et avec cet air ignare qu'ont toutes les brutes. La créature voulut le jeter dans une poubelle, juste pour amuser la galerie, mais Aru en décida autrement. Les paroles de sa mère résonnaient encore dans sa tête et l'encouragèrent à agir. Il s'échappa d'abord de son étreinte, avant de canaliser toute sa force et toute sa colère dans un coup de poing qu'il envoya dans la tronche du troll.

L'ennemi s'effondra devant un public médusé. Il s'effondra si lourdement, qu'on crut qu'il ne s'en relèverait jamais.

Ainsi, Aru découvrait sa puissance. Il n'était pas qu'un simple mage au faciès angélique qui se prend des coups. Il pouvait être bien plus. Il avait l'intelligence et la force, il ne lui manquait plus qu'un objectif. Un objectif qu'il se découvrit le jour où il rencontra un Héritier.

Les Héritiers étaient nommés ainsi, car de ce mot, ils en étaient les meilleurs représentants. En effet, ceux-là étaient les descendants lointains de la race des dragons. Des milliers d'années séparaient les deux espèces, mais le sang de ces créatures magiques coulait toujours dans leurs veines et leur conférait puissance et sagesse qui faisaient d'eux le peuple le plus respecté. Toujours vêtus de riches robes et de toges cérémonieuses qui cachaient leurs traits au monde, on savait d'eux qu'ils étaient grands, qu'ils parlaient peu et qu'ils étaient les seuls à être craints du peuple des Lycans.

La première fois qu'Aru en rencontra un, il venait d'avoir huit ans. Pour cette occasion, sa mère l'amena dîner dans les beaux quartiers de Belle-Fort. Ce genre de quartier chic aux nombreuses rues commerçantes où les populations se mettent sur leur 31 (à l'exception des gobelins) et où la police, premier exemple de mixité, apparaît dans leurs plus beaux uniformes.

Ils mangèrent au *Centaure majestueux*. Un restaurant où l'on servait les meilleures viandes de Tenebrium. Des viandes issues des fermes de l'ouest où les bœufs étaient élevés par la dernière famille de Géants vivant sur terre. Aru en était encore à apprécier les mises en bouche, quand l'Héritier fit son entrée. Dépassant d'une bonne tête le plus grand troll que le jeune garçon ait jamais rencontré, l'être dégageait une magie envoûtante, incapable d'ignorer. Tous les clients se tournèrent machinalement vers lui, tandis que le silence le plus solennel s'installait dans la salle. Portant une toge souple qui le recouvrait de la tête aux pieds, il était impossible de voir un morceau de son corps dépasser. Même ses mains étaient gantées. Et sur les sols carrelés de la pièce, il semblait flotter.

Quand les gens se remirent enfin de cette présence inattendue, une pléiade de serveurs accourut vers l'être pour le guider vers sa table. Sans surprise, on l'installa à la meilleure, sous les plus beaux lustres, là où il pouvait encore être contemplé tel un chef-d'œuvre en constante évolution. Ce fut à cet instant qu'Aru réussit à détourner son regard de ce personnage fascinant pour découvrir, juste à côté de lui, cette femme élancée qui portait une magnifique tunique de noir et d'argent. Une paire de baguettes de combat était accrochée à son dos et une arme de poing reposait dans un holster au niveau de sa ceinture. Aru la trouvait belle et devina, d'un seul regard, qu'elle était certainement la femme la plus forte de ce pays. Une évidence dont il ne saisissait pas l'origine.

— Qui est-ce ? demanda-t-il à sa mère.

Gloria, qui n'était pas aussi émoustillée que les autres clients, lui répondit d'une voix à peine audible :

— C'est un Héritier, mon garçon. L'une des personnes les plus importantes et les plus influentes de ce pays. Le garant de notre sécurité. Lui et ses pairs sont à la tête de notre hiérarchie et nous protègent des invasions sauvages. Leur simple présence permet l'harmonie en gardant le chaos dans l'ombre et sous la terre. Tant qu'ils seront là, les peuples vivront ensemble, les Lycans resteront dans l'ombre et la magie restera dans la lumière.

— Oui, on en a parlé à l'école, se rappela Aru. Ils nous protègent depuis des siècles, mais ils ne sont plus qu'une dizaine, c'est ça ?

— Certes, ils ne sont plus très nombreux, mais chacun d'eux possède assez de magie que pour repousser les semi-loups d'une main et maintenir l'équilibre entre les autres peuplades de l'autre.

— Waouh…

Il ne pouvait cacher son admiration pour cet être, à l'instar des autres clients. Pourtant, c'était la femme en tunique noire et argent qui l'intriguait le plus.

— Qui est la personne à côté ? demanda-t-il.

Gloria se retourna discrètement vers l'Héritier et aperçut à son tour la femme qui s'installait face à lui. Tout en grâce et en prudence, elle prit place en jetant des regards méfiants tout autour d'eux. Comme si elle craignait qu'un ennemi débarque brusquement.

En la découvrant, le visage de Gloria se détendit, un peu comme si elle retrouvait une vieille amie.

— C'est une Gardienne, Aru, dit-elle. Des membres importants de l'Ordre. L'élite de la police. Certains d'entre eux, les plus respectables et les plus doués, sont choisis pour être les protecteurs des Héritiers.

— Je pensais que c'était les Héritiers qui nous protégeaient.

— Il faut bien que quelqu'un les protège eux, non ? De loin ou de près, les Gardiens veillent à la sécurité de notre pays en veillant sur les Héritiers. Ainsi, les Héritiers peuvent maintenir la paix dans tout Tenebrium. Ils sont aussi les officiers supérieurs de la police et dirigent l'Ordre. Ce sont des personnes très importantes et très puissantes. Dans la hiérarchie, ils se situent juste en dessous des Héritiers et de la cheffe suprême.

Aru était impressionné. Plus encore que par l'Héritier qui se trouvait à quelques mètres de lui.

— C'est ce que je veux… murmura-t-il.

— Que veux-tu ?

— Devenir Gardien.

Le visage de Gloria s'éclaircit.

— C'est un métier noble, mais il est difficile d'en devenir un, lui apprit-elle. J'ai passé assez d'années en tant qu'agent de liaison entre les Gardiens et les mages que pour le savoir. Crois-moi, seuls les meilleurs peuvent s'accoutrer des tuniques officielles de ce rang prestigieux.

— C'est ce que je veux…

Malgré son jeune âge, Gloria ne pouvait nier la détermination qu'il y avait dans ses yeux. Elle pouvait même deviner combien cet objectif brûlait déjà le cœur de son enfant.

— Si c'est ton choix, alors il déterminera ton existence, conclut-elle.

Des Fées, il avait pris le meilleur. De sa mère adoptive aussi. Rien ne semblait impossible pour ce jeune garçon. Gloria le savait, comme elle sut qu'il allait certainement devenir le plus jeune Gardien de toute l'histoire de Tenebrium. Les tests d'entrée imposaient d'être majeur, mais aussi une condition physique et une magie que peu d'adolescents fraîchement débarqués dans l'âge adulte pouvaient atteindre. Mais, Aru avait toujours une longueur d'avance sur ses camarades. Il était plus intelligent, plus vif, plus concentré et plus résistant. Quant à sa magie, qui n'en était encore qu'à ses balbutiements, elle lui permettait déjà de petits exploits dont peu d'enfants pouvaient se targuer. Il était capable de dompter le vent en dirigeant de faibles bourrasques ou même de calmer les flammes d'un feu de cheminée.

En réalité, le simple fait de vouloir devenir Gardien scellait son destin.

SOUS-TERRE

Après avoir passé des années sur les bancs des écoles populaires, Aru obtint son diplôme quelques jours après son dix-huitième anniversaire. Il n'avait dès lors plus qu'une idée en tête : passer les tests d'entrée pour devenir Gardien. Ses professeurs tentèrent de le décourager, lui conseillant plutôt de rejoindre des Universités de prestige qui lui permettraient de convoiter les meilleures places au sein de l'Ordre, mais Aru n'en démordait pas. Gloria, qui avait toute confiance en son fils, l'encouragea à s'inscrire.

Comblant les promesses offertes par sa jeune et belle apparence, il était devenu plus beau encore lorsqu'il atteignit la majorité. Grand et naturellement musculeux, des lèvres pulpeuses et le front large, tout son visage semblait sculpté de la meilleure manière pour satisfaire tous les regards. Il avait de longs cheveux noirs, des joues lisses et glabres qui le laisseraient imberbe, et un air mystérieux qui allait de pair avec cette beauté froide qu'il arborait. Il lui était désormais impossible de traverser la ville sans que les gens ne se tournent vers lui. Mages et nécromanciennes appréciaient de le contempler, mais aussi trolles, orques et gobelines se surprenaient à l'observer, et parfois tous genres confondus.

Aru ne doutait pas de sa beauté, mais avait d'autres ambitions que de passer ses journées à s'allonger auprès de ces jeunes femmes qui tentaient de l'envoûter de leurs charmes. Il avait bien eu quelques aventures, et certaines plus sauvages que d'autres, mais son unique projet de vie était de devenir le plus jeune Gardien. Sa mère lui avait assuré qu'il était promis à un bel avenir et il se devait de ne pas la décevoir. Après tout, c'était grâce à elle qu'il était là. Même s'il ignorait tout de ses véritables origines, car Gloria s'était contentée de lui répéter la version officielle reprise dans les documents de son adoption, il se sentait redevable. Il voulait briller pour que jamais cette admiration qu'elle avait dans les yeux à son égard ne ternisse.

Une fois qu'il eut son diplôme, tous deux quittèrent les rumeurs incessantes de Fairy-Bourg pour retourner dans les Vallées-Chantraine. Là-bas, dans le domaine familial, Aru put réviser ses connaissances et sa magie, au contraire des jeunes de son âge qui traînaient dans les rues ou se rendaient pour la première fois dans les souterrains interdits. Quand vint le jour des tests, qui se déroulaient sur cinq journées éprouvantes d'efforts physiques, magiques et intellectuels, ce fut sans surprise qu'Aru eut les meilleures notes. Il était plus fort que les trolls, plus endurant que les orcs et sa magie dépassait largement la moyenne. Il reçut officiellement le statut de Disciple en date du 1er septembre, ainsi que son affectation pour les deux années de formation qu'il allait passer. Deux années durant lesquelles il allait devoir jongler entre les cours, les activités physiques, les épreuves, mais aussi quelques tâches ingrates sur le terrain afin de juger sa détermination, sa patience et sa manière de gérer le stress. S'il voulait, par la suite, devenir Gardien, il allait devoir réussir cette formation.

Il fut affecté, avec sept autres Disciples, à Goldin-Hall, tout au nord du pays, dans une ancienne caserne de pompiers désaffectée. Un bâtiment sinistre, privé de chauffage, implanté entre deux cités en guerre et devant lequel il n'était pas rare de retrouver les cadavres de quelques dealers. L'endroit idéal pour mettre les futurs Gardiens à l'épreuve. Les officiers supérieurs, qui ne manquaient pas d'imagination quand il était question de traumatiser leurs recrues, aimaient leur ôter tout le confort possible pour l'échanger contre une insécurité permanente et des douches froides. Il était ainsi plus facile de les juger, de mesurer leur motivation. Heureusement, Aru était paré. Même s'il n'avait plus le soutien de sa mère, qui vivait à 150 km de sa nouvelle demeure, et que les autres disciples le prenaient pour un gamin sans expérience, il était prêt à tout pour y arriver. Il ne craignait pas les remarques, les épreuves, les cours théoriques et les rixes qui se déroulaient de l'autre côté des murs de la caserne. De plus, il s'était habitué à la solitude. Elle était sa plus fidèle amie, et ce depuis son premier jour d'école. La seule personne qui daignait lui parler, c'était son coloc de chambre. Un certain Korf Talran, ancien Inquisiteur proche de la quarantaine, dont les origines trolls lui conféraient une stature imposante. Plus proche des mages au niveau de son apparence et de ses aptitudes, le teint caramel et les yeux verts, il laissait néanmoins pousser sa barbe et ses cheveux pour cacher les quelques imperfections de son visage. On ne pouvait pas avoir un arrière-grand-père troll sans en subir les conséquences physiques. Moins endurant que l'était Aru, il n'était pas rare que le mage s'essouffle et s'effondre au bout d'une longue journée d'épreuves.

– Comment fais-tu pour tenir encore debout ? lui demanda-t-il un soir alors qu'ils se retrouvaient dans leur chambre.

– Je ne sais pas… Ça a toujours été comme ça.

Korf s'allongea dans son matelas où il lui fallut plusieurs minutes pour retrouver son souffle. Le froid semblait se coller à sa sueur, mais il manquait de force pour tirer la couverture sur lui.

– Je ne vais pas y arriver, avoua-t-il.

Aru l'observa en silence, intrigué de voir cet homme solide faire montre de tant de faiblesses. Ce fut d'ailleurs la première fois qu'il se posa des questions sur sa propre personne. Était-ce normal qu'il réussisse là où tant de ses pairs échouaient ?

Dans tous les cas, Korf abandonna la formation au bout de huit jours, le laissant à nouveau en compagnie de sa solitude dans cette chambre infestée d'araignées et constamment traversée de courants d'air.

***

Au bout de deux semaines, un officier assigna Aru aux patrouilles souterraines. Tous les vendredis soirs, accompagné d'un autre Disciple, il allait devoir parcourir les tunnels et les quartiers de cette ville qu'on nommait sobrement Sous-Terre. Un travail qui consistait à se promener dans les galeries souterraines infestées de Lycans et à veiller à la sécurité des lieux. C'était évidemment bien plus une mise à l'épreuve qu'une véritable patrouille de sécurité, vu qu'il avait pour interdiction de relever les délits apparents. La seule chose qu'on lui demandait, c'était de s'affirmer dans cet univers poisseux où toutes les activités transgressaient les lois et règlements en vigueur dans le pays. Un monde dans lequel les jeunes Disciples devaient se faire leurs armes.

Ce qu'il savait de ce monde souterrain, c'est ce qu'il en avait entendu de la bouche de sa mère et de ses professeurs. Une ville sombre et secrète creusée par les gobelins du temps où ils étaient considérés comme de simples nuisibles ne méritant pas de respirer le même air que les mages. Plus tard, on y jeta le peuple des Lycans pour mettre fin aux infections et aux malédictions que leurs morsures engendraient, permettant aux gobelins de revenir. Depuis, Sous-Terre était devenu l'antre du vice et de la perdition. Drogues et prostitution formaient le cœur des activités de cette ville, et il était aussi possible d'y acheter des armes et des organes. On pouvait également y croiser d'infâmes mercenaires venus remplir des contrats ; ces êtres dénués d'amour propre qui volaient, tabassaient et massacraient au nom de l'or.

Même s'il était curieux de nature et qu'il s'était plus d'une fois demandé à quoi ressemblait Sous-Terre, Aru n'était pas friand à l'idée de patrouiller parmi les Lycans. Son désir était de faire ses preuves à la surface de la terre, pas sous ses pieds !

Sa première patrouille se déroula en compagnie d'un dénommé Ronald Porter. Une recrue affichant au compteur le double de l'âge d'Aru, aussi doué pour soulever de la fonte que pour jeter des sorts de glace capable de congeler le cœur d'un ennemi (du moins, selon ses propres mots). Une brute épaisse, qui avait passé sept ans dans la Brigade anti-Démon (la B.A.D). De ce qu'en savait Aru sur le sujet, cette brigade rassemblait les policiers de l'extrême. Des hommes et des femmes, de toutes les espèces, qu'on envoyait sur les interventions les plus périlleuses. À eux seuls, ils éteignaient les feux de la rébellion au sein des orcs et des nécromanciens, et ramenaient le calme lors des pillages, des braquages et des manifestations qui tournaient mal. Ils menaient aussi des enquêtes sur des affaires sensibles et risquaient leurs vies en accompagnant les services de secours dans les Cités les plus sensibles.

La journée était pluvieuse, du genre à tenter de vous noyer debout. Le seul côté positif de la patrouille, c'est qu'ils allaient avoir le sol comme parapluie. Après avoir quitté la caserne, ils descendirent dans la première bouche de métro qu'ils rencontrèrent. Dès les premières marches, ils furent accueillis par des odeurs d'excréments qui leur retournèrent l'estomac. Grimaçant, ils continuèrent sur leur lancée et longèrent des corridors venteux aux parois constellées de taches de sang et de déjections. En chemin, ils rencontrèrent quelques gobelins shootés et un mage nu s'offrant un instant de plaisir sous une couverture crasseuse. Aucune de ces personnes ne leur prêta attention, au contraire d'Aru qui, curieux, ne pouvait s'empêcher de les dévisager. Ronald, constatant cela, lui donna un coup de coude.

— Évitons les problèmes avant même d'entrer à Sous-Terre, dit-il.

— Désolé… C'est la première fois que je viens ici.

— Ça se voit !

Et il n'ajouta rien d'autre.

Pour cette patrouille, Aru portait la tunique grise des Disciples, une baguette de dissuasion ayant la forme d'une matraque télescopique (à peine capable d'envoyer des étincelles ou d'émettre des flashs d'aveuglement) et une paire de menottes liberticide pouvant amoindrir la magie de celui qui les portait aux poignets. Une panoplie bien futile dans les enfers souterrains, selon son avis.

Ils arrivèrent sur un quai où plusieurs mages et nécromanciens s'étaient regroupés. En voyant les Disciples débarquer, ils se dépêchèrent de se cacher le visage et de déguerpir. De toute évidence, ils ne voulaient pas être vus dans ces lieux sordides. Ronald les ignora proprement et descendit dans les tunnels pour s'enfoncer dans l'obscurité ambiante qu'une lignée d'ampoules hésitantes peinait à repousser. Aru le suivit et tous deux s'arrêtèrent devant l'une de ces vieilles portes de service métalliques menant directement à Sous-Terre.

— À partir de maintenant, on cesse de jouer les curieux, compris ? dit Ronald. De l'autre côté de cette foutue porte, c'est l'antre du diable. Si tu vois des trolls sauvages s'enfiler au milieu de la route ou des nécromanciens se défoncer à l'opium en s'enfonçant des manches de ventouses dans le derche, tu détournes les yeux et tu continues à marcher droit.

— Bien compris.

Les paroles n'étaient pas rassurantes. Aru devait s'attendre à tout, et surtout au pire. Une fois les portes de service dépassées, ils descendirent encore plus profondément dans les entrailles de la Terre, happés par une obscurité aussi grandissante que menaçante.

Sous-Terre était constitué d'une centaine de galeries souterraines formant comme les rayons d'une roue de vélo, avec tout un tas de chemins dérobés permettant de passer de l'une à l'autre au besoin. Au centre de ce royaume sinistre se trouvait Berserkir. Le quartier principal où vivait le peuple des Lycans.

Durant des années, Aru s'était imaginé que ces tunnels étaient infestés de rats, de déchets et de toxicomanes, et que ce monde évoluait au cœur de ténèbres permanentes. Il fut surpris en découvrant pour la première fois cette ville.

Après avoir descendu une deuxième volée de marches et avoir traversé un passage aux murs humides et entachés de champignons, Aru et Ronald passèrent par une nouvelle porte et se retrouvèrent dans l'une des galeries de Sous-Terre. La première chose qui étonna le jeune homme, ce fut de voir à quel point cet endroit était éclairé. Tous les cinq mètres, on trouvait une lanterne suspendue au plafond diffusant une lumière jaune et orange. Cette lumière rebondissait sur les nombreux établissements en bois et révélait de belles routes de pavés luisants. On y entendait de la musique, mais aussi une rumeur ambiante composée de rires, de cris, de cliquetis et du bruit de quelques bagarres se déroulant derrière les murs des bâtiments longeant ces tunnels aux parois terreuses.

En tant qu'habitant de Tenebrium, Aru n'avait pas grandi parmi les humains. De ce fait, il n'avait jamais vu de westerns. Mais, s'il avait été un cinéphile, sans doute aurait-il comparé ces paysages pleins de vie aux décors typiques de ces films basés sur la conquête de l'Ouest.

Des centaines de gens, de toutes les espèces, déambulaient sans cesse, s'arrêtant ici et là, urinant dans les coins, buvant à outrance, fumant sur les bancs ou à même le sol, entrant et sortant des bâtiments sans enseignes et s'adonnant aux plaisirs les plus pervers au regard de tous. Aru, dont l'expérience sexuelle se résumait à quelques aventures sans lendemain, eut du mal à détacher ses yeux curieux du spectacle qui s'offrait à lui. Il vit des mages enivrés se partager les orifices d'une gobeline, un nécromancien se faire masser la verge par l'esprit d'une dame âgée et une gamine perdre la tête dans le pantalon bouffant d'une trolle geignant comme si on lui arrachait une jambe. Il croisa des fêtards qui dansaient et chahutaient, une bande d'orcs se partageant leurs seringues, une mage un peu sonnée proposant ses services contre un peu de Bleuté (une drogue particulièrement appréciée des jeunes mages), des trolls se battant à coups de poing et de tesson, et tout un tas d'animaux qui déambulaient au travers de ce tableau écœurant. Des cabots faméliques et des chats de gouttière, un cochon apeuré et des poules qui se rentraient dans les plumes.

Aru, déboussolé par ce spectacle, voulut demander à Ronald s'il était normal qu'on laisse perdurer ces orgies malsaines juste sous les pieds de Tenebrium, mais le mage était ailleurs. Toute son attention était ciblée vers d'autres personnes que la jeune recrue n'avait même pas remarquées. Dominant dans l'ombre ces scènes de décadence, les Lycans veillaient au grain. Ils étaient partout, sans être là réellement. Peuple ténébreux à souhait, beau sans l'être réellement, froid et lugubre, toisant le monde de leurs regards pénétrants comme si de cruelles intentions s'animaient dans leurs esprits.

Ils étaient pâles, même ceux ne l'étant pas d'origine, et leurs cheveux étaient sombres. Dotés d'une mâchoire proéminente, s'élargissant encore pour accueillir leurs crocs durant leur mutation, ils avaient l'iris ambré et la pupille bien ronde, et des oreilles légèrement pointues. D'un simple regard, on ressentait la présence de cette bête sauvage sommeillant sous cette peau faussement fragile.

Maintenant qu'Aru les avait remarqués, il ne vit plus qu'eux. Tout comme eux, représentants de ce peuple mystérieux et dangereux, ne le lâchaient pas du regard. De toute évidence, ils n'appréciaient pas la présence de ces Disciples dans leurs galeries. Figés dans l'ombre, leurs airs sombres parlaient d'eux-mêmes. Fort heureusement, aucun ne vint à leur hauteur pour exprimer pleinement leur mécontentement.

Cette première incursion dans Sous-Terre aurait pu être une expérience détestable pour Aru. Face à un tel mépris pour les lois et à toute cette extravagance sexuelle de la part de ces peuples soi-disant civilisés, il ne s'était vraiment pas senti à sa place. Mais, c'était sans compter sur cette première rencontre. Elle fut brève, mais le mit dans un tel émoi qu'il en oublia presque les raisons de sa présence.

Elle devait avoir seize ou dix-sept ans, pas plus. Assise sur les marches d'un bordel où hommes et femmes ne cessaient de faire des allers et retours, plus débraillés que jamais, elle était comme une note enchanteresse perdue au milieu d'une cacophonie. Lui rendant son regard et s'attardant sur son visage, Aru fut complètement troublé.

C'était une Lycane. Le regard ambré et pénétrant, un sourire fragile sur ses lèvres, son visage livide ne souffrait d'aucun défaut, si ce n'est pour ceux qui ne subissaient pas son charme envoûtant. Sa mâchoire était fine et en pointe, au contraire de ses pairs, et sa silhouette, si légère, ne semblait pas avoir les épaules pour accueillir une bête sauvage en son sein. Tout en pureté, il était difficile de l'associer à ce peuple auquel elle appartenait pourtant.

Ronald s'aperçut vite de ce long regard échangé et tira Aru vers lui.

– Arrête ça tout de suite, dit-il.

– Arrêter quoi ? s'étonna Aru, encore sous le trouble provoqué par la beauté froide de cette inconnue.

– C'est Anaya, pauvre crétin !

Ce nom ne disait rien à Aru. Ronald l'amena un peu plus loin pour éclairer sa lanterne :

– C'est la fille du Meneur de Loup ! La fille de Nathaniel Garnier.

Aussitôt, Aru fut sorti de son trouble. Nathaniel Garnier, le Meneur de Loup, était le chef de meute. Le seigneur de Sous-Terre. L'illustre descendant du tout premier loup-garou et, de ce fait, le roi des Lycans.

L'être le plus machiavélique qui soit.

Naturellement, il se détourna de la jeune femme et voulut reprendre le cours de cette patrouille, quand un coup de feu se fit entendre. Étouffé par la distance et les murs derrière lesquels il retentit, Ronald sut tout de même déterminer dans quel bâtiment on avait tiré. Il voulut proposer d'aller jeter un œil, mais il y eut à cet instant un mouvement de foule qui sépara le binôme. Entraîné chacun d'un côté, ce fut de cette manière qu'Aru se retrouva au milieu d'un chemin dérobé. S'éloignant de la cohue et retournant aux ombres, là où il se sentait plus en sécurité, il sentit des doigts frôler sa nuque et se retourna vivement. À deux doigts de sortir sa baguette de dissuasion, il fut d'autant plus saisi en découvrant l'inconnue au sourire fragile. Ses petits yeux luisaient dans la pénombre, à l'instar de son visage blafard.

— Tu es loin de chez toi, dit-elle d'une voix douce.

— Hein ? réagit Aru, encore entre deux états.

Anaya rit. Un rire aussi léger qu'elle l'était.

— Savais-tu que les Lycans avaient pour aïeuls les prophètes de l'ancien temps ?

Des deux côtés du chemin, les gens continuaient de s'affoler, mais Anaya restait de marbre. L'agitation glissait sur sa totale indifférence. Aru, plus sensible à son environnement, mit plusieurs secondes avant de reprendre ses esprits.

— Je… je l'ignorais, répondit-il poliment.

— On dit que c'est lors d'une transe que l'esprit d'un prophète s'est égaré en enfer. Il y aurait été attaqué par une créature. En revenant, il avait un peu… changé.

— Pourquoi…

— Pourquoi est-ce que je te dis tout ça ?

Aru, troublé par cette rencontre, resta sans réaction un moment. Il l'était d'autant plus en constatant le contraste de cette discussion opposée à la folie qui avait pris possession des galeries voisines. Anaya, énigmatique à souhait, s'approcha de lui. Elle fut bientôt assez proche pour l'inviter dans sa bulle où les effluves de son parfum naturel venaient apaiser l'esprit confus du jeune Disciple.

— Il m'arrive d'avoir des visions, chuchota Anaya. Brèves, mais intenses. Et je t'ai vu…

— Vous m'avez vu ?

Anaya opina du chef.

— C'est ici que tu t'éteindras, déclara-t-elle. Dans l'ombre et le désespoir. Dans le regret et les remords. Loin de tout.

Là-dessus, elle l'embrassa. Un baiser tendre et furtif, du bout des lèvres, aussi apaisant qu'une ondée passagère au cœur d'un été trop généreux. Soumis au charme de la Lycane, les ténèbres l'avaient ramené à elles quand il refit surface. Retrouvant le goût amer de la réalité, il se dépêcha de retrouver Ronald au milieu de la cohue.

UN DRAME SANS NOM

Il refit plusieurs patrouilles à Sous-Terre, où il fut à nouveau témoin de scènes choquantes et traumatisantes, mais ne revit jamais Anaya. Les seuls lieux où il pouvait avoir le plaisir de retrouver son beau visage étaient malheureusement emprisonnés dans sa tête. Il aurait voulu se rendre à Berserkir, où la jeune femme devait errer librement, mais il était interdit aux Disciples même de s'en approcher. Tout ce qui lui restait d'elle, c'était le souvenir de cette rencontre presque surnaturelle. Les mots de la jeune femme avaient continué de hanter son esprit un moment, mais la douceur du baiser qu'ils avaient échangé avait balayé le danger de cette étrange prédiction.

Durant plusieurs semaines, Anaya continuait de s'épanouir dans ses plus belles pensées, de resplendir au fil de son imagination et même de le charmer dans des rêves où il n'avait aucun contrôle. Mais, l'intensité de sa formation, la dureté des épreuves et la fatigue générée par les activités physiques finirent par avoir le dessus, le recentrant sur ses objectifs. Cela l'aidait à mettre de côté les émanations toxiques de sa libido juvénile. Elle disparut bientôt de ses pensées, ne laissant dans son sillage qu'une émotion tiède, avant de n'être plus qu'un nom résonnant de tendresse.

Ce fut le jour de ses 20 ans qu'il reçut officiellement le grade de Gardien, au prix d'efforts surhumains, d'études acharnées et de stress quotidien. De mémoire de mage, il devenait le plus jeune nommé dans cette profession depuis sa création. Le symbole de cette réussite fut matérialisé par une médaille d'argent sur laquelle était gravée la lettre G, intégrée parfaitement à sa tunique officielle. Ce fut Siam Alma qui la lui remit, cheffe suprême de l'Ordre et des Gardiens, et l'une des plus puissantes Nécromanciennes qui ait existé. Une dame proche du siècle d'existence et dont la réputation n'était plus à faire. Capable de lever des armées de spectres et de goules, selon les rumeurs, seule sa bonté l'empêchait de ravager tout Tenebrium sous un accès de folie.

Pour Aru, ce fut une rencontre exceptionnelle. D'abord impressionné par la beauté persistante de cette femme toute couverte de ses voiles et de ses robes traditionnelles, il reconnaissait surtout sa chance de la voir en chair et en os. Ce genre de rencontre ne se faisait que très rarement, même pour un Gardien. Il fut tellement perturbé par cette femme à la puissance quasiment divine, qu'il en perdit ses mots dès l'instant où il fut temps pour lui de la remercier. Mais, Siam, également troublée par la beauté de cette recrue si jeune, ne lui en tint pas rigueur. Même pour une dame de son importance, il était difficile de rester insensible face au charme indéniable du jeune Gardien. Ces deux années de formation l'avaient transformé physiquement, faisant du jeunot insouciant un bellâtre à la lisière de l'homme sage qu'il s'apprêtait à devenir. Il avait gagné en musculature, ses cheveux étaient plus longs et la profondeur de son regard n'avait pour seul égal que les plus belles et les plus froides nuits de l'hiver. Même sa mère, venue le féliciter en personne, eut du mal à le reconnaître.

Au soir de cette belle remise, Gloria invita son fils à trinquer dans l'un des restaurants huppés des quartiers de Belle-Fort. Elle lui posa des questions sur sa formation et fut étonnée des réponses.

— J'ai vu beaucoup de choses horribles, avoua-t-il. Les brimades à l'école, les bousculades dans les rues, les insultes… ce n'est rien comparé à ce que l'on trouve dans l'envers du décor. T'as pas idée !

— Si, j'en ai une petite idée, sourit Gloria.

Aru semblait avoir oublié le passé de sa mère et s'excusa. En tant qu'agente de liaison entre les mages et les Gardiens, elle avait dû en voir de toutes les couleurs.

— Nous dépeignons les humains de toutes les manières les plus impolies qui soient, expliqua-t-elle. Nous les considérons comme des sauvages dénués de valeurs s'adonnant aux plaisirs les plus instinctifs, ou comme des profiteurs et des égoïstes qui ne savent pas penser au-delà de leur propre personne. Mais, finalement, ce que nous faisons en les traitant ainsi, c'est juste d'essayer de se démarquer d'eux en exagérant leurs défauts. Nous leur ressemblons beaucoup. Ils ont aussi de belles qualités. Ombre et lumière peuvent coexister, et ils sont les meilleurs exemples, vois-tu. Au même titre que nous. Nous sommes imparfaits et tu devras t'y faire. Car, toi non plus, tu ne seras pas toujours un exemple. Tu commettras des erreurs aussi. La seule chose qui différencie un être noble d'un idiot, c'est la manière dont il les accuse. Reconnais ta propre imperfection avant de voir celle des autres, et tu seras un Gardien respectable.

Aru n'était pas certain de voir où voulait en venir sa mère, mais il la savait sage et clairvoyante. Le temps allait certainement lui donner raison.

— J'ai encore beaucoup à apprendre, dit-il humblement.

— Jusqu'au dernier battement de ton cœur.

Aru leva son verre à cette sage parole.

***

Durant sa première année en tant que Gardien, Aru excella dans son travail. Ses capacités, en plus de son intelligence, étaient de bons atouts. Il était déjà capable de manipuler légèrement les éléments et maîtrisait quelques sorts utiles. Il avait aussi du flair et de bonnes connaissances linguistiques lui permettant d'enquêter dans les bas-fonds de Tenebrium. Parfois, il était secondé par la section Alpha de la B.A.D, surtout lorsqu'il devait investiguer dans des zones sensibles, mais, généralement, il enquêtait seul. Il avait toujours été un solitaire dans l'âme, possédant l'immense faculté d'avoir assez de recul sur son propre travail que pour évoluer et se sortir des impasses. Ce fut ainsi qu'il élucida plusieurs affaires de meurtres liées au trafic d'armes dans le nord du pays.

Il attira vite les regards de ses supérieurs. Les Hauts Gardiens reconnurent ses qualités et ce fut la raison pour laquelle il fut désigné comme enquêteur en chef de l'un des meurtres les plus graves de Tenebrium.

Quand ce meurtre arriva, l'hiver était aux côtés de l'automne, prêt à prendre sa place. Aru venait d'avoir 22 ans et vivait à Fairy-Bourg, dans la maison que sa mère lui avait léguée. Celle-ci, en quête de sérénité, était retournée s'installer dans son domaine, tout à l'est, dans les Vallées-Chantraine.

La veille, au soir, il avait passé une bonne partie de la soirée au *Manti-Cœur*, un bar situé à quelques centaines de mètres de son domicile. Il y avait bu en compagnie de son meilleur ami, Joseph Orgull. Un orc de bonne famille, champion de combat à mains nues et intellect de haut vol, faisant partie de la section Alpha de la B.A.D. Tous deux y avaient passé un bon moment, avant qu'Aru ne sombre dans l'ivresse la plus profonde et en perde les souvenirs de cette soirée.

Il n'était pas du genre à sortir, préférant le calme de sa demeure aux rumeurs assourdissantes des bars, mais il avait pris quelques jours de congé et voulait se changer les idées. Il venait de passer des centaines d'heures à établir des rapports et à superviser des arrestations musclées au sein d'une bande urbaine œuvrant dans les Cités Rouges de Goldin-Hall. Un travail qui l'avait fatigué mentalement et physiquement, qu'il voulut faire passer à coups de shots et de discussions stériles avec son meilleur ami.

Cependant, la pause fut de courte durée. Dès les premières lueurs de l'aube, c'est lui qu'on appela.

Boursouflé de fatigue, l'esprit ralenti et le corps toujours sous le choc, il répondit à son GSM d'une voix éraillée qui résumait à elle seule tous les excès de la veille.

— Gardien Velner ? lui répondit une voix des plus solennelles.

C'était Monseigneur Edouard Blake, l'un des officiers supérieurs de l'Ordre. Le plus gradé des Hauts Gardiens et bras droit de Siam, la cheffe suprême. Une sommité dans son travail, mais aussi dans les arts de la magie d'élément. De ce qu'on disait de lui, il était capable de générer des vagues de flammes meurtrières lorsqu'il entrait dans une colère explosive.

Comme s'il venait de recevoir une décharge électrique, Aru se redressa, s'éclaircit la gorge et ramena des mèches rebelles derrière ses oreilles comme si l'officier pouvait le voir.

— Oui, c'est bien moi, confirma-t-il.

— On vous attend.

— Mais, je…

— Tous les repos et les congés ont sauté. On a besoin de tous les gardiens et particulièrement de vous. Briefing au dernier étage du bâtiment-mère dans 30 minutes.

Il ne fallait pas plus de paroles pour qu'Aru saisisse l'urgence de la situation. Un évènement dramatique avait dû se produire.

Il enfila sa tunique la plus officielle et sortit de chez lui en courant sans même prendre le temps de se doucher. Il allait amener avec lui les odeurs d'une soirée bien trop arrosée, mais il valait mieux débarquer parfumé comme un troll sauvage sous la pluie qu'arriver en retard à un briefing se donnant au dernier étage du bâtiment-mère. Personne n'était censé ignorer que c'est là que se trouvaient les quartiers officiels de Siam, la cheffe suprême.

N'ayant pas de véhicule personnel (les voitures avaient beau rouler à l'eau distillée, elles restaient hors de prix), il dut prendre deux bus et un tram pour arriver à Belle-Fort. Une fois là-bas, il courut comme un dératé jusqu'au bâtiment-mère pour ne pas arriver en retard. Il profita d'une pause dans l'ascenseur pour reprendre son souffle et remettre ses cheveux en place.

En entrant dans la salle principale du dernier étage, Aru comprit à quel point l'heure était grave. Tous les Gardiens du pays étaient réunis. Une quarantaine d'individus aux capacités incroyables, ensemble, dans la même pièce, patientant chacun à leur manière. La nervosité qui stagnait y était si intense, qu'elle en était contagieuse.

À peine Aru eut-il le temps de saluer l'un de ses collègues, que Siam fit son entrée. Elle portait une robe longue, noire, surmontée d'un pull en maille pour l'aider à affronter cette saison froide. Le visage fermé, elle ne laissait transparaître aucune émotion. Tout entourée de ses trois officiers supérieurs, elle traversa la salle et se tourna ensuite vers les Gardiens quand elle fut à l'autre bout de la pièce. Derrière elle, une baie vitrée donnait sur le nord de Tenebrium, présentant la silhouette imparfaite des cités de Goldin-Hall et les montagnes lointaines noyées dans un océan de brumes blanches.

Les officiers supérieurs proposèrent à Siam de s'asseoir, mais elle refusa. Il était temps de répondre à l'impatience qui transpirait sur les visages de ces Gardiens curieux.

— Un Héritier a été tué, annonça-t-elle sans détour.

C'était un drame sans nom. Un homicide irréel tant il était impensable qu'il puisse se produire. Un acte dont les conséquences ne pouvaient être que chaotiques.

Sans surprise, cette nouvelle engendra des réactions terribles. Il y eut des exclamations, des mains qui se posèrent sur des cœurs et des yeux qui brillèrent d'horreur. Aru fut tout autant bouleversé, même s'il n'en avait plus vu depuis le jour de ses sept ans. Il lui arrivait très souvent de parcourir les nombreuses salles et les nombreux couloirs du bâtiment-mère de l'Ordre, là où se trouvaient les bureaux et les quartiers des Gardiens, mais sans jamais tomber sur l'un d'eux. Les Héritiers vivaient en des lieux secrets et se réunissaient en des lieux plus secrets encore, que seuls connaissaient les Gardiens chargés de leur protection et quelques officiers de la B.A.D désignés comme soutien en cas de guerre civile.

Une rumeur suivit l'annonce, avant d'être rapidement calmée par les officiers supérieurs.

– Quand la nouvelle se propagera sur Tenebrium, les peuples s'agiteront, continua la cheffe suprême. Il y aura sans doute des pillages. Des révoltes. C'est ainsi. Ce sera à la police et à la B.A.D de gérer la population, mais je désignerai néanmoins une moitié d'entre vous à la sécurité du pays. Six autres seront également envoyés à Sous-Terre pour s'assurer que les Lycans restent bien à leur place. Ceux-ci recevront le droit de patrouiller dans Berserkir. Vous recevrez vos affectations par vos officiers directs juste après ce briefing. Concernant l'enquête ouverte pour le meurtre de notre Héritier, une seule personne sera en charge, et ceci dans un but de préservations d'informations. Cela permettra également de garder des effectifs en cas de nouvelle guerre civile. La personne a déjà été désignée par les Hauts Gardiens. Tous les autres Gardiens qui n'auront pas d'affectation directe seront nommés provisoirement en tant que suppléants Protecteurs afin de garantir la sécurité des autres Héritiers. Je vous remercie.

Personne n’osa poser de questions. C'était pourtant une situation exceptionnelle. De mémoire de mage, aucun Héritier n'avait jamais même été blessé, mais les Gardiens avaient bien trop de respect envers leur cheffe suprême pour l'obliger à sortir d'autres mots que ceux qu'elle avait choisis.

En silence, les Gardiens quittèrent la salle pour rejoindre le premier étage, là où se trouvait leur salle de réunion. Aru s'apprêta à les imiter, mais Blake apparut à cet instant à ses côtés et le pria d'attendre. Quand il ne resta personne d'autre dans la pièce à part Aru, Siam et Edouard Blake, la cheffe suprême alla vers le jeune Gardien. Aru, pris de court, fit une rapide référence, écourtée par les demandes de Siam.

— Le temps n'est plus aux courbettes et aux jolis mots, dit-elle. Des rapports que j'ai lus, vous êtes le meilleur. C'est la raison pour laquelle cette enquête vous est confiée.

Il ne sut si ce fut l'importance de cette mission ou les effets de la veille, mais il eut le tournis. Il fit tous les efforts pour le cacher derrière un masque placide et vibrant de solennité, et les remercia pour la confiance qu'on lui offrait.

— Le laboratoire est déjà sur place et un périmètre de sécurité a été installé tout autour de la demeure de l'Héritier, lui expliqua Edouard Blake, ce grand costaud au visage divisé par les cicatrices d'anciens combats. Des Inquisiteurs s'occupent de la protection des lieux. Vous n'aurez donc pas à vous rendre sur place pour le moment.

— Très bien, fit Aru qui n'en était pas à sa première enquête et qui connaissait ses priorités. Puis-je disposer d'une équipe de la B.A.D pour les devoirs d'enquête ?

— Vous serez secondé par l'équipe Sierra, annonça Siam.

— Sierra ? répéta Aru, intrigué.

L'équipe Sierra de la B.A.D était spécialisée dans les affaires internes. Dans les enquêtes où des membres de la police étaient désignés comme suspects.

— L'arme du crime a été retrouvée, l'informa Blake. Une Dague de Sang…

La surprise d'Aru fut totale. Les Dagues de Sang, forgées par les nécromanciens du temps de leur grande époque, étaient des armes maléfiques totalement prohibées. Le simple fait d'en prendre une en main pouvait vous envoyer en prison pour le reste de votre vie. Créées pour tuer des dragons, elles étaient imprégnées d'une magie noire si ancienne et si dévastatrice, que même les Héritiers succombaient à leurs lames éternellement aiguisées. Si l'on prétendait qu'elles avaient été détruites par les Géants d'autrefois, la plupart des gens savaient que c'étaient des racontars. Une manière de rassurer le peuple et, surtout, de freiner toute envie de les retrouver.

— Où ça ? demanda naturellement Aru.

— Quel est votre avis ? l'interrogea Siam, comme pour mettre sa logique à l'épreuve.

Il ne fallut pas longtemps pour qu'il trouve la réponse:

— Dans les casernes de la B.A.D.

— L'arme est en lieu sûr, lui dit Blake. Vous irez auditionner le chef de l'équipe Delta.

Aru déglutit.

— Vous voulez que j'auditionne Ted Ansbach ? résuma-t-il non sans faire montre d'une certaine réticence.

— Vous n'avez pas le choix. Sa section était la seule présente dans les casernes cette nuit. Tous les membres ont été confinés dans leur bâtiment et les Inquisiteurs attendent votre arrivée. Profitez-en pour rencontrer la superviseuse de l'équipe Sierra quand vous serez là-bas.

– Très bien, fit Aru en relevant le menton. Je vais envoyer des agents effectuer l'enquête caméra, et puis j'effectuerai les auditions nécessaires.

Blake s'approcha de lui et prit un air moins grave :

– Ne vous laissez pas démonter, dit-il. Malgré l'évidence de vos qualités, vous êtes jeune et inexpérimenté, sans parler de votre contentieux avec Monsieur Ansbach suite à l'affaire *Palmer*. Ses gars essayeront de vous déstabiliser s'ils n'essayent pas de vous casser les dents.

Aru le savait. S'il s'entendait bien avec les membres de l'équipe Alpha, et en particulier avec le brigadier Orgull, les autres sections ne lui montraient que très peu de respect. C'était à peine si on lui adressait la parole quand il se rendait dans les casernes. Et Delta était la pire de toutes. Ne comptant que des hommes, elle était composée de deux orcs sanguinaires, d'un troll revêche aux poings fracassants, de trois mages maîtrisant les éléments et d'un nécromancien à la tête de toute cette belle famille de gueules cassées. Un être abject nommé Ted Ansbach, connu pour ses perquisitions illégales et le tabassage de suspects, dont le bras était assez long pour se sortir de l'embarras dès les premières emmerdes. À l'époque, suite à un dossier sensible lié à la drogue, Aru avait essayé de le mettre à l'ombre. Il avait tenté de prouver son implication, réussissant même à rassembler assez de preuves pour l'envoyer dans une cellule le temps de l'enquête, mais Ted en était sorti six jours plus tard, lavé de tout soupçon.

Repensant à cette affaire, Aru se mit à appréhender l'instant où il allait devoir l'auditionner, mais il ne voulait pas laisser passer sa chance. S'il trouvait le coupable, il recevrait le droit de passer les examens pour devenir Protecteur officiel. Le grade qu'il convoitait depuis ses sept ans.

— Je ferai mon possible pour trouver le suspect, affirma-t-il.

— C'est ce que nous attendons de vous, lui répondit Siam, une étincelle dans le regard. Rien de moins. Des résultats rapides pour apaiser Tenebrium. Bientôt le pays s'enflammera. Les ombres stagnent et attendent leur moment. Je refuse qu'elles gagnent et gouvernent à notre place, jeune Gardien. Ramenez vite la lumière, car bientôt il en manquera.

Il fit de nouvelles promesses de grandeur et quitta ensuite les bureaux de la cheffe suprême, nerveux et enthousiaste à la fois. De toutes les enquêtes qu'il avait menées, celle-ci était de la plus haute importance. Une aventure et bien des insomnies l'attendaient.

TED ANSBACH

Les Inquisiteurs, ces mages puissants sortant de l'Académie et engagés par l'Ordre pour gérer les usages de la magie sur Tenebrium, avaient investi les casernes de la B.A.D. Par le biais de quelques sortilèges officiels, ils avaient confiné le bâtiment de Delta, empêchant ainsi quiconque d'y entrer ou d'en sortir sans leur autorisation, et limitaient au maximum l'usage de la magie entre les murs de cette vieille bâtisse.

Aru connaissait bien les casernes. Les brigadiers dormaient, mangeaient, s'entraînaient et y recevaient leurs briefings d'avant-missions. C'était un vaste domaine avec de vieux bâtiments, chacun assigné à l'une des sections (Alpha, Bravo, Charlie, Delta, Echo et Foxtrot), avec plusieurs terrains d'entraînement et des immeubles vides permettant des mises en situation proches de la réalité. En arrivant devant les barrières, il eut à peine le temps de poser ses yeux sur le brigadier en poste qu'on lui ouvrait déjà la voie. En tant que Gardien, il représentait l'autorité au sein de la B.A.D. La médaille qu'il portait fièrement sur sa tunique était un passe-droit.

L'homme en poste lui était familier. Au deuxième regard, il reconnut Korf Talran, son ancien coloc de formation. L'ancien Inquisiteur.

— Je vois que tu as bien réussi, lui dit-il en sortant du cabanon où il officiait pour la journée. Je suis heureux pour toi.

— J'ignorais que tu travaillais pour la B.A.D.

— Pas depuis longtemps. J'ai postulé pour reprendre la supervision de l'équipe Charlie. J'ai les compétences et les acquis, mais ils essayent quand même de me décourager en me filant des postes merdiques. Aujourd'hui, j'ouvre des barrières, mais si tout va bien, demain, je donnerai les ordres.

— Je l'espère pour toi.

Korf l'accompagna ensuite jusqu'au bâtiment D, comme le voulait la procédure, et l'abandonna au sort de l'Inquisitrice qui surveillait l'entrée principale du bâtiment. Une femme d'un âge avancé, au regard froid, qui accepta de créer une légère faille dans le confinement magique pour permettre au jeune Gardien d'entrer sans danger.

À l'intérieur, un silence pesant avait pris possession de l'espace. D'autres Inquisiteurs surveillaient les lieux, mais de cette manière discrète les caractérisant.

— Gardien Velner ? fit une voix derrière lui.

Il se retourna et rencontra une femme séduisante aux cheveux courts et aux yeux noisette qui s'approchait joliment de la trentaine. Elle portait l'uniforme gris des membres de la B.A.D et la lettre S cousue sur la poitrine, ainsi qu'un ceinturon où l'on retrouvait la panoplie habituelle : une baguette paralysante, des menottes liberticides et un pistolet 9mm à balles en argent. Buvant un café d'où émanait des effluves de chaleur, elle se tenait bien droite sur ses pieds, comme si elle s'apprêtait à parer une agression physique.

— Sierra ? devina Aru.

— Ena Lovemor, pour être précise, dit la femme. Je suis la superviseuse de la section Sierra.

— Votre visage ne me dit rien.

Au fond de lui, de là où les pensées ne peuvent être trahies, il se surprit à penser combien il devait être difficile d'oublier une telle beauté. Elle avait l'élégance et le charme des divinités, et dégageait cette force et cette détermination propre aux membres de la B.A.D.

— Je viens d'être nommée à ce poste, déclara-t-elle. Je sors à peine de formation, mais il faut croire que je les ai assez impressionnés que pour être propulsée au-devant de la scène.

— On aura ça en commun, sourit Aru.

— Nous avons donc tous les deux intérêt à trouver ce coupable au plus vite avant qu'il ne sévisse à nouveau.

Cette probabilité donna un frisson à Aru, mais qu'il put contenir.

— Il me faudrait les images des caméras et une enquête de voisinage, dit Aru.

— J'ai déjà envoyé les demandes officielles aux policiers qui sont sur place. Dès que j'aurai eu en retour l'accord des officiers en charge et l'adresse de l'Héritier, j'y enverrai deux de mes hommes.

— Parfait.

— Et vous, vous êtes là pour…?

— Je dois auditionner le chef de l'équipe Delta et ses membres.

— Vous devez auditionner Ted Ansbach? fit Lovemor.

Même si son sourire n'avait rien de joyeux, il étincelait et semblait taillé sur des lèvres qui ne devaient jamais connaître le malheur.

— Il est ma priorité, dit Aru.

— Bon courage ! Il est au deuxième, enfermé dans un bureau à part.

— Le confinement ne lui plaît pas ?

— Autant qu'un lion apprécie le végétarisme.

La comparaison amusa Aru. De toute évidence, Lovemor avait de l'esprit, et sans doute Aru aurait apprécié aller plus loin dans la discussion, mais les circonstances dramatiques ne le lui permettaient pas. Le temps était un ennemi à prendre au sérieux. Il devait entendre le chef d'équipe Delta avant la fin de la matinée et envoyer le procès-verbal d'audition à Edouard Blake.

— Nous nous reverrons certainement, lui dit Aru.

— Très certainement, oui.

Elle retourna à ses occupations et Aru prit les escaliers pour se rendre au deuxième étage. En chemin, il lut une dernière fois les notes d'Edouard Blake à propos de la Dague de Sang. Selon les rapports déjà établis, l'arme avait été découverte dans les jardins communs, derrière les terrains d'entraînement, par le concierge. Ce dernier jura qu'elle avait été jetée durant la nuit. Il était venu tondre les pelouses la veille, juste avant la fin de son service, et n'avait vu aucune arme. Évidemment, il n'était pas possible de relever la moindre empreinte sur cette arme. La magie noire dans laquelle elle baignait constamment empêchait toute reconnaissance digitale et rejetait les sorts d'identification. Rien ne pouvait permettre de savoir d'où elle venait.

Il allait donc devoir faire parler le chef de l'équipe Delta.

Il traversa la moitié d'un corridor aux murs jaunes avant de se retrouver devant un Inquisiteur en charge de la surveillance. Posté devant la porte du bureau du superviseur, c'était une véritable armoire à glace. Aru se dit qu'il devait avoir du sang de troll pour être aussi costaud.

— Je viens pour l'auditionner, annonça Aru.

— Un sort de protection constante a été jeté dans la pièce, l'informa-t-il. Une fois de l'autre côté de la porte, votre magie sera limitée.

C'était un avertissement masqué, de toute évidence.

— Je serai sur mes gardes, ne vous inquiétez pas, dit Aru.

L'Inquisiteur fit un geste de la tête et se déplaça sur le côté pour laisser passer le Gardien.

Ted Ansbach était proche de l'âge de la retraite, mais avait encore la force des jeunes gaillards et le bagou des politicards. Installé à son bureau de manière nonchalante, il toisa d'un œil mauvais le jeune Aru qui venait d'entrer.

— Tiens, tiens, qui voilà… sourit-il. Si ce n'est pas le Gardien Velner en personne.

— Bonjour, Ansbach, dit Aru d'une voix sans émotion.

— Officier Ansbach, corrigea Ted. Un peu de respect dans le bureau d'un supérieur !

— Vous n'êtes pas mon supérieur.

— Ici, ce n'est pas le temple élitiste de Sainte-Mère la putain ! Compris ? Gardien ou pas, on n'entre pas ici comme on entre dans les chiottes avec le cigare au cul !

La sévérité de ses traits était indéniable. Il était un homme qui donne les ordres et non qui les reçoit. Ses yeux clairs et cruels, au cœur desquels planait l'ombre d'une revanche froide, ne lâchaient pas le jeune Gardien, le sondant autant de l'intérieur que de l'extérieur, comme en quête de ses failles. Le jeune Gardien resta sur ses gardes. Il le savait capable de murmurer des sortilèges pour vous attaquer avant même que l'idée de vous défendre ne vous traverse l'esprit.

— Ne laissons pas notre passé en commun entacher l'enquête actuelle, reprit Aru.

— À cause de toi, j'ai passé six jours dans les cellules du bâtiment-mère, dit Ted en décrispant à peine la mâchoire. En plus de mon temps, j'y ai perdu le respect de mes pairs. Maintenant, on me regarde avec défiance. Je suis constamment surveillé. Toute une carrière foutue en l'air à cause d'un petit prétentieux et d'une connasse qui n'a pas supporté sa dernière dose de Bleuté…

Aru savait faire montre d'indifférence. Il avait appris, durant sa formation, à ne pas céder sous la pression et à ne pas se dévoiler par le biais de quelques émotions trop apparentes. Il ignora donc le discours de Ted et s'installa de l'autre côté du bureau. L'homme le défia du regard et l'insulta encore, mais Aru fit la sourde oreille et se contenta de sortir de sa poche l'ordinateur pliable servant à établir ses rapports. Il le déplia et l'alluma, et entama la procédure d'usage :

— Vous êtes Théodore Ansbach et vous allez être entendu en tant que suspect potentiel dans l'affaire 001.01, dont les officiers en charge sont les dénommés Edouard Blake et la cheffe suprême Siam Alma. Je suis Aru Velner, du rang des Gardiens, et je serai l'enquêteur principal dans l'affaire susmentionnée. Avez-vous des questions ?

— Tu crois toujours qu'on l'a balancée dans le caniveau, la petite Léna Palmer ?

Ne voulant pas revivre cette triste enquête, classée sans suite malgré la consternation d'une famille en quête de réponse, Aru se contenta de reposer la même question. Sans surprise, Ted Ansbach continua le jeu de la provoc :

— On se sent pousser des ailes parce qu'on reçoit une grosse enquête ? Hein ? Mais, pour nous, t'es rien d'autre qu'un petit prétentieux arborant sa jolie médaille pour tenter d'extorquer le respect de la part de ceux qui te crachent dans le dos. La petite copine de Joseph Orgull qui se met à genoux devant l'Alpha pour la pomper correctement.

— Et vous êtes bien Théodore Ansbach ? répliqua Aru.

— Non, j'suis la pute que ton père s'enfilait avec l'argent de son chômage, mais tu peux m'appeler maman.

Il passa sa langue sur ses lèvres pour embellir cette provocation.

— Savez-vous que faire preuve d'impertinence envers un Gardien est punissable par les lois de l'Ordre ? lui rappela Aru. Vous pourriez perdre votre place et retourner là où je vous avais envoyé la première fois.

La colère se mit à luire dans le regard du superviseur.

— Fais vraiment gaffe à ce que tu me dis ! Ton rang t'offre peut-être de petits privilèges, mais pour moi, t'es l'infâme fils de pute qui a tenté de me foutre en l'air. En sortant de ma cellule, j'ai juré de me venger.

— Vous continuez à menacer un Gardien ? Vous risquez…

— Va te faire foutre ! l'interrompit Ted en tapant du poing sur la table. Je pourrais te chier littéralement dans la gueule que je ne risquerais même pas d'effleurer le risque d'être mis aux arrêts. Faudrait que je balance ta tête au bout d'une pioche en récitant les psaumes du livre de Satan en personne pour qu'Edouard Blake ose enfin me mettre une amende pour trouble à l'ordre public.

— Un Héritier a été tué, rappela froidement Aru. Les décisions ne seront donc pas prises par l'officier Blake, mais par son supérieur direct. Par notre cheffe suprême.

— J'la baise ! réagit Ted.

— Vous baisez madame Siam Alma ?

— J'lui défonce le derche comme un putain d'ours en rut ! Demande à Blake, il vient parfois à mes petites soirées costumées !

Refusant d'être déstabilisé, et moins encore dominé, le jeune Gardien décida de passer à l'offensive.

— Si vous apparaissez en tant que suspect dans mon rapport, même l'officier Blake ne pourra rien pour vous sauver, dit-il d'un ton froid et arrogant. On vous passera les menottes et je ferai en sorte que vous passiez les quinze prochaines années dans les cachots de Goldin-Hall. Ils aiment beaucoup les membres de la B.A.D là-bas. Il ne faudra pas longtemps pour que vous vous fassiez défoncer le derche par une dizaine d'ours en rut, comme vous le dites si bien ! Enfin, vous aurez ce que vous méritez ! Enfin, vous payerez pour avoir aidé l'un de vos petits dealers à se débarrasser d'une pauvre gamine de 14 ans. En attendant, vous fermez votre gueule et vous m'écoutez.

C'était pire que de lui cracher à la figure. Ansbach se prit la tirade du jeune Gardien dans un silence plus pesant encore que celui qui agissait déjà dans le bâtiment, digérant les insultes et les menaces, puis opina du chef. Il semblait accepter les termes du contrat, ce qui détendit Aru. Mais, à l'instant même où le Gardien crut qu'il avait repris le dessus, Ted se jeta sur lui avec la violence d'un tsunami emportant tout sur son passage.

Les deux hommes tombèrent à la renverse dans un mouvement si brutal qu'on crut que toute la pièce allait partir avec eux. Les affaires du superviseur et l'ordinateur pliable furent jetés au sol, et la chaise d'Aru se brisa sous leurs poids. Ted fit ensuite une roulade par-dessus le Gardien avant de s'écraser lourdement sur le carrelage. Il se reprit avec souplesse pour repasser à l'offensive. Aru était encore au sol, alourdi par la surprise de cette attaque, ce qui offrit un avantage certain au superviseur. Ce dernier lui grimpa dessus et le bloqua avec le poids de ses jambes repliées sur ses bras, avant de le rouer de coups. Le Gardien, dont la vision était obstruée par les poings de Ted qui ne cessaient de pleuvoir sur sa pauvre personne, était dépassé par les évènements. Il tentait de dégager ses bras pour se défendre, lorsque le superviseur amena ses mains à son cou et l'étrangla.

— Tu vas payer pour ce que tu m'as fait ! jura Ansbach. Tu vas aussi finir dans le caniveau !

C'est à cet instant qu'Aru retrouva ses esprits et agit en conséquence. Retrouvant son calme malgré la situation, il se dégagea de son emprise d'une technique d'évasion, le repoussa au passage et se redressa pour le frapper d'un solide coup de genou dans les côtes. Ted vacilla, grimaçant de douleur, mais il en fallait plus pour le mettre hors d'état de nuire. Aru voulut faire usage de magie pour le refroidir avec une bourrasque glaciale, mais les sorts des Inquisiteurs firent obstacle. Tout ce qui sortit de ses mains fut un courant d'air sans incidence. Cela offrit une deuxième chance au superviseur de dominer derechef la situation. Se donnant de l'élan en se redressant à son tour, il fonça droit sur le Gardien, à la manière d'un joueur de rugby chargeant son adversaire, et le projeta contre le mur. Il continua de le rouer de coups avec la fougue d'un diable, jouant des poings, des genoux et des coudes, offrant à la scène toute la confusion d'un véritable combat de rue. Aru se défendit au mieux, malgré cette tempête de violence qui s'abattait sur lui, mais Ted lui porta un coup au menton qui le fit voir des étoiles.

Le Gardien, sonné, perdit tout contrôle durant plusieurs secondes. Cela motiva Ted à aller au bout de l'humiliation. Entre ses mains solides et perverses, Aru allait devenir un jouet sexuel et perdrait ainsi toute crédibilité pour le reste de sa carrière.

Bouillant de détermination, il jeta Aru dans le coin de la pièce, le bloqua et le retourna, poussant son front contre le mur. Il se colla contre lui, assez que pour l'enserrer de toute part, et déboutonna sa braguette. Quand son engin fut sorti, dur comme de la pierre, il tira sur le pantalon du jeune Gardien pour le baisser suffisamment et assouvir la pulsion de l'instant. Le prédateur qu'il était avait besoin de le dominer, au sens le plus instinctif.

Aru, saisissant enfin la tournure de ces évènements, eut une terrible vision de ce qui allait bientôt se passer. Les conséquences de cet acte influeraient sur tout son avenir. Refusant de s'offrir ainsi à un tel prédateur, de se soumettre aux désirs malsains de cet être qui ne méritait rien d'autre que de pourrir dans l'ombre et la solitude, il se braqua et jeta sa tête en arrière pour fracturer le nez de Ted Ansbach. Un coup puissant qui mit fin aux intentions du superviseur.

Ted repartit en arrière, la verge à l'air libre et toujours pleine d'espoir. Exprimant la douleur lancinante provoquée par la brisure de son os nasal par quelques geignements, il se mit à avaler et à recracher le sang qui coulait en abondance de son visage. Chancelant, la vision brouillée par ses propres larmes, il se mit à battre des bras en espérant attraper Aru. Ce dernier, qui reprenait enfin le contrôle de la situation, le frappa dans les testicules avec le bout métallique de ses chaussures. Ne s'en contentant pas, il lui décocha un puissant coup de poing dans la mâchoire et le cogna à l'estomac. Ted Ansbach, ce terrible superviseur au sang chaud, n'était désormais plus qu'un vieillard à moitié à poil, hagard et tout couvert de sang. Aru l'attrapa par les cheveux et frappa sa tête contre le coin du bureau. L'instant d'après, Ted rejoignait quelques rêves totalement imprévus. Inconscient, il s'effondra au sol dans une position des plus grotesque.

La douleur des coups qu'il avait reçus le réveilla au bout de quelques secondes. Dans l'intérêt de son audition, Aru utilisa une formule de tranquillité pour lui faire oublier la souffrance qui parcourait tout son corps. Un sort très léger, passant au travers du confinement magique, mais qui ne durerait pas longtemps. Si le Gardien voulait le faire parler, il allait devoir faire vite.

Il l'aida d'abord à se revêtir décemment, puis à prendre place derrière son bureau. Ted, marmonnant des phrases inintelligibles, chancelait comme s'il combattait les effets de l'ivresse. Il tenta de rassembler ses esprits, mais ils étaient pris dans une brume épaisse.

— Vous avez pété les plombs, Ansbach, dit Aru. Ce que vous avez tenté de faire à un Gardien est passible de mort !

La colère lui brûlait le cœur, mais il était obligé de canaliser toute cette énergie néfaste pour garder la tête froide. Il s'imaginait frapper encore et encore ce pervers diabolique, jusqu'à le transformer en un vieillard sénile plus capable de pisser tout seul, mais cela risquait d'entacher sa carrière et ses projets. Au lieu de cela, il prit le superviseur par le col et le secoua une dernière fois.

— Voilà ce qui va se passer, dit-il en le relâchant, malgré le désir qu'il avait de le jeter par la fenêtre. Je vais remettre un rapport dans lequel j'expliquerai que vous vous êtes énervés et que vous avez été menaçant envers ma personne, ce qui m'a obligé à faire usage d'un sort de Confusion. Sensible au confinement magique qui perturbe le bâtiment, vous avez perdu l'esprit et vous vous êtes frappé la tête contre les murs jusqu'à ce que je vous arrête. Ainsi, cela expliquera vos blessures et j'éviterai de parler de ce que vous avez tenté de me faire. Avez-vous compris ?

Ted Ansbach, amorti, ouvrit la bouche, mais plus pour baver que pour parler. Néanmoins, il sembla opiner du chef et Aru s'en contenta pour le moment. De toute façon, il était également dans l'intérêt du superviseur de corroborer cette version.

— Fort bien, poursuivit Aru en ramassant son ordinateur pliable. Reprenons donc cette audition. Vous retrouverez bientôt l'usage complet de la parole, mais en attendant contentez-vous de me dire oui ou non. Avez-vous compris ?

— Oui…

La colère se ranimait lentement dans ses yeux clairs, émotion la plus facile pour un être pareil, mais elle ne dura pas. Sans doute que son état confus lui permettait enfin de prendre du recul sur la scène et de saisir la gravité de sa tentative.

Aru se concentra pour ne plus laisser les émotions l'étourdir et tira une nouvelle chaise vers lui pour prendre place. Il pianota sur son clavier et retrouva le rapport initié.

— Selon les horaires que nous ont remis les autorités compétentes, votre équipe était la seule présente dans l'enceinte des casernes durant la nuit du 27 au 28 novembre, entre 19h00 et 07h00, expliqua-t-il d'un ton formel. Le concierge a quitté à 19h15 et jure solennellement que la Dague retrouvée dans les jardins n'y était pas à son départ. Selon les mages-médecins dépêchés sur la scène du crime, le meurtre aurait été perpétré entre 01h00 et 03h00 du matin. La Dague de Sang est l'arme utilisée selon l'avis des experts, et c'est le concierge qui l'a retrouvée ce matin à 06h45, avant l'arrivée de l'équipe Echo qui devait vous remplacer. Au vu de ces éléments, il est évident que vous ou l'un des membres de votre équipe avez été en possession de l'arme utilisée dans le cadre du meurtre d'un Héritier. Vous êtes donc, de ce fait, suspecté de la détention d'une arme prohibée ayant été utilisée pour commettre un crime. M'avez-vous bien compris, Ted Ansbach?

— Je… je…

— Je vais dire que oui. Ma première question est la suivante ; avez-vous fait usage de la Dague de Sang retrouvée dans les jardins de la caserne ?

— Va… chier…

— C'est un oui ou un non ? Faites bien attention à ce que vous allez dire.

Le superviseur gronda, mais finit par secouer la tête.

— Non…

— Avez-vous été en possession de cette Dague?

— Non…

— Savez-vous quelque chose à propos de cette Dague?

—Chier… Non…

Au vu des tremblements de son visage, le sort de tranquillité devait s'épuiser.

— Vous me dites donc que vous ne savez rien de cette Dague et que vous ignoriez qu'elle était ici ? reprit Aru.

— Suce… moi… Je ne sais rien… de… ta putain… de Dague…

Aru inspira profondément et combattit l'envie de le secouer.

— Soupçonnez-vous quelqu'un ayant été en contact avec cette Dague, de quelque manière que ce soit ? poursuivit-il.

— Le… concierge… c'est lui…

Aru eut un petit rictus. Il était facile d'en faire un coupable, étant donné qu'il était l'unique témoin utile dans cette enquête.

— Le concierge est un gobelin de pure souche et la Dague est imprégnée d'une magie ancienne bien trop puissante pour qu'il puisse l'utiliser sans risquer d'être brûlé vif, lui apprit Aru. Je répète donc ma question : soupçonnez-vous l'un des membres de votre équipe ?

Un demi-sourire, qui semblait lui soutirer beaucoup d'efforts, déforma la bouche de Ted.

— Mes gars… te tomberont… dessus.

— Ce ne sont pas vos gars, Ansbach, mais des membres éminents de la B.A.D ! Tous les policiers ne sont pas de foutus pervers comme vous !

Il avait réellement envie de le croire, malgré la réputation de l'équipe Delta, mais l'expression perverse animant le visage du superviseur lui faisait penser le contraire.

— Ils… te baiseront… poursuivit-il, retrouvant de plus en plus de force. Toi… toute ta famille… et je passerai le premier…

— Ce genre de phrase ne les aidera pas. Si vous voulez vraiment les protéger, donnez-moi quelque chose pour prouver leur innocence.

Ted se mit à rire, même si cela ressemblait plus aux gémissements d'un troll se vidant les boyaux après un repas trop copieux.

— Ta putain… de Dague… On en trouve partout… dans les marchés noirs… Berserkir… Vous ne le saviez donc pas ? … Prétentieux… tête vide… fils de…

— Les marchés noirs ? répéta Aru. C'est une belle piste. Si vous vous y êtes rendus ou l'un de vos gars, ça devrait être facile à prouver. Quelques promesses et un peu d'argent, et on aura tout ce qu'il faut pour vous inculper.

Ted rit encore.

— Je finirai… par t'enculer… promit-il.

— Et je trouverai l'occasion de vous tuer. Nous verrons bien qui de nous deux réussira à tenir sa promesse.

***

Il retrouva Ena Lovemor au rez-de-chaussée du bâtiment, devant la machine à café. Celle-ci s'apprêta à lui demander comment s'était passée l'audition, quand elle fut surprise par l'état d'Aru. De toute évidence, son visage affichait les stigmates de sa petite confrontation avec Ted Ansbach.

— Il vous a agressé ? s'inquiéta-t-elle.

— Il était un peu revêche, mais ne vous en inquiétez pas. Je vous conseillerais quand même de ne pas vous en approcher.

— A-t-il dit quelque chose ?

— Pas grand-chose, non.

— Pourrais-je avoir une copie de l'audition ?

Aru avait l'habitude de ne rendre des comptes qu'aux Hauts Gardiens, ses supérieurs directs. Ena, en tant que superviseuse de la section Sierra, se trouvait donc un échelon en dessous de lui sur l'échelle de la hiérarchie. Rien ne l'obligeait donc à répondre positivement à sa demande.

— Je verrai, dit-il finalement.

— Vous... verrez ? grimaça-t-elle. Je fais partie de l'enquête également.

— Et j'en suis à sa tête.

Au vu du regard qu'elle lança à Aru, rares devaient être les fois où on lui disait non.

— Je pourrais vous être utile, dit-elle en ravalant sa colère.

— Vous connaissez des sorts de guérison mineurs pour me retaper la figure ?

— Non, je suis Nécromancienne.

— Vous ne m'êtes donc pas utile pour le moment.

Là-dessus, il sortit du bâtiment, le pas vif. Il l'entendit murmurer dans son dos, imaginant quelques insultes, mais Aru ne s'en préoccupa pas. Il avait mieux à faire qu'essayer d'imposer le respect que méritait son rang.

UN NOUVEAU TÉMOIN

Aru envoya une copie de son audition à Edouard Blake, ainsi qu'une demande officielle de suite d'enquête à Berserkir. Il allait falloir une bonne dizaine d'heures avant de recevoir la permission de s'y rendre. Même l'importance de cette affaire ne pouvait empêcher les procédures mises en place avec Sous-Terre pour garantir la sécurité. Le Meneur de Loup devait être mis au courant de la présence d'un Gardien sur ses terres. Et même s'il n'avait pas le pouvoir de refuser leur présence, on lui accordait un maximum 12 heures de réflexion et de préparation. Il pouvait très bien répondre dans la demi-heure pour accélérer les devoirs d'enquête, mais il aimait faire attendre les choses. Et comme il n'était pas suspect dans cette affaire, l'Ordre devait se soumettre aux règles en vigueur.

En attendant de recevoir cette permission, Aru décida d'aller sur les lieux du crime. Il venait de recevoir sur son portable l'adresse de l'Héritier et apprit que le labo venait de quitter les lieux. Le périmètre de sécurité allait tomber et il allait pouvoir fureter avant que les policiers ne commencent à polluer la scène de crime.

Tandis qu'il essayait de recentrer ses pensées uniquement sur cette enquête, l'agression dont il avait été victime ne cessait de lui revenir dans sa tête. Elle lui martyrisait l'esprit, cherchant à le faire se sentir vulnérable et insignifiant. Heureusement, il réussit à la combattre, mais appréhendait la nuit à venir. Dès l'instant où il tenterait de s'endormir, le souvenir reviendrait parader royalement dans son esprit et le dégoûterait plus encore. En attendant, il s'efforçait d'effacer cet instant humiliant de sa mémoire. Il rejetait les émotions froides qu'il avait ressenties lors de cette immonde agression. Il tenta même un sort d'oubli pour réussir à dissimuler le souvenir dans un coin sombre de sa tête, mais sans y arriver totalement. Il était encore trop fort et trop présent.

L'Héritier vivait à Core-les-Crocs, les anciennes régions orcs situées à l'ouest de Tenebrium. Des lieux paisibles, loin des quartiers chics et des cités, loin du bruit et de la violence, où la nature s'épanouissait sans obstacle. Des plaines et des forêts s'y succédaient avec harmonie, offrant aux saisons les meilleures couleurs, pour s'achever aux pieds de lointaines collines. Les rares maisons qu'on y trouvait étaient de belles villas appartenant aux membres éminents de l'Ordre et à quelques riches directeurs de sociétés et de banques. Il n'était pas étonnant d'apprendre qu'un Héritier vivait dans cette partie du pays.

En traversant un pont de pierre surplombant de jolis lacs scintillants, devant ces magnifiques horizons boisés, Aru se rendit compte à quel point la pauvreté gangrenait les cités et les quartiers populaires qu'il laissait derrière lui. Ici, il n'y avait pas de place pour les gobelins affamés, pour les mages défaits ou pour les trolls sauvages. On y trouvait que de riches terres verdoyantes et fertiles, foulées par de riches habitants.

En s'approchant de la propriété de l'Héritier, Aru fut arrêté deux fois par des policiers en civil qui quadrillaient le secteur. Par deux fois, il attira leurs regards sur sa médaille de Gardien qui se balançait sur sa poitrine, ce qui lui ouvrit la voie. Les policiers s'excusèrent même de leur impolitesse en le laissant passer.

La maison de l'Héritier se trouvait derrière un portail en fer forgé, tout au bout d'un long chemin de graviers blancs. Elle était entourée de jardins luxuriants ornés de sculptures en pierre et de fontaines grises dont les vasques pleines d'eau donnaient aux mésanges l'envie de gazouiller. Des murs de végétation encadraient le domaine, comme pour le mettre à l'abri du reste du monde, et une dizaine de caméras de surveillance filmaient une grande partie de la propriété 24h sur 24. On trouvait également des statues d'albâtre et de sel construites pour empêcher l'usage de la magie noire, mais Aru savait qu'un expert en la matière pouvait déjouer cette sécurité primaire. Même un troll ayant été baigné dans la magie était capable de se rendre invisible aux yeux de ces statues et de ces caméras au prix d'un sortilège puissant.

Après avoir été identifié à l'entrée du chemin, on lui ouvrit le portail et il put pénétrer l'enceinte privée de l'un de ces demi-dieux qui avaient influencé toute sa vie. Quand il fut à l'intérieur, progressant dans ce domaine, il ne put retenir une certaine amertume. Un sentiment désagréable auquel il ne s'était pas attendu.

La villa, magnifique bâtisse de pierre blanche, comptait plus de fenêtres qu'on pouvait en trouver dans la totalité d'un quartier de Goldin-Hall. Elle pouvait accueillir six familles différentes sans que jamais l'une d'elles n'ait à partager la même pièce. Des colonnes en marbre, intégrées dans l'architecture, en faisaient le tour et semblaient supporter les nombreux étages, et une belle arcade avait été élevée au-dessus de l'entrée principale. Une riche demeure transpirant le luxe, en totale opposition à la misère qui frappait le cœur du pays.

Maintenant que le périmètre de sécurité avait été levé, Aru pouvait parcourir ces terres librement. Il fut salué par quelques Inquisiteurs et policiers en poste pour protéger les lieux des pilleurs et des opportunistes rêvant de mettre la main sur quelques artéfacts et entra dans la maison.

Les pièces, aussi grandes pouvaient-elles être, n'étaient plus remplies que de vide et d'échos. Il ne trouva rien de bien intéressant. Le labo avait bien fait son job et rapporté tout ce qui pouvait être utile à l'enquête, ne laissant que quelques meubles sans importance, des tableaux et des malles remplies de futilités. Même les dressings avaient été vidés.

Après avoir fait le tour de la maison, il ressortit. L'amertume était toujours là, encombrant ses réflexions, sans qu'il réussisse à la soulager pour le moment. Il fit le tour du domaine, tourna autour de quelques sculptures sans grand espoir, et décida finalement d'aller fureter dans les environs. De toute évidence, il n'y avait plus rien à découvrir dans cette propriété.

C'est en se promenant dans les sentiers qui longeaient les murs de végétation qu'il fit une curieuse rencontre. À l'ombre d'un cyprès, un homme semblait attendre qu'on le pêche. Un cinquantenaire pauvrement vêtu qu'Aru imagina être le majordome d'un riche propriétaire de la région.

L'homme tiqua en voyant le médaillon du jeune Gardien et lui fit un signe de la main. La moitié d'un signe, en réalité, comme s'il craignait d'attirer trop l'attention. Aru, naturellement, alla à sa rencontre. Si cette personne possédait une information utile, il ne pouvait pas passer à côté.

— Vous désirez me parler ? demanda très poliment Aru.

— Vous êtes un Gardien ? Pas l'un de ces enfoirés de flics corrompus ?

— C'est ce que dit ma tunique officielle, oui.

— Désolé de demander… c'est que vous êtes jeune, mais ce n'était pas pour manquer de respect. Juré !

Après ce qu'il avait vécu dans le bureau de Ted Ansbach, la simple question de cet homme ne risquait pas de le blesser.

— Vouliez-vous me dire quelque chose en particulier ? l'interrogea encore Aru.

— Oui, c'est que j'aimerais bien, mais...

Il était nerveux et ne cessait de regarder autour de lui. Aru lui proposa d'aller discuter ailleurs. Ils continuèrent à marcher le long du sentier et rejoignirent, un peu plus loin, une rue en pavé bordée de saules pleureurs.

Là, enfin, l'homme se détendit.

— J'suis Dollos Armin, un petit mage d'entretien de rien du tout, se présenta-t-il. Pas du genre à faire de vagues, mais j'voulais quand même vous dire un truc, à vous, commença-t-il.

— N'avez-vous pas déjà été interrogé par la police ?

Il eut un petit rire nerveux.

— Oh que si ! Tout le monde y est passé. C'est la B.A.D qui est venue m'écouter. Mais, c'est que j'voulais pas leur dire à eux ! Quand j'étais jeune, j'ai eu des soucis avec la police. Ils m'ont tabassé et m'ont brûlé les couilles avec des sorts interdits, tout ça parce que je ne leur disais pas ce qu'ils voulaient entendre. Depuis, brrr ! J'ai une sainte horreur de ces types ! Pas question que je leur donne quoi que ce soit ! Ça, non ! Mais aux Gardiens, ça, j'peux. J'peux bien leur dire ce truc.

— Leur dire quoi?

Même si Dollos s'exprimait mal et qu'il avait la dégaine d'un orc en pleine puberté, il avait réussi à attiser sa curiosité.

— Ce que j'ai vu ! dit-il.

— Vous avez vu quelque chose ?

— Ça, oui !

— Et vous n'avez rien dit à la police?

— J'leur dirais même pas qu'ils ont le képi en feu à ces connards !

Il était inutile de souligner son impolitesse. Aru ne voulait certainement pas le bloquer.

— Dites-moi ce que vous savez, monsieur Armin, demanda-t-il.

Regardant une dernière fois des deux côtés de la rue, Dollos s'approcha du gardien et se pencha vers lui.

— Une femme ! déclara-t-il.

— Vous avez vu une femme ?

— Et grande en plus ! Majestueuse, peut-être même, si c'est l'bon mot. J'l'ai vue surtout de dos, mais un peu de profil aussi, avec son faciès typique de femme et ses longs cheveux foncés… Avec une robe, du genre que portent les dames de l'Ordre.

Cette information troubla au plus haut point Aru, mais il se garda de le montrer.

— Quand donc l'avez-vous vue ?

— Vers minuit, j'dirais, répondit Dollos. Peut-être un peu après… J'suis plus trop certain.

— D'où venait-elle ?

— J'sais pas trop… C'était un peu comme si elle était sortie de nulle part ! Mais, là où elle allait, ça ne faisait aucun doute ! Elle fonçait droit vers chez l'Héritier, c'est certain !

— Vous l'avez vue entrer dans la propriété ?

Aru l'écoutait avec attention. Si ce témoin s'avérait fiable, sa réponse risquait de donner une voie nouvelle à l'enquête.

— Ce que j'ai vu, c'est qu'elle est passée au travers du portail ! Comme un esprit ! J'suis pas un grand mage capable de jouer avec les éléments et je n'ai pas l'instruction de ces académiciens prétentieux, mais je dirais bien que ce que j'ai vu, c'est une nécromancienne en pleine action !

— L'avez-vous signalé à quelqu'un ?

— Évidemment que non. Il n'est pas bon de s'mêler des affaires de l'Héritier, vous savez. Même son protecteur ne venait que très rarement.

— J'ai cru comprendre que le Protecteur officiel n'était pas sur place lors des faits. Le confirmez-vous ?

— Pour sûr que j'le confirme ! Il vit à l'entrée de la région, à trois kilomètres d'ici, et ne s'occupe de lui que lorsque l'Héritier décide de quitter sa demeure pour aller se mélanger à la populace de Belle-Fort. S'il avait été dans l'coin, je l'aurais vu !

Aru prit un moment pour rassembler toutes ces informations et les mettre en bonne place dans sa tête. Dollos, lui, persistait dans sa nervosité et surveillait toujours les alentours, comme s'il craignait qu'une équipe de la B.A.D débarque soudain et ne lui brûle à nouveau les testicules.

— Pourriez-vous me la décrire ? Taille ? Âge ? Type ? reprit Aru.

Dollos prit le temps d'agiter sa mémoire.

— Juste vous dire qu'elle était grande… d'une tête de plus que moi, au moins. Proche des deux mètres ! Et humaine, à ce que j'crois. D'origine, j'veux dire. C'est un détail plutôt troublant, non ? Une nécromancienne de deux mètres, ça ne court pas les rues, non ? Pour l'âge, là, je n'en ai aucune idée. J'saurais pas vous en dire plus.

C'étaient des détails importants qui réduisaient fortement le champ d'action des enquêteurs en charge des panels photographiques. Si cette nécromancienne de deux mètres avait déjà commis des délits et que sa tête était reprise dans les fichiers du système interne de la police, il serait facile de la retrouver.

— Elle n'a rien dit ? Elle n'a pas murmuré d'incantations ou fait des gestes qui pourraient induire l'utilisation d'un sort ? demanda encore Aru.

— Non… Aussi silencieuse qu'une ombre, j'vous dis.

Aru hésita à lui jeter un sort de révélation, mais la sincérité de cet homme lui suffit. Il était inutile de pousser l'interrogatoire plus loin.

— Je vous remercie pour toutes ces informations précieuses, dit-il.

— Mais j'vais pas avoir de problèmes, hein ? Va pas falloir que j'aille dans les bureaux de ces foutus flics pour faire genre une déclaration ?

Pour lui éviter de revivre ces traumatismes de jeunesse, Aru prit sa déposition sur place à l'aide de son ordinateur pliable. Il l'invita ensuite à retourner à ses occupations, ce que Dollos fit sans qu'on le lui répète. De son côté, le Gardien se trouva un banc où il put rédiger un rapport officiel reprenant tous les détails offerts par ce nouveau témoin. Une fois qu'il fut complet, il l'envoya à Edouard Blake, son officier supérieur, et envoya également une demande interne auprès des Inquisiteurs afin d'analyser la fiabilité de la déclaration de Dollos Armin. C'était une procédure d'usage qui pouvait donner du crédit à une audition ou, au contraire, la décrédibiliser complètement. Une fois qu'il replia son ordinateur, il fit un dernier tour dans le domaine de l'Héritier. Il discuta un peu avec les policiers et les Inquisiteurs sur place, avant de retourner chez lui. Il ne lui restait désormais plus qu'à patienter le temps que sa permission d'entrer dans Berserkir lui parvienne.

JOSEPH ORGULL

La nouvelle n'était pas encore tombée officiellement, mais on ressentait une ambiance électrique dans le pays. Comme à l'approche d'une tempête. Les cités s'éveillaient, les quartiers populaires retenaient leur souffle et il y avait peu de monde dans les rues de Belle-Fort. Les gens aisés avaient pour habitude de se terrer chez eux lorsque des manifestations éclataient et ils avaient senti les premiers relents de la tempête.

Avant de rejoindre sa demeure, Aru fit un saut au bâtiment-mère de l'Ordre, dans les bureaux des Gardiens. Il y avait bien moins d'agitation qu'au matin, car ceux qu'il rencontra se contenaient pour mieux se préparer au pire. En se promenant dans les couloirs, il apprit de ses collègues que les services de police allaient être secondés par les Inquisiteurs durant la nuit et par quatre équipes de la B.A.D. Un soutien de taille non négligeable en vue de ce qui se préparait. Des officiers supplémentaires avaient été réquisitionnés également, et ceux-ci préparaient déjà la répartition des troupes en fonction des lieux les plus sensibles du pays.

— La nouvelle de la mort sera annoncée par les médias à 20h30, l'informa Sonia, une Gardienne de deux fois son âge. Ça va être chaud ! Siam exige que la moitié de nos effectifs patrouillent aux abords des cités de Goldin-Hall et de la Nouvelle-Salem.

— Je vous souhaite bien du courage !

Et ils allaient en avoir besoin. Les manifestations spontanées dans Tenebrium pouvaient rapidement tourner au drame. Il suffisait d'une étincelle pour faire jaillir la violence et la magie d'une population aussi instable que celle de ce pays. Un jet de pavé dans une vitrine ou un mauvais sort dans la tronche d'un policier, et la manif prenait la forme d'une émeute.

Aru se souvenait des pillages de Lover-Poe, la ville située au sud de Belle-Fort. Ils s'étaient déroulés au tout début de sa carrière. Suite à la mise à mort d'un orc jugé coupable du meurtre d'un membre de la B.A.D. Son gang et leurs partisans avaient investi les rues pour exprimer leur esprit de révolte. Très rapidement, de jeunes mages, quelques bandes de trolls et une poignée de nécromanciens anarchiques s'étaient rajoutés au groupe, transformant cette cité des arts et des écrits en un champ de bataille. Le chaos y était apparu tel un chef d'orchestre bien décidé à offrir la meilleure de ses compositions. Le Diable lui-même n'aurait pas fait mieux, de l'avis des pauvres témoins qui avaient assisté à ce triste spectacle. Il y eut des affrontements terribles entre la police et la foule, des jets de pavés et des flashs aveuglants, mais aussi des démembrements, des viols et d'autres actes cruels. Il fallut que les Inquisiteurs créent des nuages de confusion pour réussir à calmer et disperser la foule.

N'étant pas réquisitionné pour assurer la sécurité du pays, Aru put se permettre de rentrer chez lui. En arrivant à Fairy-Bourg, il se sentit plus léger. Même s'il y avait tout un tas de pensées qui se bousculaient dans sa tête, des thèses, des théories et des questions qui restaient sans réponses, sans parler de ce désagréable souvenir qui ne cessait de revenir dominer la scène principale de ses pensées, il appréciait de retrouver le village de son enfance. Ce lieu était, généralement, préservé des émeutes voisines et de leur violence. Ici, à l'instar des Vallées-Chantraine et de Core-les-Crocs, régnait une certaine sérénité protectrice.

Le temps se couvrit. Des nuages envahirent le ciel et formèrent un plafond gris et menaçant. À peine passa-t-il le pas de sa porte, que les premières ondées vinrent accompagner les vents frais de la nuit. Il se prépara un café et se mit à faire les cent pas dans sa demeure, avant de se planter devant les fenêtres de son salon. Malgré le froid s'emparant lentement de cette nuit sans étoiles, le monde extérieur semblait l'appeler. Se sentant coincé entre les murs de sa propre maison, et entre les parois de son propre esprit, il eut l'irrépressible envie de sortir. Il avait besoin de se libérer de l'étreinte involontaire de sa maison. Il avait besoin de s'aérer, de se confronter au froid et de se vider la tête. S'il restait là, le souvenir de sa rencontre avec Ted Ansbach le prendrait en traître et risquerait de lui ramener le goût de cette vulnérabilité qu'il avait ressenti entre les mains perverses de ce sadique. Il fallait qu'il sorte pour éviter de sombrer et de perdre le fil de ses priorités. Il devait marcher, même sans but, comme pour s'éloigner de ses propres tourments psychologiques.

Frissonnant de dégoût, il se permit de se jeter un sort de détente juste pour apaiser sa colère.

Il alla dans son jardin et en fit le tour, avant de revenir sur sa terrasse et de profiter simplement de la sensation des gouttes de pluie s'éclatant à la surface de sa peau. Face aux silhouettes imparfaites des collines des Vallées-Chantraine qui embellissaient les horizons, il pensa à sa mère. Il n'avait pas osé la prévenir du drame et de l'enquête dont il était en charge, mais se doutait qu'elle devait être au courant de ce qui s'était passé.

Rien ne lui échappait.

Entre deux pensées, il jeta un regard vers sa montre. 20h10. Bientôt, la nouvelle allait tomber. Il imaginait les forces de l'ordre rongeant leur frein, loin de la quiétude de Fairy-Bourg, et les officiers s'agiter en tous sens. De son côté, Aru se demandait combien d'Héritiers devaient mourir avant de voir l'harmonie des peuples s'effondrer. Combien de piliers devaient se briser pour que le pays s'écroule et permette aux Lycans de revenir et de prendre possession de Tenebrium ?

Inquiet, proche de la panique, il sursauta quand on frappa à sa porte. Prudent, il rentra, traversa la maison et ouvrit, un sort de protection sur le bout des lèvres.

C'était Joseph Orgull, son meilleur ami. Un orc de bonne taille, au teint grisâtre et aux muscles proéminents, dont une partie de l'oreille droite avait été arrachée lors d'une rixe avec une bande de trolls. Dans sa tenue du dimanche, composée d'un sweat à capuche et d'un jogging délavé, il apporta un pack de six bières fortes.

— Alpha n'a pas été appelé pour la nuit ? s'étonna Aru.

— On est en poste et en soutien de première ligne depuis la découverte du corps, alors ils nous ont laissé récupérer un peu, répondit Joseph de cette voix caverneuse typique de son espèce. Et toi, t'es pas censé ouvrir la voie aux patrouilles de la B.A.D en prenant ton air prétentieux de Gardien ?

Aru rit. Un rire qui lui fit du bien. Qui lui fit penser à autre chose.

— J'enquête sur la mort de l'Héritier, annonça-t-il.

— Ouais, je sais, je te faisais marcher. Ça te dit de t'en jeter une?

Il leva son pack de six à la hauteur des yeux et Aru ne put résister à la tentation. Ils s'installèrent tous les deux sur la terrasse, malgré les ondées passagères, et tournèrent leurs chaises vers l'est. Ainsi, ils tournaient le dos au reste du pays qui risquait bientôt de s'embraser.

— Que va-t-il rester de Tenebrium demain matin ? se demanda Aru, dont l'inquiétude allait en crescendo.

— Du sang, des cendres et les vestiges d'un coup de colère mal maîtrisé, et un autre jour passera dessus pour tout nettoyer.

— Pessimiste ?

— Réaliste.

— Il faut que je retrouve ce tueur au plus vite… Imagine qu'il ou elle recommence.

— Elle ?

— On ne peut écarter aucune hypothèse.

— Merde, Aru, t'es tellement sérieux. Ce boulot te monte à la tête.

— J'ai toujours été sérieux, lui rappela Aru.

— Solitaire, oui, mais il t'arrive quand même de décrocher un peu. Tu as d'autres facettes, crois-moi, sourit Orgull. C'est la dernière bourrasque avant la tempête. Profites-en. Bois un coup et pense à autre chose.

— Tu me forces à boire ?

— C'est triste à dire, mais l'alcool te déride complètement. Faut juste pas que tu abuses. Au bout d'une bouteille de rhum et tu te mets à embrasser les trolls. N'oublie pas ce que disait ma mère…

— À courir trop vite, on ne voit pas le mur arriver, se rappela Aru.

— Lâche du lest. Oublie le Gardien. Bois ces foutues bières.

Sur ces sages paroles, il décapsula deux bières et en tendit une à son ami.

Aru se demanda s'il avait raison. Concentré sur ses objectifs, le jeune Gardien n'avait eu de cesse de se montrer raisonnable et intègre. À tel point qu'il réfléchissait chacun de ses mots avant de parler. Ce n'était pas dans l'intention de paraître mieux qu'il ne l'était, mais réellement dans une idée d'évolution constante. Cela faisait des années qu'il menait une compétition avec lui-même. Il ne s'autorisait que très peu de sorties et peu de rencontres.

— J'ai l'impression de faire un marathon et d'être le seul à ne pas avoir compris que la course était finie, avoua-t-il. Un peu comme si je me sentais obligé d'en faire toujours plus.

— Dans quel but tout ça ?

Aru prit un air grave et se tourna vers son ami.

— Je rêve d'être Protecteur officiel depuis que je suis gosse. Sans ce but qui me guide, je ne serais pas aujourd'hui l'enquêteur officiel de la plus grosse affaire qu'ait connu Tenebrium.

— La plus grosse affaire ? T'exagères pas un peu ?

Le ton désinvolte de son ami le surprit.

— Un Héritier a été tué, lui rappela Aru de ce ton solennel qu'il avait habituellement en présence de ses officiers. Ce n'est pas rien.

— Ouais… souffla-t-il.

Il ne paraissait pas autant impacté par cette mort qu'Aru.

— Ils sont quand même les maîtres de notre sécurité, lui rappela le jeune Gardien, troublé par l'attitude de son ami. Ceux qui garantissent la paix sur tout Tenebrium.

Étrangement, Joseph Orgull ne semblait pas partager cette pensée. Le regard dans le vide, il but la moitié de sa bouteille de bière et parla ensuite comme s'il s'adressait aux cieux :

— Parfois, je me dis qu'on se trompe. Je pense en fait que les Héritiers sont surtout là pour permettre aux riches de bien s'en sortir pendant que les trois quarts de la population crèvent la dalle… Ils se pavanent comme des dieux, vivent dans des palaces et bouffent dans les meilleurs restos sans débourser le moindre centime. On leur pardonne tout parce qu'on se persuade qu'ils nous protègent de l'horrible menace que représentent les Lycans, mais rien ne dit qu'ils sont si diaboliques que ça.

Aru n'avait pas bu assez que pour exprimer théâtralement son déroutement, mais ses yeux formèrent des ronds brillants de surprise à l'écoute de ces paroles. Il savait son ami capable de tenir des propos diffamatoires et blasphématoires, mais rarement avec si peu d'alcool dans le sang.

— Qu'est-ce que tu racontes ? Tu connais Sous-Terre quand même ? Tu y as fait assez de patrouilles pour te rendre compte de la folie qui y règne.

— Aru, je ne vais pas essayer de te laver le cerveau, c'est juste… Mec, les semi-loups, ils vivent d'une manière qu'on leur a imposée. Faut pas oublier qu'on les a jetés sous nos pieds du jour au lendemain. Il fallait bien qu'ils trouvent un moyen de survivre.

— On les a mis là pour de bonnes raisons !

Orgull adressa un regard énigmatique à son ami.

— N'aimerais-tu pas revoir une certaine Lycane ? l'interrogea-t-il. Comment s'appelait-elle déjà ? Anaya ?

— Je t'en ai parlé ? s'étonna Aru.

— Avec un coup dans le nez, t'es bien moins mystérieux, rigola l'orc.

Aru s'égara un bref instant dans ses pensées, puis se détourna de son ami pour observer les horizons. L'est, si tranquille, paraissait à l'épreuve de toutes les guerres à venir.

— Elle n'était que le fruit d'un rêve, rien de plus, finit-il par dire.

— Un rêve ? Tu te permets de rêver de temps en temps ?

— Quand j'ai un peu de temps, oui.

— Tu refuses l'idée d'être tombé sous le charme d'une Lycane ?

— Fin de la discussion ! s'emporta soudain Aru.

Sa colère ne fit que passer, et Joseph se mit à rire. Il se rappelait, avec humour, qu'avant d'être son meilleur ami, Aru Velner était un Gardien. Un représentant de l'Ordre mieux gradé que les superviseurs de la B.A.D et les Inquisiteurs réunis, au service direct de la cheffe suprême, des Hauts Gardiens et des Héritiers en personne. Ça devait un peu monter à la tête tout ça.

— Excuse, mec, je ne voulais pas t'embarrasser avec tout ça… dit l'orc en achevant sa bière. Je crois que toutes ces années de bons et loyaux services commencent à me rendre dingue ! Je devrais penser à ma reconversion dans l'administratif et laisser ma place aux jeunes. Les interventions suicidaires, c'est plus ma came.

Aru avait envie de le croire. Il avait envie de se persuader que ce n'étaient que des paroles en l'air. Son meilleur ami ne pouvait pas prendre en pitié les Lycans et sous-estimer leur dangerosité. Néanmoins, il y avait une certaine froideur dans ses yeux d'orc qui ne trompait pas. Le reflet de quelques pensées néfastes, peut-être.

— Je vais bientôt me rendre à Berserkir, l'informa Aru.

— Le royaume de Sous-Terre ? s'amusa Joseph. Un conseil : ne te laisse pas offrir un verre par l'un de ces Lycans sournois !

— Lycans sournois ? Je croyais qu'ils n'étaient pas si diaboliques que ça.

Il but à sa propre parole et Joseph usa de ses crocs pour décapsuler une nouvelle bouteille.

— Si la sournoiserie était un élément du mal, ce serait l'enfer derrière chaque pavé de ce foutu pays, réagit l'orc. Sans oublier une chose importante ; si les semi-loups étaient si terribles que ça, les politicards de l'Ordre n'iraient pas en bas pour s'amuser dans Berserkir !

Cette information rebondit dans l'esprit d'Aru :

— Des politiciens?

— Évidemment ! Quoi ? Tu l'ignorais ? S'il faut 12 heures pour qu'une permission soit accordée, ce n'est pas pour laisser le temps au Meneur de Loup d'arranger ses fleurs pour ta venue ! Le Garnier, il ne vit même pas à Sous-Terre ! Non, ce temps permet seulement aux représentants de l'ordre de dégager du quartier central avant que tu ne tombes sur une tête trop connue ou sur l'un de tes officiers supérieurs.

— Comment pourrais-tu savoir ça ?

— On en apprend des choses quand on traîne sa carcasse dans les casernes et les bureaux de l'Ordre durant plus de trente années. J'en ai eu des occasions d'entendre des morceaux de conversations secrètes et des rumeurs qui ne m'étaient pas destinées !

Aru eut du mal à le croire. Ce n'était pas improbable que des membres de l'Ordre se rendent à Sous-Terre, car le vice attire même les esprits les plus éduqués, mais il ne voulait pas entacher le jugement qu'il avait pour ces représentants du plus haut rang. Il avait une bonne estime pour ses officiers et sa cheffe suprême, tout comme il était persuadé que les ministres en charge des affaires coutumières de Tenebrium méritaient son respect.

Il avait beau se dire cela, les graines du doute commençaient à germer dans son esprit. Son agression dans le bureau de Ted Ansbach prouvait qu'un titre honorable n'empêchait personne d'être un enfoiré. Quant au témoignage de Dollos Armin, il stagnait dans un coin de sa tête tel un minerai patientant de meilleures évolutions pour devenir diamant. Il savait que la valeur des gens se mesurait à leurs capacités magiques dans ce pays. Si ce que le témoin avait dit était vrai, cela impliquait que le suspect pouvait faire partie du gratin de Tenebrium. Une nécromancienne capable de prendre la forme d'un esprit pour passer au travers d'un portail en fer forgé et de déjouer la sécurité des statues d'albâtre et de sel devait avoir une haute fonction. Ce qui voudrait dire que cette femme pourrait être…

Non, il devait cesser d'être arrêté par ces conclusions trop hâtives. S'éloignant de ces pensées parasites, il se força une dernière fois à tenter de remettre son ami sur le droit chemin :

– Les Héritiers ne gardent pas seulement les Lycans à l'intérieur de Sous-Terre. Ils garantissent aussi l'harmonie parmi les peuples. Sans eux, qui sait ce que ferait les…

– Les orcs cruels et barbares qui démembrent leurs victimes ?

– Ce n'est pas ce que je voulais dire.

– C'est ce que t'avais l'air de penser, non ?

– L'harmonie empêche aussi les nécromanciens d'user de leurs cadavres ambulants et les mages de dominer les éléments quand ils perdent aux échecs.

– Cette harmonie, c'est du baratin. Avec ou sans les Héritiers, elle reste fragile. On s'entend bien tous les deux, mais t'en connais beaucoup toi des mages qui s'acoquinent avec des orcs ou des trolls ? Et je ne te parle pas de ces nymphomanes de gobelins qui s'offrent à tout-va et à toutes les races ! L'amitié réelle entre les peuples est polluée par nos différences. Il n'y a que la haine qu'on se partage sans concession.

Il n'avait pas envie d'être d'accord avec lui, même s'il n'ignorait pas que l'harmonie entre les peuples avait la fragilité du verre le plus précieux. Mais, de se dire qu'elle perdurait grâce à la présence des Héritiers impliquait nécessairement la barbarie des peuples obligés d'être gardés par des demi-dieux pour ne pas se bouffer entre eux.

Ou était-ce le contraire ?

Il fut frappé par un flot de pensées complexes qu'il tenta de chasser avec un peu de bière.

— Je te trouve bien sombre ce soir, finit-il par dire à son ami.

— Tu l'es parfois aussi ! lui fit remarquer Orgull.

Aru n'était pas d'accord, mais se garda de le faire remarquer.

— J'dis juste qu'on a déjà du mal à s'entendre entre nous, au sein d'un même peuple, alors demander à des trolls qui se tapent sur la gueule toute la journée de s'ouvrir aux autres, c'est presque mission impossible, reprit l'orc. Mais bon, t'as peut-être raison. La mort de cet Héritier me rend bien sombre… Et peut-être me rappelle-t-elle que la paix qui englobe notre pays est d'abord une belle illusion qu'on nous impose.

— Moi, j'ai envie de croire que ce n'est pas juste une illusion. J'ai envie de croire que Tenebrium vivra des jours meilleurs et qu'on finira par outrepasser nos différences pour nous concentrer sur ce qu'on a en commun.

Joseph regarda son ami avec une étincelle dans ses yeux d'orc. Un sourire apparut sur ses lèvres, s'étirant comme pour déborder de son visage, faisant apparaître ses canines affûtées.

— T'es encore un gosse, mais j'avoue que ça fait du bien d'être parfois confronté à un peu d'optimisme. Je lève mon verre à ton magnifique futur !

Ils firent cogner leurs bouteilles et burent à Tenebrium.

Au même instant, la nouvelle de la mort de l'Héritier était relayée sur les chaînes principales et le pays s'apprêtait à subir les tempêtes de son peuple.

ÉMEUTES

Aussi prévisible que le ballet des feuilles mortes en automne, la nouvelle de cette mort anima Tenebrium de la pire des manières. Ce fut un véritable choc pour ses peuples. Avant même que l'annonce soit digérée, la chaleur des cœurs les plus sauvages gagna en intensité et poussa les plus téméraires à sortir dans la rue pour se mêler à la désolation du pays. Les bandes urbaines profitèrent de cette occasion pour créer le trouble, ceux-ci attendant le moindre prétexte pour imposer la violence dans les grandes villes, quand d'autres groupes se retrouvèrent pour boire à outrance et se donner la force pour aller fustiger le haut de la hiérarchie. Rapidement, les rues se remplirent, autant de gens mal intentionnés que de jeunes insouciants, et certains quartiers s'éveillèrent en cette heure tardive dans les chants sordides et les appels à la violence. L'ambiance, désormais, était si lourde, qu'elle présageait autant le pire que l'imprévisible.

Malgré les réactions à chaud de certains groupes, une bonne moitié de la population était véritablement endeuillée par cette triste nouvelle. Ces gens-là décidèrent de rester chez eux pour exprimer leur peine, protégés derrière leurs murs épais et leurs portes verrouillées. Les Héritiers pouvaient être vus comme les rois d'un ancien temps, mais ils engendraient encore bien du respect pour une grande partie de la population. Même ceux qui étaient dehors, à profiter de cette triste occasion pour se mêler aux futurs pillages, ressentaient une pointe froide leur traverser le cœur.

Une heure après la nouvelle, quand les premiers litres d'alcool furent écoulés, les premières bagarres eurent lieu dans les tavernes de Goldin-Hall. Elles débordèrent rapidement dans les rues, avant de s'étendre sur Belle-Fort et même à Norbeum, à quelques centaines de mètres des casernes de la B.A.D. Après avoir nourri leurs sentiments les plus sombres à coups de bière et d'alcool fort, les gens avaient besoin de quitter leurs tables pour exprimer leur peur et leur colère de la pire des façons. Et quand les bagarres ne suffirent plus à les calmer, ils s'unirent dans la détresse pour former des groupes aux intentions malsaines. Cela obligea la police et les Inquisiteurs à agir au plus vite pour encadrer ces foules animées de rage. Sous les ordres des officiers, ils se mirent en formation, priant chacun derrière leurs casques et les sorts de protection mineurs pour leur survie.

À minuit, les émeutes éclatèrent. L'élément déclencheur fut la simple arrestation d'un troll. Ce dernier avait profité de la confusion pour agresser sexuellement une jeune policière égarée dans la foule, avant d'être arrêté par la section Maintien de l'Ordre et d'être brûlé vif au visage par un sort d'élément. Le groupe auquel le troll appartenait voulut lui prêter main-forte en attaquant la police par-derrière et la foule suivit naturellement, sans connaître les raisons de cette arrestation. Celle-ci fut certaine que les forces de l'ordre abusaient encore de leur pouvoir et voulut la secouer un peu. Le prétexte parfait pour soulever une rébellion.

Comme pour chaque émeute, il y eut des incendies, des pillages, des agressions sexuelles, des démembrements et même une partie de football avec l'appareil génital d'un pauvre gobelin opportuniste ayant plongé les mains dans les poches du mauvais nécromancien. La sauvagerie avait atteint tous les peuples, la poussant à commettre des actes cruels et dénués de toute humanité, et il fallut que la B.A.D eût recours à des sorts mortels pour réussir à calmer cette rage meurtrière.

Aru, à l'instar d'une grande partie de la population de Tenebrium, s'était enfermé chez lui. Il était dans son salon, installé dans son fauteuil, et son cœur battait fort. Il était une heure du matin et il ressentait les vibrations néfastes se dégageant du cœur de son pays. Il n'avait pas besoin de voir les évènements dramatiques qui secouaient les quartiers pour les deviner. Les morts devaient se succéder tandis qu'il était là, impassible, plongé dans l'obscurité ambiante de sa maison.

Orgull était rentré chez lui depuis suffisamment longtemps pour qu'il ne ressente plus les effets de l'alcool. Son esprit était à nouveau alerte et sa magie aussi. Ce fut grâce à cela qu'une heure plus tard, il perçut une intrusion dans le voisinage. Tandis que le chaos des villes voisines faisait écho dans Fairy-Bourg, il comprit que l'absence de la police dans ce coin tranquille avait dû attirer un groupe désireux de commettre quelques crimes incognito.

Sans bruits et dans le noir, Aru se leva de son fauteuil et passa un rapide coup de fil au dispatching pour les prévenir de la situation. Une fois la police prévenue, il prit son arme, une baguette *élémental*[1]*e* de combat et sa lame de Gardien, et sortit de chez lui. Silhouette furtive dans cette nuit agitée, il remonta rapidement la piste des intrus et les découvrit en pleine affaire. Une bande de trolls avait investi une demeure isolée, au bout de sa rue, et emmenait les propriétaires vers les bosquets pour mener à bien quelques projets sadiques. Entre les mains, ils tenaient une femme et son mari, une adolescente et un enfant à peine capable de marcher tout seul.

Pour avoir une chance de sauver ces gens, Aru usa de discrétion et les suivit telle une ombre noyée dans les ténèbres. Il vit les trolls malmener leurs victimes pour les faire taire et les entendit faire d'horribles promesses. Selon les dires du meneur, ils allaient dévorer le plus jeune, démembrer le patriarche, dépuceler l'adolescente et ramener la mère dans leur repaire pour en faire une esclave sexuelle. Écoutant cela, Aru dut se faire violence pour garder la tête froide. Il n'avait qu'un désir ; tirer dans la tête du meneur pour disperser le groupe, mais le risque était trop grand à cette distance.

---

[1] *baguette *élémentale* : possédant un pouvoir lié aux éléments

Les trolls s'arrêtèrent après avoir gravi une légère pente, aux abords d'une petite clairière et à l'abri du quartier. Ici, loin des rumeurs et des maisons, ils allaient pouvoir mettre à exécution leur terrible plan. Excités à l'idée de pouvoir enfin profiter de ces victimes bien méritées, les trolls baissèrent leurs gardes et rassemblèrent la petite famille à leurs pieds. Le meneur attrapa l'adolescente par les cheveux en répétant les projets qu'ils avaient pour eux, quand Aru vint mettre un terme à cette créativité machiavélique.

De sa lame de Gardien, il trancha la tête du meneur dans un sifflement mortuaire, avant de conduire sa magie à l'aide de sa baguette *élémentale* et de faire abattre un vent de feu et de glace sur les trolls les plus éloignés des victimes. Une attaque puissante qui brisa la baguette, mais en tuant la moitié des agresseurs dans un spectacle de lumière aveuglante, de flammes dansantes et de tempêtes glaçantes.

Les trolls restants, au nombre de quatre, se jetèrent sur lui avec leurs masses d'armes, leurs poignards et un fusil à pompe, mais Aru s'entraînait aux arts du combat à mains nues deux fois par semaine. Il lui fut facile d'esquiver les coups les plus prémédités et de retourner la force de ces trolls contre eux-mêmes, mais il perdit l'équilibre en évitant un tir de fusil et se fit jeter violemment au sol par l'un de ses assaillants. À deux doigts d'avoir le visage explosé par du calibre 12, ce fut l'intervention de l'adolescente qui le sauva in extremis. Celle-ci frappa le troll armé avec une branche, et avec assez de force que pour le sonner, et permit à Aru de l'achever avec sa lame. Le combat reprit ensuite, donnant malheureusement l'avantage aux trolls, avant que de nouveaux tirs ne retentissent et que l'ennemi s'effondre enfin.

D'abord sur la défensive, tandis que les silhouettes de leurs sauveurs prenaient forme entre les arbres, Aru fut soulagé en reconnaissant les uniformes de la B.A.D. Une patrouille de trois membres de la section Charlie. Celle-ci alluma la torche intégrée à leurs gilets pare-balles, éclairant la scène macabre au milieu de laquelle Aru et la famille rescapée se tenaient debout.

— Juste à temps, à ce que je vois ! dit l'un des membres.

— Korf ? reconnut Aru.

L'homme diminua la clarté de sa lampe pour cesser d'aveugler le jeune Gardien et lui offrir le soin de le reconnaître.

— On a été envoyé en priorité ici après ton appel, lui dit l'ancien Inquisiteur.

— T'es pas censé être en poste de sécurité pour les casernes.

— Pas ce soir, non. Au vu de la situation, j'ai été affecté aux patrouilles d'urgence. Ça ne m'étonnerait pas que je seconde le superviseur d'ici la fin de la semaine.

— Tu tombes à pic en tout cas.

— En effet, souffla Korf en passant le halo de sa lampe sur les nombreux cadavres. Même si tu te débrouillais très bien tout seul.

Il fit ensuite appel aux officiers de la ville pour permettre l'évacuation rapide des corps vers le crématorium public où la plupart des trolls sauvages finissaient. Les deux autres membres de la B.A.D ramenèrent la famille chez elle afin de prendre une rapide déposition. Aru resta là un moment, digérant la scène qui venait de se dérouler, et usa d'un sort d'apaisement pour retrouver le fil de ses pensées. À ce moment, Korf revint lui parler :

— Fais gaffe la prochaine fois que tu viens aux casernes, dit-il à voix basse.

— Pourquoi ?

— Les sections n'apprécient pas que tu enquêtes sur nous. Ils sont nerveux. Je le sens mal. Reste sur tes gardes.

Aru fut étonné et peiné de l'apprendre. Mettant de côté la section Delta, il s'était toujours bien entendu avec les autres gars de la B.A.D. Cependant, la découverte de l'arme du crime dans leur caserne devait tout changer.

— Certains sont plus nerveux que d'autres ? demanda Aru.

— Pourquoi cette question ? Tu ne crois quand même pas que c'est l'un de nous qui a utilisé cette dague ?

Le silence d'Aru parla de lui-même. Aussitôt, Korf fit un pas en arrière et s'assombrit.

— On te sauve la peau et c'est comme ça que tu nous remercies ? dit-il.

— Sais-tu quelque chose à propos de la Dague retrouvée ? l'interrogea Aru, bien décidé à ne pas se laisser démonter.

— Va te faire foutre, Aru… Continue comme ça et tu finiras avec un couteau dans le dos. De rien pour les trolls !

Korf le dévisagea une dernière fois de son regard le plus noir et repartit ensuite. À nouveau dans les bras de l'obscurité, Aru baissa les yeux vers les cadavres et repensa à la discussion qu'il avait eue avec son meilleur ami quelques heures plus tôt. Même si ces trolls étaient sauvages et n'avaient rien à voir avec les citadins ou ceux des montagnes et des forêts, ils faisaient partie de ce peuple et prouvaient qu'il n'avait pas été possible de soumettre tout le monde à cette paix que l'Ordre se targuait d'avoir instaurée dans tout Tenebrium.

Sont-ils toujours honnêtes? Ont-ils des intérêts à faire perdurer ces mensonges?

Est-ce réellement des mensonges?

Fâché de ses propres pensées, Aru les chassa de sa tête et quitta le bosquet pour retrouver le confort de sa maison. En chemin, il se dit que la mort de l'Héritier et sa récente agression dans le bureau de Ted Ansbach devaient être à l'origine de ces sombres réflexions. Il lui fallait désormais un peu de sommeil pour remettre de l'ordre dans ses idées. Offrir à son esprit le soin de s'échapper un peu avant qu'il ne reçoive enfin la permission officielle pour enquêter à Berserkir.

Arrivé devant sa porte d'entrée, il perçut des cris stridents. Des cris terrifiants résonnant dans tout le pays, signature du chaos qui étreignait Tenebrium. *Le Chant des Fées.*

Aru se tourna vers les Vallées-Chantraines et les plaines maudites de Tervâne, mais essaya de ne pas penser aux créatures qui se trouvaient au-delà de ces terres. Elles devaient se réjouir des évènements, mais il se força à ne pas les imaginer. Cela lui était interdit. Les habitants ne pouvaient ni parler ni penser à ces démons. L'Ordre était intransigeant à ce sujet. On devait agir comme si la menace qu'elles représentaient n'existait pas.

— Les ignorer ne nous sauvera pas, lui avait dit un jour Orgull. Leur prison n'est pas infaillible. Elles rêvent de liberté comme nous tous.

Aru n'avait pas d'avis leur concernant. Il valait mieux ne pas en avoir en travaillant pour l'Ordre. Il se devait simplement d'être confiant. Tournant le dos à ces cris, il rentra enfin chez lui.

Une poignée d'heures plus tard, une sonnerie retentit dans la maison du jeune Gardien. Une sonnerie qui le sauva de ses cauchemars. Installé dans son fauteuil, l'esprit confus et perturbé par les échos de quelques visions, il se leva lentement et progressa dans l'obscurité de cette nuit trop longue. Il suivit les cris stridents de son téléphone fixe, avant d'en être étonné. Personne n'avait ce numéro, à part sa mère. Craignant qu'il lui soit arrivé quelque chose, il se dépêcha de répondre.

— Maman ? fit-il d'une voix éteinte.

— Ils sont tous coupables, lui répondit une voix traînante.

Aru, encore étourdi et dans un état second, plissa le front d'étonnement. Il ne reconnaissait pas la personne en train de lui parler.

— Qui est-ce ? demanda-t-il. Comment avez-vous eu ce numéro ?

— Au moment voulu, tu te souviendras de ce qu'ils ont dit… de ce qu'ils ont fait… poursuivit l'inconnu.

— Si c'est vous, Ansbach, sachez…

Un rire résonna dans le combiné. Un rire cruel, perçant, presque irréel. Au même instant, Aru se saisit d'effroi. Durant un bref instant, il aperçut la silhouette difforme d'une créature derrière la vitre de la salle à manger. Outrepassant la peur et laissant tomber le téléphone, il sortit par la porte d'entrée, pieds nus et désarmé, et fit le tour de sa maison. Il inspecta rapidement les environs, jeta un sort de détection, mais ne trouva rien ni personne. La nuit enserrait encore le pays dans ses bras et maintenant la pénombre en place, laissant peu de chance au jeune Gardien d'y voir clair.

Troublé, il rentra et s'interrogea sur la chose qu'il avait cru apercevoir à l'extérieur.

Non, impossible… pensa-t-il.

Et pourtant, il avait bien l'impression qu'un Héritier rôdait dans le coin.

Ce ne fut qu'aux premières éclaircies d'une aube nouvelle que le calme revint enfin dans le pays. Les foules enragées n'étaient désormais plus que de petits groupes dispersés dans les quartiers pauvres de Goldin-Hall et dans les Cités de la Nouvelle-Salem où eurent lieu les derniers règlements de compte. Quand le soleil entama enfin son ascension royale dans le ciel, il ne restait rien de la colère. Il était temps désormais de ramasser les cadavres, de constater les dégâts sur la voie publique, de rédiger des rapports pour les assurances, de prendre les plaintes et de réunir les officiers dans de grandes salles de réunions pour prendre de grandes décisions afin de rassurer la population avec de belles promesses d'avenir.

BERSERKIR

Somnolant dans son fauteuil, Aru fut éjecté de cette semi-torpeur dans laquelle il baignait depuis un moment lorsque son téléphone sonna. D'abord méfiant, au vu de ce qui s'était passé un peu plus tôt, il finit par décrocher. Il ne dit rien, attendant que son interlocuteur se présente :

— Monsieur Velner ? demanda une voix féminine qu'il reconnut aussitôt.

— Lovemor ?

— J'ai eu vent de votre demande d'enquête à Berserkir. J'aimerais vous accompagner.

Aru soupira. Elle était encore dans ses pattes.

— Hors de question, dit-il.

Ce n'était pas directement contre elle. Les Gardiens travaillaient seuls et il ne voulait pas prendre le risque d'être détourné de ses habitudes.

— Je fais partie de l'enquête, rappela-t-elle.

— Vous êtes en soutien, rétorqua Aru. Et sous mes ordres.

Ça souffla dans le micro. Aru imagina la superviseuse gronder de l'autre côté du téléphone.

— Je peux être utile, dit-elle d'un ton ferme.

— Je n'en doute pas. À bientôt.

Elle parla encore, mais Aru raccrocha. Reprenant ses esprits, il se leva du fauteuil, se prépara un café et ouvrit son ordinateur pliable pour vérifier les courriers de sa boîte mail professionnelle. Il jeta un dernier regard vers la fenêtre de sa salle à manger, mais chassa toutes les idées qu'il se fit.

De toute évidence, l'évènement de la veille n'était qu'un rêve. Un stupide rêve.

La permission était arrivée. Un document officiel, signé de la main de la cheffe suprême et des officiers supérieurs de l'Ordre, qu'il imprima avant de réunir ses affaires et de partir au plus vite. Ne sachant pas ce qui l'attendait, il prit son arme de poing, une baguette d'anéantissement détenue uniquement par les Gardiens et une matraque d'aveuglement très utile dans un univers où le soleil ne se montrait jamais. Il se revêtit de la tenue officielle des Gardiens, tissu de noir et d'argent renforcé par les sorts de quelques mages habiles autant dans leur magie que dans la confection d'uniformes, et quitta Fairy-Bourg pour rejoindre la cité de la Nouvelle-Salem. Il avait étudié le réseau souterrain du temps où il était Disciple et connaissait l'emplacement de toutes les entrées de secours menant le plus directement possible à Berserkir. Entrant dans la bouche de métro 46, à deux pas d'un bâtiment où se regroupaient les bandes urbaines pour se shooter au Bleuté, il descendit jusqu'aux couloirs de la station souterraine et progressa dans cette ambiance malsaine en se gardant d'être trop curieux. À hauteur des quais, il traversa les voies et passa l'une des portes de secours.

Cinq minutes plus tard, laissant derrière lui les galeries souillées par la perversité des touristes et des habitants, il brandissait son mandat à un troll posté devant l'une des nombreuses entrées menant à Berserkir. La créature, face à ce Gardien flanqué de son plus solennel uniforme, ne put lui refuser l'accès. Inspirant profondément, il conseilla la plus grande prudence à Aru avant de lui ouvrir la voie. Le Gardien allait enfin découvrir le royaume de Sous-Terre.

La première chose qui le frappa fut l'immensité de cette ville. Ses plafonds de pierre et de terre étaient si hauts, qu'ils en donnaient le vertige. De l'extérieur, il était impossible d'imaginer autant d'espace juste sous nos pieds. Il y avait d'innombrables routes, toutes en pavés ou en terre battue. Tellement qu'on aurait cru qu'elles n'avaient pour ambition que de vous égarer dans son infini réseau, et rejoignaient de plus larges chaussées traversant de part et d'autre Berserkir. Les demeures, à l'image de celles qu'on trouvait dans les galeries souterraines, étaient faites de bois, proposant cette architecture propre à l'Ouest américain de la fin du 19e siècle, éclairées chacune par de nombreux réverbères et par des lanternes géantes accrochées aux plafonds de la ville. Il y avait également des terres cultivables et des fermes sur les contours, des enclos où s'entassaient différentes bêtes et des puits, mais ces espaces liés à la survie avaient été volontairement écartés du centre de Berserkir. Ainsi prospéraient maisons closes, commerces, habitations et marchés loin du travail de l'agriculture.

D'un premier regard, Aru comprit que ces lieux n'étaient pas fermés aux gens, au contraire des Gardiens et des policiers obligés d'avoir un mandat pour pouvoir s'inviter. De riches visiteurs déambulaient dans les rues de la ville et passaient d'un marché à l'autre, d'un vice à l'autre, sans se soucier de rien d'autre que de leurs propres désirs. Les Lycans, bien plus présents que dans les galeries, y régnaient sans violence, se contentant de se promener et de vaguer à leurs tâches. Les fermiers, sur les côtés, cultivaient et s'occupaient des bêtes, les autres travaillaient dans leurs magasins ou dans leurs usines, fabriquaient, forgeaient ou profitaient simplement d'une pause ou de leurs congés pour se réunir, boire des verres et chiner.

En pleine découverte de ce royaume, Aru repensa à Anaya. Était-elle ici ? Quelque part ? Il l'avait chassée de son esprit en faisant usage de magie, au point de se persuader qu'elle n'était que le fruit de son imagination, mais les sorts se dissipaient désormais qu'il était là. À l'intérieur de Berserkir, l'existence de cette femme lui réapparut telle une évidence.

Non, il ne pouvait pas penser à elle. Il devait la rejeter à nouveau. Encore. Elle ne pouvait pas s'intégrer dans le cours de ses pensées. Elle risquait de parasiter ses réflexions.

L'ôtant de sa tête, il continua de progresser dans cette ville mystérieuse. L'une des questions qu'il s'était toujours posées, c'était de savoir comment faisaient les Lycans pour s'approvisionner. Comment faisaient-ils descendre les vivres et les matériaux depuis Tenebrium s'ils n'avaient pas le droit de quitter Sous-Terre ? La réponse lui apparut à peine fut-il sur place. Elle était bien plus évidente qu'il ne l'aurait pensé : les gobelins. S'ils n'étaient rien d'autre que des libertins, des voleurs à la tire et des fainéants aux yeux des peuples de Tenebrium, ils étaient, ici, les spécialistes de l'import-export. Ils représentaient la liaison entre les deux mondes. Venant de toutes les entrées, ils débarquaient avec des sacs remplis et des chariots pleins, approvisionnant sans cesse Berserkir de la richesse qu'on trouvait par-delà ses toits. Ils occupaient également les stands des marchés qui inondaient les places pour proposer nourriture, objets du quotidien et aussi des artéfacts, offrant de l'animation à la ville.

Dérouté par cette découverte, Aru se sentit plus comme un touriste en terre étrangère qu'un Gardien en mission. Personne ne lui prêtait attention, lui permettant ainsi d'observer à son aise cette ville sauvage qui ne l'était pas tant. Hormis les maisons closes et les commerces où l'alcool et la drogue étaient vendus côte à côte, on trouvait également des banques et des restaurants. Des établissements bien entretenus et mis en avant, à l'instar de boutiques de vêtements et de parfumeries. Les rues commerçantes se concentraient dans une partie de la ville, bien séparée des quartiers où les familles vivaient bien plus tranquillement que ne l'imaginait le jeune Gardien, et il y avait des aires de jeux et des parcs où les jeunes semi-loups dépensaient leur trop-plein d'énergie.

L'imagination d'Aru, fortement influencée par les racontars, les histoires et les cours dédiés aux mondes souterrains, avait dépeint cet endroit comme le repaire de démons à la fourrure noire et drue s'adonnant au cannibalisme et aux orgies sexuelles sur les cadavres de leurs proies. Cependant, il eut beau parcourir des kilomètres dans cette ville, il ne tomba sur aucun Lycan dans sa forme bestiale. Le peuple se gardait de donner vie à leur sauvagerie, très certainement pour ne pas détruire leurs propres maisons et leurs commerces.

Au contraire des peuples de Tenebrium…

Retrouvant les raisons de sa présence en ces lieux, il parcourut les marchés investissant les places et les chaussées principales, et posa des questions aux gobelins qui y vendaient tout ce qui pouvait porter un prix. Aru n'avait jamais vraiment prêté attention à ces créatures aux silhouettes filiformes et aux faciès longs en profil. À l'instar des autres peuples, il les considérait avec mépris, et notamment à cause de leurs odeurs naturelles se rapprochant fortement des émanations d'une litière de chat. Pourtant, ici, à Berserkir, elles se dévoilaient sous un jour meilleur. Elles avaient du bagou, réfléchissaient mieux et tentaient même le chantage pour essayer de gagner quelques pièces. Finalement, il tomba sur une jeune gobeline en robe courte vendant des bougies parfumées et des poignards bien aiguisés dont la manière de s'exprimer suggérait une intelligence plus poussée que ses pairs. Aru lui demanda où il était possible d'acheter des artéfacts légendaires, du genre illégal, et celle-ci lui conseilla de se rendre plus à l'ouest, dans les quartiers gris. Là où les réverbères étaient rares et où l'on ne changeait pas les ampoules géantes des lanternes quand elles grillaient. Il la remercia, lui offrit deux pièces d'argent, et se rendit vers ces quartiers en suivant ses directives.

En chemin, il rencontra des trolls, des orcs, et des hommes et des femmes sans signes distinctifs pour différencier le mage du nécromancien (ici, aucun ne portait les habits traditionnels, préférant se vêtir selon la mode). Tous paraissaient aisés et coutumiers des lieux. Il n'y avait pas la moindre sécurité, si ce n'est celle indirectement assurée par la présence des Lycans allants et venants sans cesse, mais ce ne fut pas pour autant qu'il rencontra les formes les plus dévastatrices de l'anarchie à chaque coin de rue.

Les quartiers gris étaient dédiés aux ventes d'objets magiques, d'armes et de drogues hautement hallucinogènes, et aussi aux alcools frelatés risquant de vous exploser le cerveau à la gorgée de trop. Des produits d'une telle illégalité, qu'il valait mieux, même ici, les proposer dans des lieux sombres et déserts.

La plupart des maisons bordant les ruelles étaient occupées par des squatteurs sans le sou, passant d'un domicile à l'autre selon l'envie. De grands entrepôts désaffectés, géants de pierre contrastant avec l'architecture générale et qui avait certainement participé à la grandeur de cette ville, dominaient les paysages de leur morne présence, alourdissant l'ambiance déjà sinistre de cette partie de la ville.

Au travers des rues et des chemins dérobés, couraient librement des cabots squelettiques, des rats et d'autres nuisibles, parfois poursuivis par des gosses un peu trop téméraires. Aru ne leur prêta aucune attention. Il était là pour les marchés itinérants qui encombraient l'espace. Des marchés qui attiraient les plus riches et les plus audacieux en proposant ces articles aussi illégaux que dangereux.

À l'inverse de ceux qui garnissaient les chaussées, beaux et bien construits, les stands avaient peu d'allure. C'étaient des tentes sales, trouées, et des abris de fortune composés de bois et de ferraille, disposés sans ordre le long des habitations et au milieu de places sans charme. À peine éclairés par la lumière orange et hésitante des réverbères, les marchands usaient de bougies et de feux pour révéler leurs articles en ajoutant, par la même occasion, une dernière note lugubre à ces lieux discrets.

Cette fois, la présence du Gardien fut remarquée. Les clients, à la vue de sa tunique et de sa médaille, tournèrent les talons et s'égarèrent dans l'ombre pour disparaître de son champ de vision. D'autres feignirent d'être égarés et firent comme s'ils cherchaient une sortie. Les marchands, tous gobelins de souche, étaient nerveux et soufflaient sur leurs bougies pour s'envelopper d'ombres. Les moins discrets se contentèrent de se baisser derrière leur comptoir pour ne faire apparaître que le haut de leurs visages.

Aru avait l'œil, malgré la pénombre qui précédait son pas, et sut lequel de ces gobelins avait réellement des choses à lui révéler. Un peu à l'écart des autres, comme pour se démarquer, l'un des marchands se mit à siffloter nerveusement en apercevant le Gardien. Comme pour simuler une certaine désinvolture. Il transpirait à grosses gouttes et tremblait derrière ses étalages, puis se mit à ranger ses articles aussi discrètement que possible. Il les fit glisser dans un sac en toile, en grimaçant à chaque fois que les bois s'entrechoquaient, puis se redressa et glissa hors de son propre stand. Gagné par l'empressement, il s'apprêta à fuir, quand le Gardien apparut juste devant lui.

— Aru Velner, Gardien, se présenta-t-il. Pourrais-je vous poser quelques questions ?

Le gobelin hoqueta de surprise.

— Je ne sais rien, rien du tout ! jura-t-il. Je suis juste de passage !

De ses narines et ses oreilles sortaient de longs poils gris, et de profondes rides lui déformaient le front. De toute évidence, il était d'un âge avancé. Aru se dit qu'il valait mieux ne pas le secouer de trop.

— Que vendez-vous ? demanda Aru.

— Rien ! affirma le gobelin. Je suis un touriste !

— Vous venez de vous extirper de ce stand. Je l'ai vu. Vous ne mentiriez quand même pas à un Gardien ?

Le visage du gobelin s'éclaircit soudain. Il passait à une autre tactique.

— Ah oui, ce stand… Oui, c'est vrai, j'avais oublié, sourit-il. Mais je ne vends rien d'illégal ! Je le jure sur la tête de mon affreuse belle-mère !

— Que vendez-vous ?

— Des fleurs et des intestins de porc, rien de plus !

— Je ne vois ni fleurs ni intestins, lui fit remarquer le jeune Gardien en passant ses yeux sur la table vide du stand.

— Tout est parti très vite !

— Oui, je m'en doute. Il est connu que les gens viennent ici pour acheter des fleurs et des intestins de porc.

— Je ne sais pas, je ne viens jamais ici… Je vous l'ai dit, je suis de passage. En fait, c'est le stand d'un ami à moi et il va revenir. Attendez ! Vous savez quoi ? Je vais le chercher !

Il s'apprêta à fuir, mais Aru lui attrapa le bras dans un mouvement vif ne laissant aucune chance au gobelin. Le serrant fermement, il tira le sac en toile vers lui et l'arracha des mains du marchand.

— Il y a quoi là-dedans ? l'interrogea Aru.

— Ce n'est pas à moi ! assura le gobelin.

Sans le lâcher, le jeune Gardien retourna le sac et déversa tout son contenu. Tous les articles tombèrent au sol dans une série de cliquetis métalliques. Il y avait des amulettes, de petites lanternes, des morceaux de roche polie, des lames de différentes tailles et de différents manches, et, surtout, une Dague de Sang étincelante. Le joyau de tout ce bazar sans valeur.

— Bel objet, reconnut le jeune Gardien en dardant son regard sur l'arme. Je pense que nous allons avoir une petite discussion.

Il obligea le gobelin à ramasser tous les articles et à les remettre dans le sac. N'osant toucher directement la Dague, il utilisa le tissu du sac pour la prendre en main. Une fois fait, Aru le conduisit ailleurs, loin des regards curieux et des oreilles indiscrètes, au fond d'une impasse où ils ne dérangèrent personne d'autre que des chats de gouttière festoyant dans les viscères d'un rat fraîchement tué.

Le gobelin, mécontent, se débattit et essaya même de mordre le jeune Gardien, mais Aru sut rester loin de ses canines et le jeta contre la façade de l'un des entrepôts. Le marchand tenta de fuir encore, de passer sur les côtés, mais sans jamais réussir à ses fins. À chaque fois, Aru l'interrompait dans ses intentions et le rejetait vers la façade.

Comprenant qu'il était bloqué, le gobelin soupira et se détendit. Aru lui reprit son sac et le renversa à nouveau, dispersant sur les sols humides tous les articles du vendeur. Le jeune Gardien, sans quitter le gobelin du regard, éloigna la Dague de Sang du reste des armes. Une lame d'un rouge vermillon dont le manche était incrusté de pierres ensorcelées et d'inscriptions anciennes qui maintenaient la magie de cette arme.

— Tu as l'habitude de vendre ce genre d'artéfact ? lui demanda-t-il.

— C'est une contrefaçon pour plumer les riches clients, jura le gobelin d'un ton qui pouvait convaincre et duper bien des gens. Un peu de peinture et quelques artifices, et le tour est joué. C'est courant ici, Gardien, je vous le promets sur la vie de mes petiots !

— Une contrefaçon ?

— Je te le dis ! Que ferait un immonde gobelin avec une Dague de Sang ? Hein ? Je ne suis pas digne de posséder une telle arme.

— Te moquerais-tu d'un Gardien ?

— Moi ? Oh que non ! Je n'oserais pas, voyons !

Mais, ce petit rictus qu'il n'arrivait pas à dissimuler disait le contraire. Aru, énervé de faire face à tant d'irrespect, laissa exprimer un bref instant cette colère grondante qui lui embrouillait l'esprit. Il le frappa au visage d'un solide coup de poing, lui arrachant ce morceau de sourire accroché à ses lèvres. La créature, comme prise dans une valse soudaine, tournoya sur le côté, mais fut rattrapée par le Gardien avant qu'il ne s'effondre. Le tenant au col, il le secoua, le souleva et le plaqua contre le mur avec suffisamment de fermeté pour rappeler qui dominait cet entretien.

— Arrête, je t'en prie, pleura le gobelin quand il en eut fini de cracher du sang et les morceaux de dents qu'il avait failli avaler.

— Réponds à mes questions ! tonna Aru dont le visage s'était assombri. Réponds ou je t'arracherai le bras pour te le faire bouffer !

— Mais c'est ce que je fais ! Je jure !

— Tu veux peut-être que je pose la lame sur toi pour voir si elle va cramer ta peau ?

— J'vous jure que je ne sais pas ce qu'elle fait là ! Elle n'est pas à moi !

Il n'en démordait pas. Il persistait dans ses mensonges. N'ayant pas d'autres choix, comprenant que ce gobelin avait appris à mentir avant même de marcher, Aru resserra sa prise et le plaqua une fois encore sur le mur, et profita de l'état confus de la créature pour ouvrir toutes les portes de son esprit avec un sort de révélation. Quelques paroles dans la langue Eludyienne, provenant des vieux grimoires de sa mère, et le vendeur fut enfin prompt à dévoiler tous ses plus sombres secrets. Le Gardien le lâcha et recula de deux pas.

Comme il venait de se prendre le sort en pleine face, il vacilla d'abord, perdit même l'équilibre, mais se reprit et secoua la tête avant d'afficher un air benêt. Le jeune Gardien sut que le sort avait pris.

— Es-tu prêt à me répondre cette fois-ci ? l'interrogea Aru.

— Tout ce que je sais… c'est ce que je dirais… tout ce que je sais…

Le gobelin s'adossa à la façade de l'entrepôt pour cesser de chanceler.

— Est-ce une véritable Dague de Sang ? poursuivit Aru de ce ton formel dont il faisait usage durant ses auditions.

— La dernière encore en vente à Sous-Terre, répondit le gobelin d'une voix qui peinait à garder un débit régulier.

— En as-tu vendu d'autres ?

— Moi ? Oh non… Les Dagues sont moins rares que les gens du dessus le pensent, mais elles ne courent pas les marchés… Izmer en a vendu une, il y a un temps certain à un Mercenaire. Tout enveloppé de leurs capes et de leurs écharpes…

— Où puis-je trouver Izmer ?

Le gobelin se mit à rire.

— Quels morceaux voulez-vous trouver ? demanda-t-il. Il devait beaucoup d'argent à des mages hauts placés et ils ont fini par perdre patience…

— As-tu vu son client ? As-tu vu ce Mercenaire ?

— De ce qu'on en voit seulement…

— De quelle race ?

— De celle des mages et des nécromanciens… Et des yeux vairons… À ce que je crois ! Pas ordinaire comme anomalie.

En effet, ça ne l'était pas. C'était un détail qui avait son importance capable d'ouvrir une voie nouvelle à cette enquête.

— Un homme ou une femme ? demanda encore Aru.

— Un mâle…

— Peux-tu me dire autre chose à son propos ? D'où venait-il ? Son nom ?

— Je ne sais rien d'autre…

Il était inutile d'insister. Le sort de révélation faisait toujours effet, poussant le gobelin à la plus franche honnêteté. Mettant fin à cette conversation, Aru força le gobelin à s'asseoir dans un coin sombre et humide, proche des festins sanguinolents abandonnés par les chats, et lui jeta un sort relaxant pour le faire dormir. À son réveil, il ne garderait aucun souvenir de cette discussion.

Il repartit vers le cœur de Berserkir, mais comprit rapidement qu'il progressait comme au milieu d'un océan tranquille. Les paysages n'avaient plus rien à offrir pour l'heure. Il était temps pour lui de rentrer. Il avait assez d'éléments pour établir un rapport à Blake, comme le voulait la procédure, et pour poursuivre son enquête. Il allait désormais falloir réfléchir au meilleur moyen de retrouver les camps de Mercenaires afin d'y mener ses interrogatoires et retrouver celui qui avait acheté cette dague. Un homme aux yeux vairons, selon les dires du gobelin, et très certainement un habitué des marchés de Sous-Terre.

Les mercenaires rassemblaient les représentants de tous les peuples de Tenebrium. Ils étaient connus pour être de sombres opportunistes agissant sans honneur, voués aux contrats qu'on leur offrait. Mais ils étaient aussi corruptibles, offrant un avantage certain ; contre quelques billets, Aru devrait facilement trouver son suspect. La seule information qui lui manquait, c'était la position la plus récente de ces camps. Vivant à la nomade, ils avaient pour habitude de traverser Tenebrium bien quatre fois par an pour déplacer leur bivouac, et ce dans le but de ne pas être relié aux cadavres qu'ils laissaient dans leurs sillages.

Songeant à la meilleure personne pouvant lui délivrer ce genre d'info, il repensa machinalement à Ena Lovemor, superviseuse de l'équipe Sierra. La B.A.D était connue pour tout savoir sur Tenebrium, et mieux encore que l'Ordre lui-même. Si quelqu'un pouvait l'aider à trouver ce camp, c'était bien elle.

Il allait donc devoir intégrer la jeune femme à cette enquête.

LE CHARME DES LYCANS

Perdu dans ses pensées, ce fut accompagné du souvenir d'Ena qu'il retourna vers le cœur de la ville. Son visage hanta un instant son esprit, avant de le chasser en essayant de comprendre la raison pour laquelle il se l'imaginait. Ce fut à cet instant qu'il sentit qu'il était suivi. Et il devait l'être depuis un moment, car ce sentiment le prit de toute part, comme s'il l'étreignait. Comme s'il rattrapait son retard dû à son manque de réactivité et de clairvoyance. Maintenant qu'il s'en rendait compte, il n'était plus possible de lutter contre.

Il s'arrêta et observa l'endroit où il se trouvait. Ses pas l'avaient mené vers une belle place où un violoniste jouait ses meilleurs morceaux à l'intérieur d'un kiosque blanc. Une musique envoûtante et totalement adaptée aux paysages. Reprenant le contrôle de ses sens, Aru tendit l'oreille et s'ouvrit aux énergies qui l'entouraient. Sensible à son environnement, les poils de sa nuque se dressèrent et le poussèrent à se retourner. Il suivit son instinct et se retrouva face à la personne qui le suivait depuis qu'il avait quitté les quartiers gris.

Anaya.

Elle n'avait rien perdu de cette beauté froide qui la caractérisait, et peut-être même était-elle plus belle. Le souvenir qu'il en avait s'était terni, mais pouvait renaître de ses cendres et rendre justice à cette femme ne souffrant d'aucun défaut. Son visage, lisse et scintillant, semblait être né d'un reflet qu'aurait égaré une lune parfaite.

— Vous vous en alliez sans même venir me saluer, dit-elle.

Sa voix était restée aussi douce que dans son souvenir. Une voix lisse capable de calmer les colères les plus chaudes et d'endormir les angoisses d'un nouveau-né.

— N'êtes-vous pas de ce genre à trouver les gens avant qu'ils ne vous cherchent ? réagit Aru.

La question la fit sourire.

— Peut-être… murmura-t-elle.

Elle s'approcha et son parfum enivra Aru. Le parfum d'un sort agréable pouvant apaiser les esprits trop formels.

— Vous êtes fort jeune pour être Gardien, murmura-t-elle près de son oreille. Le plus jeune que j'ai pu rencontrer.

Troublé par cette rencontre, il voulut lui répondre qu'elle était la plus belle femme qu'il ait pu rencontrer, mais il se retint. Il résista contre la spontanéité de cette réponse et contre les effets du parfum plaisant dans lequel Aru baignait désormais. Et ce fut tant mieux ; sans doute n'était-il pas adéquat de tenter de charmer la fille du Meneur de Loup.

Anaya posa ses yeux noirs sur les lèvres d'Aru et sourit, donnant l'impression de lire les pensées du jeune Gardien. Ce dernier, dans un mouvement de défense, recula d'un pas.

— Me suivez-vous pour une raison particulière ? demanda-t-il plus sérieusement, tentant ainsi de redonner un peu de convenance à cet échange.

— Au vu de votre charme, bien des raisons doivent mener de jeunes femmes sur vos pas.

— Ou peut-être est-ce pour m'offrir d'autres funestes paroles, répliqua Aru, en mémoire à la sombre prévision qu'elle lui avait faite du temps de sa formation.

— En réalité, ce que je désire simplement, c'est de partager un verre avec vous.

Aru craignait d'y voir l'ombre d'un piège sournois, mais il ne pouvait pas refuser. Il devait être mal venu de contrarier Anaya Garnier, la fille du seigneur de ces lieux. Sans oublier qu'une simple discussion autour d'une table pouvait aussi lui permettre d'en savoir davantage sur Berserkir. Peut-être même allait-il savoir si son ami Joseph était dans le vrai quand il prétendait que le Meneur de Loup vivait à la surface.

Le savoir, c'est le pouvoir, disaient certains.

— Que m'arriverait-il si je refusais ? la questionna-t-il.

— Vous passeriez à côté d'une bonne conversation.

Il n'y eut plus d'autre tentative de charme de la part de la jeune femme, car déjà elle avait atteint ses buts. Ce fut donc sans réelle résistance qu'Aru accepta de la suivre. En fait, il le fit sans vraiment s'en rendre compte, baissant presque volontairement ses défenses pour entrer dans ce jeu où il n'était pas certain de pouvoir l'emporter.

Ils se retrouvèrent dans une taverne où Anaya fut chaleureusement saluée, à coups de courbettes et de formules polies, autant par les tenanciers que par les clients. Elle imposait le respect sans même dire le moindre mot, rappelant combien le statut d'Aru était insignifiant dans ce monde souterrain. Ici, il n'était que le pantin de l'ordre et de la justice dans une ville qui se fichait bien des lois et des règlements.

L'endroit ne manquait pas de luxe et de confort, avec ses lustres aux arabesques complexes offrant à l'environnement autant de lumières que de beauté. Des sculptures représentant loups et loups-garous dans leurs positions les plus agressives décoraient les coins de la salle, des divans confortables entouraient des tables basses en pin, et des bougies ornementales faisaient danser des ombres sur le bois. Loin du bruit et des activités coutumières de Sous-Terre, on ne risquait pas d'y voir des orgies sexuelles entacher le mobilier ou des séances de défonces entre nécromanciens appréciant de se pulvériser le cerveau et les poumons à coup de Bleuté. La clientèle, composée essentiellement de Lycans, y était bien vêtue et gagnée de bonnes manières. Même le tenancier avait les allures d'un riche restaurateur de Belle-Fort.

Ils furent installés dans le coin le plus chaleureux de l'établissement, où les lumières étaient plus douces et les ténèbres plus affables. Entouré de tableaux et de peaux de mouton, les pieds sur des tapis duveteux, et bercé par quelques notes d'une musique qui semblait sortir des murs, on y était naturellement à l'aise. Aru fut même pris de torpeur une fois installé dans son fauteuil, emporté par les promesses silencieuses de rêves agréables. La pression qu'il avait sur les épaules depuis qu'on lui avait confié cette enquête s'était envolée momentanément, cessant enfin de lui enserrer le cœur et de mettre le feu à ses réflexions.

Ni le jeune Gardien ni Anaya ne parla, se contentant d'abord de se rencontrer par le regard. Le tenancier vint leur apporter son meilleur vin, selon ses dires, puis les laissa. Et quand ils burent leur première gorgée, enfin les langues se délièrent.

— Vous rappelez-vous donc notre première rencontre ? demanda Anaya de cette voix doucereuse qui vous caressait l'ouïe comme le chant d'une saison florale.

Il n'était pas possible pour le jeune Gardien de l'oublier. Elle avait été la touche sublime de cet épisode affreux. Une rencontre tenant plus de l'illusion que du souvenir, tant elle était en contraste avec tout ce qu'il avait vécu durant ses patrouilles dans les galeries souterraines de Sous-Terre.

— C'était un instant très agréable, malgré vos paroles, dit Aru, libre enfin de parler avec son cœur.

— Je pensais vous connaître déjà et puis j'ai compris qu'en réalité je désirais simplement vous connaître.

— Mais je ne vous ai jamais revue dans ces galeries.

— Je n'y vais que pour représenter mon père lorsque la tension monte.

— Ne peut-il le faire lui-même ?

La tentative pour recueillir des informations était bonne, mais Anaya ne se laissa pas piéger si aisément. De toute évidence, elle était de ces gens qui pensent avant de parler.

— Ne craignez-vous pas d'être trop curieux ? lui demanda-t-elle, un éclat sombre dans le regard.

— Il est de mon devoir de l'être, répondit franchement Aru.

— Laissons donc les affaires de l'Ordre au-dessus de nos têtes tant que vous êtes ici. Soyez simplement mon invité et non le Gardien en mission.

— C'est ce que vous désirez ?

— Ce que je désire, c'est de saisir ce que vous êtes réellement.

Il était difficile de donner une réponse parfaite à une telle question. Aru, lui-même, ne se l'était jamais posée.

— Je me nomme Aru Velner, mais quelque chose me dit que vous le savez déjà, dit-il.

— Quelque chose a raison, sourit Anaya.

— Savez-vous d'autres choses à mon sujet ?

Anaya appréciait la discussion, même si elle ne la dominait pas complètement. Elle but à son verre une nouvelle gorgée et invita Aru à l'imiter. Il le fit et apprécia tant le goût de ce cépage, qu'il en prit deux autres. Il avait plus l'habitude de boire des bières dans les bars de Norbeum, avec son meilleur ami Joseph Orgull, mais fut heureux de boire des alcools de qualité.

— Ce que je sais de vous ne sont que des informations dont la valeur dépend des messagers, dit Anaya. Je connais votre mère pour l'avoir rencontrée durant mes premières années, alors qu'elle travaillait encore au nom de l'Ordre, et je sais ce qui se trouve sur les documents administratifs enregistrés à votre nom. Vous êtes le plus jeune Gardien, vous manquez d'amis, et cela parce que vous pensez que l'amitié est un luxe dédié aux gens qui n'ont pas de projets, vous manipulez les éléments mieux qu'un mage de carrière, sans pour autant comprendre les arts mythiques de la nécromancie, et vous ne manquez pas de connaissances dans la langue des premiers êtres. Cela vous permet d'exécuter des sorts mineurs capables de retourner l'esprit des êtres influençables. Par contre, contrairement à ceux qui partagent votre savoir, vous n'en profitez pas pour affaiblir les résistances mentales de jeunes proies dociles dans le seul but de vous les envoyer. Vous êtes honnête, perspicace et déterminé, il vous arrive parfois d'être violent, mais seulement quand vous jugez votre but louable, et vous aspirez uniquement à la paix de Tenebrium. Vous êtes un rêveur, mais avec les pieds sur terre.

Aru fut troublé par ces révélations. Tellement, qu'il lui sembla flotter dans les effluves d'un rêve en devenir. C'en était presque étonnant de constater qu'elle ignorait l'immonde agression dont il avait été victime la veille (et heureusement).

Pour se remettre de cette analyse personnelle à laquelle il n'était pas préparé, il but deux nouvelles gorgées à son vin.

— C'est bouleversant, finit-il par dire. Cela me flatte autant que cela m'effraie. La question à se poser, c'est : que puis-je encore vous apprendre ?

— Votre part d'ombre.

— Pardon ?

— Existe-t-il une part d'ombre dans le cœur si lumineux de l'homme qui se tient devant moi ? Et si c'est le cas, est-il conscient de son existence ?

Sa voix perdait de sa douceur et gagnait en intensité, sans doute pour ranimer les charmes qui étaient à l'œuvre. De son côté, Aru fit une rapide introspection. Il se rappela ces fois où il perdait le contrôle et où il devait user de ses poings pour faire sortir quelques vérités de la bouche scellée de ses suspects. Il n'était pas toujours un modèle de perfection, même s'il tentait parfois de s'en convaincre, et ne manquait pas de violence quand son calme partait en éclats.

— Si vous êtes bien une descendante des prophètes, vous devriez tout savoir, dit-il.

— Je ne perçois pas tous leurs échos. C'est à moi de plonger parfois dans les abysses insondables des gens pour ramener à la surface ce qu'ils essayent de cacher. Tout ce qu'il me faut, c'est un peu plus de temps.

— Malheureusement, le temps est mon bien le plus précieux. Je n'en dispose pas à foison.

Anaya eut un petit sourire au coin qui lui donna un air légèrement infantile.

— Je pense ne pas me tromper sur vous, déclara-t-elle. J'ai toujours eu un don pour sentir les gens. Ils peuvent se cacher derrière de beaux mensonges et de belles histoires, nous ne pouvons rien contre notre aura. Elle ne se laisse pas influencer si aisément.

— De quoi parlez-vous ?

— Je parle de vous, tout simplement.

— Et moi, j'aimerais en entendre davantage sur vous, répliqua Aru.

S'il voulait en connaître davantage à propos du Meneur de Loup, il se trouvait devant la bonne personne. Cependant, Anaya garda le silence. Elle pencha la tête sur le côté et se mit à sourire, offrant à son visage un air malicieux de ceux qui préparent un mauvais coup.

— Ce n'est pas trop demandé, poursuivit Aru. J'ai aussi le droit de savoir…

— Vous pensez être aux commandes, mais ce n'est pas le cas, l'interrompit Anaya. Ici, ce n'est pas Tenebrium. Ici, vous êtes chez moi.

Son ton énigmatique mit un terme aux charmes qui opéraient. Aru sortit enfin la tête de cette douce rêverie qui commençait à l'entraver et agita enfin ses défenses spirituelles. Cependant, à l'instant précis où il voulut reprendre le contrôle de cette rencontre, il sentit son corps s'affaiblir. Un voile tomba devant ses yeux et il s'effondra de tout son poids, tandis que résonnaient la voix et les conseils de son ami Joseph…

Ne te laisse pas offrir un verre par l'un de ces Lycans sournois…

Ce fut comme de flâner entre deux rêves trop intenses que pour faire un choix et savoir auquel se raccrocher. Aru avait la sensation de n'être plus qu'une pensée sur le point de s'éteindre, en quête d'un esprit où s'abriter et d'un corps pour se réchauffer. Il y eut des gémissements tout autour de lui. L'expression d'une douce jouissance le guidant au travers des songes et d'une brume enchanteresse, comme la main fragile d'une créature divine vous sortant des mers calmes de votre inconscience, l'aidant à revenir parfois à la surface pour être le témoin de ces belles choses ne pouvant être réelles.

Derrière les lumières éclatantes, les couleurs enivrantes et les sensations de bonheur dans lesquelles il avait l'impression de patauger, il découvrit bientôt un corps. Un corps qu'il jugea magnifique, de ceux qui prennent vie au cœur des œuvres les plus sublimes des meilleurs artistes, se tenant au-dessus du sien. Remuant au rythme d'une passion dont il n'avait aucun contrôle, il était à sa merci. Totalement conquis.

Quand la pensée, l'esprit et le corps s'unirent enfin, il put alors découvrir réellement ce corps. De ses épaules nues à sa vulve, ses longs bras fins et blancs, et ses mains, passant et caressant son propre corps comme pour s'en épanouir jusqu'au moindre relief. Il ramena ses yeux vers le bas de son ventre et remonta jusqu'à ses seins, petits et si parfaits, remuant du peu de graisse qu'ils contenaient, avant d'arriver enfin au visage de celle qui l'avait envoûté.

Anaya. Aussi pure et belle qu'une aube éclatante achevant les mornes saisons du froid et du malheur. Pénétrant son regard noir dans celui du jeune Gardien, autant que ce dernier la pénétrait, Aru retrouva le chemin de la raison et profita pleinement des plaisirs charnels auxquels il était soumis. Son sang se mit à bouillir dans ses veines et son cœur à battre si fort qu'il en eut le tournis. La passion le consumait comme s'il était allongé dans les flammes tièdes d'un feu ne brûlant que pour lui, jusqu'à ressentir tout son désir se centraliser et gonfler en un seul endroit. Ne trouvant plus la force de lutter, il laissa ce désir exploser et eut à nouveau la sensation d'être plus qu'une pensée libre emportée par la première brise parfumée d'un printemps furtif.

Satisfaite des sensations, offrant à son plaisir le soin d'exploser également, Anaya s'écria et soupira. Elle resta un moment dans sa position, se raidissant sur le bassin du jeune Gardien et profitant de ce liquide chaud qui agissait en elle, en totale harmonie avec ses propres fluides se dispersant dans les draps et les couvertures du lit accueillant leurs ébats.

Aru, incapable du moindre mouvement, soupira à son tour, savourant jusqu'aux dernières vibrations de ces orgasmes synchronisés qu'ils venaient d'avoir. Il ferma les yeux et fut avalé par l'écho de ce plaisir ultime, avant d'être confronté à la malédiction de l'instant magique.

Plus jamais il ne ressentirait autant de plaisir.

***

La nuit était tombée lorsqu'il revint à lui. Il se trouvait toujours dans Berserkir, loin du ciel et de ses indications, mais les lumières étaient voilées et offraient l'illusion d'un crépuscule. Hagard et hésitant sur ses intentions, allongé dans l'ombre d'une impasse, loin des rumeurs et des allées et venues, il se sentait loin de ses attitudes solennelles et des prestiges offerts par son statut. Il ressemblait désormais plus à un simple ivrogne se remettant de sa plus belle soirée dans un paysage étranger. Frappé des souvenirs de son échange passionnel avec Anaya, il vérifia d'un coup d'œil s'il était bien habillé, et passa même ses mains sur sa tunique pour s'assurer qu'il n'en manquait rien.

L'esprit embrumé, il se releva maladroitement et se dirigea vers la sortie la plus proche. Au fil de ses pas, la scène lui revint dans sa parfaite intensité, lui assurant que sa mémoire serait à tout jamais marquée par cette rencontre aussi mystérieuse que charnelle.

Une fois au calme entre les murs de sa demeure, loin des agitations qui perturbaient à nouveau la tranquillité de Tenebrium et de cette ambiance pesante et menaçante, Aru se repassa tout ce qui s'était passé dans cette chambre inconnue. Devait-il se sentir violé ? En colère ? Apeuré à l'idée d'être si vulnérable derrière les apparences du beau et solide Gardien qu'il était ?

Non… Tout simplement non.

Un peu comme s'il avait le souvenir d'un consentement mutuel, il eut la certitude que tout s'était déroulé selon les désirs de chacun. Comme la suite logique d'un baiser langoureux et de l'union d'émotions trop fortes et irrésistibles.

Il se rendit dans son salon, s'assit dans un fauteuil et regarda la télévision. Elle était éteinte, mais il la regarda quand même. Sans la voir. Au milieu de ces paysages familiers, de ces couleurs et de ces décorations simplistes qu'il connaissait par cœur, il ne voyait plus rien d'autre que le corps lisse et pâle d'Anaya et ses yeux d'un noir infini.

Il y eut ensuite des pensées parasites. Un retour à la réalité. La descente obligatoire lorsque l'euphorie a atteint les sommets et qu'elle disparaît ensuite. S'il avait réellement éjaculé en elle, y avait-il un risque qu'elle tombe enceinte ?

L'angoisse grimpa, avant d'être mise de côté.

Non, cela ne pouvait pas arriver. Anaya contrôlait tout et n'allait certainement pas enfanter le bâtard d'un simple Gardien. À l'instar de ses pairs, elle se devait d'honorer sa race en ne donnant vie qu'à de purs Lycans. Pas des hybrides informes risquant de créer un trouble au sein de son peuple.

Se faisant violence, il se força d'oublier le plaisir qu'il avait partagé avec la fille du Meneur de Loup. Il ne pouvait pas se permettre de dévier son attention. Seule comptait cette enquête. Seules comptaient les pistes qu'ils s'apprêtaient à suivre.

Une heure plus tard, emporté involontairement par le doux souvenir de cet échange sensuel, il s'endormit. Comme pour retrouver les sensations partagées avec Anaya. Comme pour retrouver son parfum et la magie de ses charmes, loin de son univers habituel, des priorités et des restrictions. Il dormit profondément, nageant vers les abysses silencieux de son esprit, là où l'on peut rêver à son aise et selon ses désirs. Là l'attendait la Lycane. À l'extérieur, les grandes villes s'embrasèrent à nouveau, les officiers supérieurs chargèrent les superviseurs, les Inquisiteurs et les Gardiens d'ordres et de missions, tandis qu'Aru, pour la première fois, dormit paisiblement. Une dernière fois, il retourna dans cette brume où rien ne comptait réellement.

DES IMAGES TROUBLANTES

Il se réveilla tôt. Si tôt, que le ciel était toujours imprégné des ombres de la nuit. Comme s'échappant d'un mauvais sort, Aru se sentait rétabli, prêt à tout. Les deux journées qu'il venait de passer étaient derrière lui et un nouveau chapitre s'entamait. Il devait entrer en contact le plus vite possible avec Ena Lovemor et trouver le camp des Mercenaires. Il devait le trouver avant que celui-ci ne disparaisse en laissant leurs cadavres derrière lui.

Il se doucha et s'habilla, mais laissa de côté son uniforme officiel. Il troqua le noir et l'argent pour les tons clairs d'une tenue sportive afin de mieux se perdre dans la foule. S'il devait se rendre dans les camps de mercenaires, là où la violence régnait en maître, il valait mieux ne pas s'exhiber dans les parures de l'Ordre. Ainsi, il espérait ne pas éveiller trop vite les soupçons et jouer les enquêteurs en herbe venus chercher quelques réponses. Néanmoins, il ne fit pas l'impasse sur son armement. Il accrocha son arme de poing à sa ceinture, dissimulée derrière son pardessus, et glissa une baguette d'aveuglement dans l'une des poches-revolvers de son sweat. Il laissa ses cheveux en pagaille, persuadé ainsi de renforcer l'illusion, et se rendit vers Norbeum pour y retrouver Ena.

À l'inverse du calme qui précède la tempête, Tenebrium s'écriait face aux conséquences des ouragans de la nuit. Les sirènes de police jouaient de leurs meilleures symphonies (et peut-être ne s'étaient-elles même pas arrêtées depuis la veille), les victimes se relevaient pour celles qui en étaient encore capables, les arrestations musclées se poursuivaient, des sorts étaient brisés, d'autres étaient lancés, et des Inquisiteurs ordonnaient aux quidams de s'éloigner ou de rester chez eux. De toute évidence, le soleil se lèverait uniquement pour éclairer la désolation qui avait, à nouveau, pris le pays dans ses bras.

Le voyage fut éprouvant. Seul un tram sur trois était encore en état de circuler. De plus, il fallait partager l'espace avec des dizaines de blessés se rendant à l'hôpital le plus proche et avec d'autres gens se rendant au commissariat pour déclarer les vols dont ils avaient été victimes. N'ayant pas sa médaille à portée de vue (mais enfouie dans l'une de ses poches), on ne pouvait remarquer son rang et faire preuve du respect qui lui était dû. Aru fut donc bousculé comme du temps où il n'était encore qu'un gosse aux yeux brillants de naïveté.

***

En franchissant l'entrée principale des casernes, il tomba sur les membres de la brigade Alpha. Ceux-ci rentraient chez eux après avoir passé la nuit à chasser le crime et à se battre pour leur survie et celle de la population. Ils étaient en pleine descente, comme on le disait dans leur jargon. Les visages tirés par la fatigue, aucun d'entre eux ne salua Aru. Pire, ils se forcèrent à l'ignorer. Le jeune Gardien en fut désolé, mais pas étonné. C'était le revers de la médaille de cette enquête. Les conséquences de la dernière discussion qu'il avait eue avec Korf de l'équipe Charlie. Ce dernier était venu le sauver et il l'avait suspecté en retour. Ça pouvait être vu comme une traîtrise.

Parmi les policiers, Aru reconnut Jospeh Orgull. Au contraire de ses collègues, il vint saluer son ami. Ses yeux d'orc étaient injectés de sang et il y avait de la lenteur dans ses gestes, résumant la lourde fatigue qu'il transportait sur ses épaules, mais il accorda tout de même un peu de son temps au jeune Gardien.

— Ça a été la nuit ? lui demanda Aru, cherchant un sujet vague pour éviter de montrer combien il était touché par l'attitude des autres membres de la section Alpha.

— Une nuit après l'autre, un drame après l'autre, et les cris continuent de retentir, dit Orgull de ce ton poétique qu'il avait parfois. On en viendra à oublier le chant des oiseaux si ça continue.

— Il n'y a pas eu trop de dégâts ?

— T'en préoccupes-tu vraiment ?

Aru l'ignorait en réalité. Sans le vouloir, il baissa les yeux, tourmenté par quelques pensées fugaces, avant de relever la tête et d'observer les policiers quitter les casernes, le pas traînant.

— Dès que cette enquête sera terminée, promis, je...

— Tu ne comprends vraiment pas, mon ami, l'interrompit Orgull. Tu t'es embarqué dans un truc qui te dépasse. Fais ce que tu as à faire, fais ce que tu penses être juste, ça ne changera rien de toute façon. La tempête se lève, je la vois dans tes yeux.

— Comment...

— Fais attention à toi. Tu as plus d'ennemis que tu ne le penses. On se revoit très bientôt.

Sur ces paroles énigmatiques, Orgull le contourna et quitta les casernes. Aru le suivit du regard, et continua d'observer les paysages après le départ de son ami, avant de retrouver le fil de ses priorités. Il se dirigea droit vers le bâtiment le plus éloigné du domaine, quand il fut apostrophé à mi-chemin par celle qu'il était venu retrouver. Ena Lovemor, tout en affaire, lui sauta presque dessus en le reconnaissant. Il y avait de l'empressement dans ses gestes, malgré la fatigue reluisant à la surface de ses yeux noisette. Portant une salopette d'entraînement de la B.A.D (sans doute y était-elle plus à l'aise que dans les uniformes habituels), on aurait dit qu'elle revenait d'une semaine de mise à l'épreuve.

— Je partais justement pour Belle-Fort en espérant vous trouver ! annonça-t-elle.

— Je suis venu ici avec le même espoir.

— Ah, très bien ! fit-elle, prise au dépourvu. Je... Vous portez souvent ce genre d'habits ?

— Vous alliez me demander quelque chose ?

— Je sais que vous essayez de m'évincer de l'enquête et je sais que vous êtes mon supérieur hiérarchique, mais, cette fois-ci, j'ai réellement besoin de vous et de vos accès !

— Mes accès ? s'étonna-t-il.

Du fait de son haut statut, Aru pouvait naviguer dans les systèmes judiciaires par-delà les frontières qui bloquaient le commun des policiers. Il avait une vue d'ensemble sur la plupart des dossiers en cours, sur les enquêtes et sur les moyens particuliers mis en place pour la surveillance de certains suspects, contrairement aux superviseurs et aux Inquisiteurs n'ayant que la moitié de son champ de vision au cœur de ce système. D'ailleurs, quand un enquêteur se voyait refuser une demande d'images-caméras ou d'informations pour des motifs qui lui étaient inconnus, il se voyait obligé de demander des permissions par la voie d'usage auprès des Gardiens. Une procédure classique, mais qui pouvait traîner des jours.

Le meilleur moyen, et tout le monde le savaient à la B.A.D, c'était d'avoir un bon ami parmi les Gardiens et de lui demander un accès sous le manteau. Ce que, justement, s'apprêtait à faire Ena Lovemor.

Si, d'habitude, Aru avait pour tradition de refuser ces demandes, par souci d'éthique, il se voyait mal contredire Ena en ces heures si sombres.

— Qu'avez-vous trouvé ? demanda-t-il.

— Un code qui bloque l'accès aux enregistrements de l'une des caméras de la caserne ! La caméra 12, pour être exact.

Aru fut stupéfait de l'apprendre. Au vu de la situation, il était étrange qu'on puisse bloquer l'accès à l'une des caméras.

— Qui donc pourrait protéger un tel fichier ? se demanda-t-il.

— Je n'ai pas le temps de me poser la question ! J'ai besoin d'un code d'accès, c'est tout !

Elle l'emmena avec lui dans sa tourmente et dans son ombre, et tous deux marchèrent d'un pas précipité vers le bâtiment Sierra. En chemin, Aru chercha une explication logique qui pourrait pousser des officiers ou des Gardiens à protéger l'accès d'une caméra. De toutes les raisons, une seule lui paraissait plausible ; une personne avait dû bloquer cet accès par inadvertance, avant la nuit de l'homicide. Parfois, un officier pouvait également mettre en embargo certains accès pour les besoins d'une enquête, mais, dans ce cas, cela paraissait peu probable. Il était l'unique enquêteur dans cette affaire, et donc le seul ayant les autorisations d'agir ainsi.

Ils passèrent devant le bâtiment Delta, où les brigadiers étaient toujours confinés. De mauvais souvenirs émergèrent machinalement dans l'esprit d'Aru, mais il put facilement s'en débarrasser. Comme s'il subissait toujours les charmes d'Anaya, aucun évènement traumatique ne semblait assez fort pour réussir à le troubler à nouveau.

Tandis qu'ils progressaient vers le bâtiment Sierra, le Gardien entendit Lovemor se maudire.

— Comment n'ai-je pas pu le remarquer tout de suite ? se demandait-elle. Quelle idiote ! Des heures de visionnages et je ne me rendais même pas compte qu'il manquait tout un plan des casernes ! Et pas n'importe lequel en plus !

— La caméra 12 donne sur quoi ?

— Sur la partie est, juste au-dessus d'une brèche dans les murs qui attend d'être réparée depuis des semaines!

— Une brèche de quelle taille ?

— Assez large pour y passer un type qui tenterait de s'introduire ici sans être remarqué ! Elle est protégée par un sort provisoire qui devrait cramer la tronche de celui qui essaye de s'y faufiler, mais ce sort ne fonctionne pas sur les membres de la B.A.D !

Aru comprenait l'agitation de la superviseuse. Elle possédait peut-être la preuve nécessaire pour incriminer le véritable coupable, ce qui amènerait tout un tas de problèmes si ce dernier ne faisait pas partie de l'équipe Delta. Posséder une telle preuve depuis le début sans même l'avoir remarquée risquait bien de lui faire perdre sa place si jamais Ted Ansbach et ses hommes portaient plainte.

Ce qui risquait fortement d'arriver.

Le centre de surveillance se trouvait au dernier étage du bâtiment Sierra. Personne ne pouvait se rendre dans cette salle sans une autorisation formelle, à l'exception de la superviseuse. En tant que Gardien, Aru pouvait y entrer à sa guise, mais il n'en avait jamais eu l'utilité. C'était l'une des premières fois que des membres de la B.A.D étaient suspectés dans une affaire criminelle et qu'il allait devoir participer à une enquête caméra sur leur propre terrain.

Du fait de la présence de nombreux serveurs et d'ordinateurs toujours en fonction, il faisait assez chaud dans cette grande pièce. Une quinzaine d'écrans de surveillance étaient accrochés aux murs, à hauteur des yeux, dévoilant sans ordre l'anatomie des casernes. De l'entrée principale jusqu'aux bureaux privés des superviseurs situés à l'opposé, en passant par la conciergerie et la zone d'entraînement pleine de carcasses de voitures et de murs d'escalades, tout y était filmé.

Ena se rua sur l'ordinateur principal et pianota furieusement sur le clavier, ne laissant même pas le temps à son invité de prendre place à côté d'elle. Par des chemins qu'elle connaissait par cœur, elle arriva sur le programme mère permettant le visionnage des images-caméras et cliqua sur plusieurs dossiers avant d'arriver sur une page pleine de fichiers numérotés. Elle voulut alors ouvrir le fichier n°12, mais une fenêtre s'ouvrit en plein milieu pour le lui interdire. Elle était accompagnée d'un son de sirène et indiquait, à coups de lettres rouges et de points d'exclamation, qu'elle n'avait pas l'accès à ce fichier.

— C'est maintenant que je vais avoir besoin d'un peu de magie, dit-elle à Aru.

Il inspira profondément, car il s'apprêtait à agir contre ses principes, et se pencha par-dessus le clavier. Afin de s'identifier sur l'ordinateur, il commença par appuyer sur différentes touches dans un ordre bien précis, et une minuscule fenêtre apparut en haut à gauche de l'écran. Elle demandait d'inscrire un mot de passe, tout en rappelant ce à quoi se confrontait le Gardien s'il faisait usage de ses accès sans passer par la voie d'usage. Ignorant ces avertissements, il tapa son mot de passe de 26 lettres et de 13 chiffres, et le programme se relança. Un bref instant, l'écran devint noir, avant de retrouver ses couleurs et d'afficher tout ce qu'Ena craignait d'avoir perdu.

— C'est à vous, dit-il en se tournant vers la superviseuse.

On pouvait très nettement lire de l'inquiétude sur son visage.

— Ce n'est pas très professionnel ce que je vais dire, mais bordel, j'espère qu'on ne va rien trouver sur ces putains d'images déclara-t-elle.

Elle cliqua sur le fichier n°12 qui, cette fois, s'ouvrit. Elle put ainsi avoir accès à la séquence vidéo et l'ouvrit à la date de l'homicide, à 3h du matin. La caméra donnait sur toute une route qui longeait le mur est et, également, sur une légère brèche d'où il était possible de s'infiltrer.

C'étaient des caméras de haute qualité, à la résolution parfaite, offrant ainsi aux images des couleurs proches de la réalité. Si quelqu'un avait l'intention d'entrer dans les casernes par cette brèche, il serait aisé de le reconnaître.

Pour gagner du temps, Ena accéléra la séquence par 5x. De temps en temps, de la poussière venait danser dans les lumières de la caméra, mais c'était à peu près la seule agitation qui venait donner de la vie à la scène. Les cœurs battant fort et à l'unisson, le Gardien et la superviseuse restaient attentifs, chacun pour ses raisons. Si Lovemor priait de ne rien trouver sur cette séquence, c'était tout le contraire d'Aru qui espérait faire une véritable avancée dans cette enquête. Cependant, plus le temps avançait, plus l'espoir disparaissait. Il avait l'impression de perdre son temps tandis que les ombres de la nuit dansaient et se succédaient devant ses yeux las.

Pourtant, quand l'heure en bas de l'écran afficha 05h02, ils firent tous les deux un bond. Une silhouette, que la vitesse rendait fuyante et indéfinissable, traversa l'écran de droite à gauche. Ena poussa même un cri de surprise et arrêta aussitôt la séquence pour retourner en arrière. Elle la repassa au ralenti, donnant quelques formes nouvelles à cette silhouette furtive. D'une stature présageant que l'individu était un homme, celui-ci avait pris le soin de bien cacher son visage en usant d'une capuche et d'un passe-montagne. Néanmoins, un regard perdu vers la caméra permit aux deux enquêteurs de reconnaître l'espèce à laquelle il appartenait ; un orc. Si on n'en voyait pas assez pour l'identifier formellement, cela offrait deux détails pertinents limitant les recherches. L'intrus était un membre de la B.A.D faisant partie du peuple des orcs. Ce qui devait représenter environ 16 suspects potentiels pour toute la caserne.

Ena tenta ensuite de suivre son itinéraire en parcourant les images des caméras les plus proches, mais l'individu avait fait preuve de bien plus de prudence une fois à l'intérieur des casernes. Il était évident qu'il connaissait la position des autres caméras, se gardant ainsi d'apparaître devant leurs objectifs. À 05h04, il repartit d'où il était venu, toujours sous ses apparences de silhouette indistincte. Ena retourna deux minutes en arrière et fit un zoom sur cette personne pour tenter de révéler quelques détails importants, et vit à cet instant la pointe de la Dague du Sang dépassant de sa veste.

— C'est l'arme ! s'exclama-t-elle avec tant d'émotion qu'elle fit sursauter Aru. C'est cette foutue arme ! Merde ! Si je ne trouve pas qui est cet enfoiré dans les heures qui viennent, je vais me faire limoger ! jura-t-elle. Je vais faire un scan des images pour tenter d'avoir sa taille et son poids approximatif. Ça devrait aider.

Et tandis que la superviseuse tapotait furieusement sur son clavier, sans oublier de sauvegarder correctement les images caméras, Aru resta silencieux derrière elle. Il se préservait de tout commentaire, craignant de trahir le trouble qui l'habitait.

Car, si Ena Lovemor n'avait pas reconnu l'orc sur les images, le jeune Gardien n'avait aucun doute sur son identité.

Il s'agissait de Joseph Orgull de l'équipe Alpha. L'orc qu'il venait de croiser. Son meilleur ami.

Il n'avait pas le choix. Si son ami était impliqué dans cette affaire, il devait le dénoncer. Cette enquête était bien trop importante pour lui offrir la chance de s'en sortir. Si Joseph Orgull avait participé de loin ou de près à la mort d'un Héritier, sa place était derrière des barreaux.

Ena continuait de s'affoler sur l'ordinateur, cherchant tous les moyens d'analyser et d'exploiter ces images, et se mit à rédiger tout un tas de rapports donnant l'illusion d'un travail bien fait avant d'envoyer cette découverte à ses supérieurs. Si elle devait leur annoncer qu'elle avait omis de regarder les images de l'unique caméra ayant filmé l'un des auteurs probables du meurtre de l'Héritier, il valait mieux y mettre les formes et adoucir les angles pour ne pas être rétrogradée ou renvoyée sur les bancs de l'école policière.

Trop occupée à essayer de sauver sa place, elle ne vit pas qu'Aru continuait d'être tiraillé par sa conscience. Son professionnalisme se heurtait à sa sensibilité, au point de bouleverser sans cesse l'ordre de ses priorités. Il devait se rendre dans le camp des mercenaires pour tenter de trouver cet acheteur aux yeux vairons, mais il devait aussi s'occuper de son ami.

Allait-il simplement le dénoncer auprès de l'officier supérieur ? Allait-il simplement envoyer une missive urgente à Edouard Blake dans laquelle il donnerait le nom de son meilleur ami ?

Non... Il devait d'abord le voir. Comprendre les raisons de son acte et le pousser à se dénoncer. Faire en sorte qu'il se présente lui-même auprès de l'Ordre. Il ne se voyait pas lui mettre les menottes aux poignets.

L'esprit embrouillé par ce retournement de situation, il décida de remettre ses plans à plus tard. Il n'irait pas tout de suite au camp des mercenaires. Il devait d'abord parler à Jo. L'interroger. Et peut-être qu'au bout de cet interrogatoire, il finirait par remonter l'ultime piste.

– Je dois y aller, dit-il à Lovemor d'une voix éteinte.

– Vous allez où ? Je croyais que vous vouliez me demander quelque chose !

– Je reviendrai vers vous, mais j'ai d'abord une affaire urgente.

Elle se tourna vers lui et étudia l'expression de son visage, comme pour s'assurer qu'il ne lui cachait rien.

– Vous allez me balancer ? craignit-elle.

– Quoi ? Évidemment que non ! Je vous laisse gérer votre enquête selon vos manières comme je gère la mienne. Je dois juste m'entretenir avec l'un de mes contacts.

– Très bien…

N'ayant pas le temps d'être soupçonneuse, elle se contenta de lui donner une carte de visite sur laquelle son numéro de GSM était apposé.

– Vous m'appelez dès que vous aurez à nouveau besoin de moi ! ordonna-t-elle.

Aru opina du chef sans grande conviction et se retira.

UNE DISCUSSION AMICALE

Il y avait des véhicules de patrouille mis à sa disposition dans le garage des casernes, mais Aru avait besoin de marcher. De réfléchir en s'aérant l'esprit. Joseph Orgull vivait dans la Cité d'Orcnéas à Akijam (prononcé aki*t*jam), entre Belle-Fort et Fairy-Bourg, à bien quinze kilomètres de Norbeum. Cette cité était l'ancien repaire historique de ses aïeux, décor récurrent d'anciennes guerres civiles opposant les orcs aux nécromanciens, mais où vivaient désormais ces deux peuples dans une harmonie parfois discutable.

Il n'était pas encore midi quand il pénétra l'univers bétonné de cette cité envahie d'immeubles d'un gris cendreux. Ici, la lumière du soleil peinait à atteindre les sols de goudron, au bonheur des petits dealers de quartier rôdant en quête de clients. Ceux-ci furent d'ailleurs les premiers à remarquer la présence du jeune Gardien, même s'ils ne reconnurent pas son statut au vu des habits qu'il portait en ce jour. L'un d'entre eux, un jeune nécromancien à l'orée de sa puberté, lui proposa quelques dérivés de Bleuté, mais Aru l'ignora.

Il était difficile de se repérer dans ce dédale une fois qu'on dépassait les premiers immeubles, car les chemins ne cessaient de se croiser et de vous amener vers des paysages se répétant sans cesse, et il n'y avait pas la moindre indication permettant de retrouver sa route. Heureusement, Aru avait bonne mémoire et savait exactement où trouver son ami. Après avoir longé un skate park où une dizaine de jeunes en train de fumer le regardèrent de travers, il entra dans l'un des nombreux immeubles et grimpa jusqu'au sixième étage. En chemin, il rencontra quelques groupes qui squattaient les marches, écoutant de la musique et sirotant quelques cocktails douteux, mais il continua de les ignorer proprement.

Devant la porte de son ami, sur laquelle des tags haineux venaient déborder, Aru prit quelques secondes pour remettre un peu d'ordre dans ses idées. Quand il frappa enfin, les poumons remplis, il ne fallut pas deux secondes pour voir apparaître son ami.

— Tu me suis ? Tu craignais que je ne rentre pas à la maison ? plaisanta Joseph.

— Je peux rentrer ?

— J'étais sur le point d'aller me jeter sous la couette, mais t'as la tête des mauvais jours. Si je te remballe, la curiosité m'empêchera de dormir.

Il le fit entrer et lui proposa une bière.

— Il est encore tôt, lui fit remarquer Aru.

— Une bière à la cerise alors ? Sans oublier que j'ai fait la nuit ! Pour moi, on est la fin d'une longue journée de travail.

Aru accepta finalement, se disant qu'un peu d'alcool dans le sang allait le détendre et lui permettre d'aborder plus facilement cette discussion qui l'avait amené jusqu'ici.

Malgré les apparences miséreuses de cette cité, l'appartement de Joseph Orgull ne manquait ni de charme ni d'espace. Il lui avait été offert par ses parents et c'était par respect qu'il vivait là, parmi les bandes urbaines et les familles tentant de se sortir de la misère à laquelle on les contraignait. Amoureux des arts, on y trouvait quelques sculptures en bois, des masques anciens portés par les premiers Inquisiteurs, des tableaux ayant pour courant principal le Fantaisisme instauré à la fin du 18e siècle par quelques gobelins sans nom, des figurines de porcelaine dédiées aux créatures légendaires et deux vitrines dans lesquelles s'exposaient d'anciennes baguettes de neutralisation et des lames de différentes tailles utilisées par les mages des premiers âges de Tenebrium.

Ils passèrent dans le petit salon où Joseph aimait passer ses temps libres, assis devant cette magnifique baie vitrée donnant sur les bâtisses luxueuses de Belle-Fort. L'orc offrit une bière légère à son ami et tous deux s'installèrent dans les fauteuils face à ce panoramique vertigineux.

— Que j'aime le matin, soupira Orgull, le regard voyageur. Il est salvateur. Le héros qui nous sauve des nuits les plus terribles. La lumière qui perce les ténèbres étouffantes.

Aru contempla à son tour l'éclat de ce jour nouveau balayant la froideur d'une nuit sans repos. Il comprit le point de vue de son ami. Dès les premières éclaircies, le monde paraissait toujours se relever. Se remettre d'un passé peu glorieux et illuminer à nouveau le cœur des désespérés.

— Avant la prochaine nuit, répliqua Aru avec pessimisme.

— Peu importe ce qui se passera, peu importe l'obscurité, peu importe les combats et la peur… Le matin reviendra toujours.

Souriant, l'esprit de l'orc semblait être à des lieues de son enveloppe charnelle. De le voir ainsi fit comprendre à Aru qu'il était au courant de la raison de sa présence. Il devait se douter que seules les obligations professionnelles du jeune Gardien avaient le pouvoir de l'amener jusqu'à son appartement en ce début de journée. Et cette simple réunion entre deux amis de longue date prit des teintes dramatiques.

— On doit parler, dit Aru.

— Je le sais. Je t'écoute.

Aru eut du mal à se lancer. Il ne craignait pas les confrontations physiques ni de plonger dans l'inconnu, mais cette discussion le terrifiait.

— Il y avait un fichier protégé qui empêchait l'accès à une caméra dans les casernes, expliqua-t-il après un long silence.

— Je suppose que tu as donc fait usage de tes codes d'accès magiques pour réussir à le débloquer ?

— C'est ce que j'ai fait, oui.

Une tension s'installa naturellement entre les deux hommes. Dans une ambiance pesante, l'amitié combattait le devoir. Un combat perdu d'avance. Tous deux savaient déjà qui allait remporter la victoire, même si personne ne voulait voir la fin de ce combat. Ils voulaient le faire durer le plus longtemps possible, craignant bien trop sa finalité.

— Et je suppose que tu n'as pas été déçu par ta découverte, reprit Orgull.

— Tu ne peux imaginer à quel point je l'ai été…

Malgré la situation, l'orc se mit à rire. Il but à sa bière sans détacher ses yeux de cette vue que lui offrait sa baie vitrée.

— C'est une magnifique matinée, murmura-t-il.

Soit il ne mesurait pas les conséquences de son acte, soit il s'en fichait. Aru le savait intelligent et opta pour le deuxième choix.

— Jo, l'heure est grave, dit le jeune Gardien.

— Non, elle ne l'est pas, contesta Orgull. Pas au sens où tu la décris.

— Je ne te suis plus du tout, là…

Aru se sentait complètement dépassé, en réalité.

— Ai-je besoin de te rappeler que je n'ai pas le pouvoir de bloquer un fichier ? lui demanda Orgull.

— Il a pu être bloqué antérieurement.

— C'est ce que tu crois ?

— Non.

— Tu sais ce que ça implique ?

Aru le savait. Au vu de l'importance de cette enquête, il ne lui était pas permis de croire aux coïncidences. Il comprenait peu à peu que ce meurtre n'était pas l'œuvre d'une seule personne, mais très certainement celle d'une association de gens aux intentions mauvaises qui avaient dû embarquer Joseph Orgull dans cette tempête dévastatrice. Dès lors, l'enquête prenait un tournant plus personnel. Il se devait de débusquer les marionnettistes agitant les ficelles pour réussir à diminuer le rôle de son ami dans cette histoire. Ainsi, il pourrait peut-être empêcher la justice de tout lui mettre sur le dos.

— Tu dois m'aider pour que je puisse te rendre la pareille, dit-il au bout d'un long moment de réflexion.

— Crois-tu réellement que j'ai besoin d'aide ?

— Je dois savoir qui t'a mis cette dague dans les mains. Qui t'a ordonné d'aller la cacher dans la caserne ? Merde, Jo, tu te doutais bien qu'on la retrouverait facilement, non ? Celui qui t'a filé cette arme a voulu te piéger !

Les propos étaient forts, mais Orgull les prit à la rigolade. Au grand désarroi du jeune Gardien, l'orc refusait de le prendre au sérieux.

— Aru, je t'adore, mais tu as cette fâcheuse tendance à réfléchir bien trop loin, finit-il par dire. Me prendrais-tu réellement pour un imbécile ? Je savais bien qu'on la retrouverait dès les premières éclaircies… c'était évident. La seule question que je me posais, c'était : mais quand est-ce que mon jeune et beau Gardien va enfin débarquer ici et s'efforcer de me rendre la raison ?

— Pourquoi ?

Les questions affluaient dans l'esprit du Gardien, mais c'est la seule qui dépassa ses lèvres. Ce simple mot ne cessant de percuter les parois de sa réflexion. Aru savait son ami contestataire, mais pas au point de s'impliquer dans une telle affaire. Il le voyait plus comme un orc aigri exprimant son amertume une fois qu'il avait bien bu plutôt qu'un véritable révolté prêt à prendre les armes.

— Me demandes-tu réellement pourquoi j'ai agi de la sorte ? l'interrogea Joseph.

— Ce que je demande, c'est pourquoi un orc qui avait toutes les chances de devenir superviseur et de rejoindre un jour l'Ordre décide brusquement de participer à un assassinat !

— Tu ne comprends pas, Aru. Je me fiche de ma carrière. Je me fiche de me faire arrêter. À l'aube du chaos, il est bon parfois d'agir selon sa conscience. Mes actes ne sont pas ceux d'un fou, mais d'un orc en accord avec lui-même. Tu ne te rends même pas compte à quel point notre monde est sur le point de changer. Ce que j'ai fait, c'est poser ma pierre à l'édifice. Si j'ai balancé cette dague dans les casernes, c'était dans l'unique intention de faire le plus de remous possible. Offrir à ce pays un avant-goût du trouble qui va l'anéantir. Et puis… tous les moyens sont bons pour créer le bordel là où ça tente de faire passer l'odeur de la merde pour le parfum d'un printemps ! Tenebrium vit ses dernières heures. Tu auras beau t'agiter dans tous les sens et tenter de trouver le coupable à la tête de toute cette machination diabolique, rien n'arrêtera les vagues du raz de marée. Les nuits seront de plus en plus longues, tu verras. Mais, n'oublie pas cela : le matin finit toujours par revenir.

— Jo… Tu ne pourras pas échapper aux interrogatoires. Je vais devoir te poser des questions. Je te conseille vivement de me dire ce que j'attends d'entendre, sinon je serai obligé d'assigner des Inquisiteurs en chef pour te faire parler. Et ils ne sont pas tendres… Tu le sais mieux que moi !

Joseph ne répondit pas tout de suite, se contentant de boire et d'admirer les paysages statiques qui rayonnaient derrière sa vitre.

— On dit que le chaos est une nécessité à la paix, reprit-il d'une voix traînante. Les donneurs de leçon l'approuvent quand il s'agit d'aller dans leur sens. Mais, quand un chaos salvateur s'invite sans permission, les décideurs paniquent et jettent tout un tas de lois et d'ordres pour se protéger du juste retour des choses. Je ne jouerai pas les aveugles en me baissant à hauteur des genoux de ces hypocrites. Je fais ce qui est juste et pas ce que je pense être juste. J'agis pour l'avenir et non pour le profit de ceux qui gazouillent au-dessus de nos têtes.

— Ce que tu dis est… insensé.

Joseph se fichait de l'avis de son ami. Comme il le disait, il était en accord avec lui-même et cela lui suffisait.

— Pour le bien du chaos, je ne dirai rien, finit-il par dire quand il eut terminé sa bière. Et si je peux te donner un conseil, mon ami, c'est d'arrêter de courir comme un gobelin sans queue en espérant trouver des réponses sous les pavés. La vérité se présentera bientôt à toi dans son plus beau costume. Et à ce moment-là, tu n'auras plus qu'à accepter la danse et tournoyer sur la piste.

Aru se tourna vers lui et se demanda si ce n'était pas la folie qui avait pris possession de son ami. L'écho d'un mauvais sort lui retournant le cerveau et le faisant parler de la sorte. Était-ce la cause de tout ça ? La raison qui l'aurait poussé à cacher cette dague ? Si jamais une analyse des effluves magiques encore présents dans son aura prouvait qu'il avait été la cible d'un sort, peut-être pourrait-il plaider l'inconscience de ses actes devant les officiers supérieurs de l'Ordre.

— Je peux te faire passer les tests révélateurs des Inquisiteurs, lui dit Aru. Ça permettra de savoir si tu es sous le…

— Je suis maître de moi-même, et plus que je ne l'ai jamais été, affirma Orgull. Cesse de te creuser la tête. C'est ainsi. Que se poursuive le jeu.

Aru s'assombrit.

— Veux-tu que je te ramène moi-même ? lui demanda-t-il avec cette étrange impression que les mots lui tranchaient ses cordes vocales.

— Je veux que tu sortes de chez moi et que tu appelles Blake pour lui dire la vérité, répondit froidement Orgull. Suis la procédure. Fais venir une patrouille en soutien qui supervisera mon transfert chez les Inquisiteurs et reprends ta route.

— Je veux t'auditionner.

— Blake refusera, tu le sais bien. Dans un souci de subjectivité, il te dira d'aller te faire foutre. Et de toute façon, ce serait une perte de temps. (Il se tourna vers son ami, l'air grave) Je te l'ai dit, mon ami, je ne ferai rien pour arrêter le chaos.

— J'suis tellement désolé…

Aru était au bord des larmes. Joseph n'était pas simplement son meilleur ami, il était surtout son unique ami. La seule personne qu'il avait réussi à caser dans son quotidien de mage parfait. Reniflant bruyamment et baissant les yeux vers ses pieds, là où semblait stagner sa pauvre âme, il sentait la fin du combat approcher.

— T'es vraiment un enfoiré, Jo ! cracha-t-il.

— C'est pour ça qu'on s'entendait si bien, finalement.

Ils échangèrent un dernier regard, puis Aru se leva. Il lui sembla que le monde allait désormais au ralenti. Ou que la gravité était plus forte. Dans les deux cas, la scène dura plus longtemps qu'elle ne l'aurait dû. Dans un geste désespéré, Aru posa une main sur l'épaule osseuse de son ami, comme pour lui insuffler la raison, mais c'est à peine si Orgull ressentit le contact. Le jeune Gardien sortit de l'appartement sans mot dire, claqua la porte derrière lui, fit quelques pas dans le corridor et, au bout d'un grand effort, sortit son téléphone portable. Le geste tremblant, il composa le numéro direct d'Edouard Blake et ramena le GSM contre son oreille.

Même s'il agissait pour le mieux, même s'il ne faisait que répondre à l'appel du devoir, Aru ne put s'empêcher de voir cet acte comme l'ultime trahison.

LE BAR À DÉRIVES

Même s'il avait mieux valu qu'il se retire dans l'ombre, Aru resta dans la lumière tout le temps de l'arrestation. C'était un moment difficile, mais il se devait de le supporter. Ce fut pourquoi il resta devant l'entrée principale de l'immeuble tandis que la section Bravo procédait au transfert de son ami vers les bureaux de l'Ordre. Il resta là, malgré la haine dont il faisait l'objet, observant Joseph Orgull avancer au pas, des menottes liberticides aux poignets. Ignorant les airs renfrognés que lui jetaient les policiers et leur superviseur, il échangea un dernier regard avec son ami, avant de s'assombrir et de s'offrir à la plus froide solitude.

Blake était là également. Il était l'officier supérieur en charge de cette arrestation. Quand les voitures et les camionnettes quittèrent la cité, il vint auprès du jeune Gardien.

— Vous tenez le coup ? demanda-t-il.

Loin du bâtiment-mère, le Haut Gardien paraissait plus humain.

— Ça ira, répondit Aru.

— Ouais, faites quand même gaffe au contrecoup. Ce n'est pas tous les jours qu'on fait arrêter son meilleur ami.

Aru inspira profondément, combattant les émotions et les larmes qui désiraient s'extraire de son regard faussement dur.

— Le devoir avant tout, finit-il par dire.

— C'est ça, oui…

Blake enfonça ses mains dans ses poches et se détourna d'Aru. Il ne semblait pas en accord avec les paroles du jeune Gardien, mais se garda bien de le dire.

— Au fait, vous savez ce que ça implique, je suppose, dit-il encore.

— Que voulez-vous dire ?

— Je vais devoir lever le confinement judiciaire et libérer la section Delta. Faudra être prudent. Et en parlant de prudence, je ne pourrais que vous conseiller de ne pas rester trop le coin.

Il faisait référence aux nombreux habitants qui commençaient à s'agglutiner autour de l'immeuble. Des curieux, mais aussi des orcs et des nécromanciens n'appréciant pas trop la présence des autorités. Même s'il était de taille à les affronter, Aru ne se sentait pas en état de devoir se défendre. Il suivit donc les conseils de son officier et quitta les lieux.

***

Revenant vers les casernes, là où il devait retrouver Ena, Aru fit quelques mauvaises rencontres. Comme il l'avait prévenu, Blake libéra la section Delta. Le jeune Gardien croisa les membres qui quittaient les lieux, et ceux-ci ne manquèrent pas de haine à son égard. Il y eut des regards noirs et menaçants, des insultes murmurées et des gestes obscènes dans son dos. Mais, le pire de tout, ce fut le sourire pervers de Ted Ansbach. Le visage encore marqué par les coups qu'Aru lui avait donnés, ce sourire brillait des promesses qu'il avait faites au jeune Gardien.

Refusant de se laisser intimider, le jeune Gardien l'ignora et se dirigea sans tarder vers le bâtiment Sierra. Là-bas, il retrouva Ena Lovemor. La superviseuse courait dans tous les sens, passant d'un collègue à l'autre pour leur assigner de nouvelles tâches. Il fut difficile de l'arrêter dans cette tempête qu'elle provoquait. Bien obligé, il se posta devant elle et leva les bras pour s'annoncer.

— Je peux vous parler ?

Elle fut sur le point de l'envoyer paître, comme elle l'aurait fait avec n'importe lequel de ses subalternes, mais se souvint qu'elle faisait face à un Gardien.

— Je vous écoute, dit-elle.

— Je vais avoir besoin de vous, lui apprit-il.

Elle avait cessé de bouger dans tous les sens, mais il y avait encore de l'agitation dans son regard et dans ses manières.

— Qu'est-ce que je peux faire ? souffla-t-elle.

— D'abord, reprenez votre souffle.

— Je ferai ça quand j'aurai le temps.

Aru eut un petit rire, mais se reprit vite :

— Je dois me rendre au camp des mercenaires, annonça-t-il.

— Qu'est-ce que vous allez foutre là-bas ?

— J'ai mes raisons.

— Des raisons qui risquent de vous attirer des problèmes !

Le jeune Gardien roula des yeux. Il n'aimait pas trop qu'on le reprenne.

— Pouvez-vous m'aider ? insista-t-il.

Lovemor soupira, laissa passer un court instant, et opina du chef.

— Je veux bien vous y conduire, dit-elle.

— Je préfère y aller seul.

À cet instant, une porte claqua derrière eux, interrompant leur conversation. Aru, suspicieux, se dirigea vers cette sortie. Il ouvrit la porte et vit, au loin, un membre de l'équipe Delta quittant à toute vitesse le bâtiment Sierra.

— À peine sortis qu'ils recommencent déjà à fureter comme les fouines qu'ils sont, maugréa Lovemor.

— Que faisait-il ici ? s'inquiéta Aru.

— Rien de bon, c'est sûr !

— Ils nous écoutaient ?

— Certainement. Ils ont toujours eu des oreilles partout, ceux-là. J'parie que c'est Ansbach qui lui a demandé de vous filer. J'aime pas ça.

Le jeune Gardien était d'accord avec elle. Il était au fait de ses hautes compétences en magie et en combat, mais il ne se voyait pas affronter toute cette équipe si elle décidait de le piéger. Il ne ferait pas le poids.

— Un problème à la fois, conclut Aru. Pouvez-vous m'aider ?

— Je vous aiderai uniquement si vous me laissez vous accompagner, lui dit Ena d'un ton sans équivoque.

— Je ne pense pas que ce soit…

— Je me fiche de ce que vous pensez ! Je fais partie de cette enquête même si vous insinuez le contraire. Et puis, d'après les rumeurs, vous manquez cruellement d'alliés ces derniers temps.

Là-dessus, elle avait raison. Après avoir orchestré l'arrestation de son meilleur ami, il se sentait plus seul que jamais.

— Très bien… soupira-t-il. Pourriez-vous me conduire auprès des mercenaires ?

— J'vais chercher ma veste.

Elle n'eut pas besoin d'aller s'informer dans la base de données de la B.A.D ni même de se renseigner auprès d'un autre superviseur pour connaître la dernière position géographique du camp des mercenaires. Du haut de sa position, Ena Lovemor se faisait un devoir de tout savoir. Elle se contenta donc d'achever les rapports en cours et de les envoyer aux officiers supérieurs, avant d'aller prendre sa veste, son arme, un poignard de survie et une baguette de confusion. Une fois prête, elle conduisit Aru vers les garages et ils embarquèrent dans sa voiture de service. De ses dires, le camp se trouvait à une cinquantaine de kilomètres du côté des campagnes de l'ouest, au-delà des grandes villes. Elle roula donc vers la région de Kittlesen, située en bordure des grandes étendues du sud de Jure-Grando. Des coins tranquilles où il devait être plus facile de faire disparaître des cadavres.

Ena roulait vite, même si sa conduite était exemplaire. Aru n'eut aucun mal à l'imaginer au milieu d'une course-poursuite, filant des suspects lancés à pleine allure dans la ville. Souriant à cette idée, il se surprit à l'observer tendrement, avant de se reprendre.

— Tout va bien ? lui demanda Ena.

— Oui, oui ! assura Aru, fermant son visage.

— Vous m'expliquez ?

— Je ne voulais pas vous… ce n'est pas…

Ena se tourna vers lui, les sourcils froncés et l'air curieux.

— Je parle de la raison qui nous amène à trouver ce camp, dit-elle. Pourquoi allons-nous là-bas ?

Confus, Aru s'excusa, se racla la gorge et retrouva vite son ton formel. Il lui résuma son expédition à Berserkir (en évitant de parler d'Anaya) et lui parla du suspect aux yeux vairons qu'il espérait trouver dans le camp.

— Ça doit être facile à trouver ça, dit Ena.

— Je l'espère.

Le silence s'installa dans l'habitacle durant plusieurs kilomètres après cette discussion, emmenant Aru dans une légère torpeur, lorsqu'il sentit le véhicule dévier de sa trajectoire. Il se saisit et se tourna vers Ena, curieux et inquiet en même temps. Celle-ci, le teint blême, battait des paupières comme un papillon bat des ailes en plein envol, et se penchait un peu trop sur le volant. Craignant qu'elle s'endorme, Aru l'appela d'une voix forte :

— Ena ? Vous êtes toujours avec moi ?

— J'ai besoin… de minéraux…

— Vous avez surtout besoin de vous mettre sur le côté avant de nous envoyer dans le décor.

Ena se rangea sur le bas-côté et coupa le moteur. À cet instant, elle donna l'impression de se dégonfler. Lâchant un long soupir, elle sembla s'affaisser sur elle-même, se reprenant de justesse avant de finir sous le siège. Aru s'en inquiéta et lui demanda la raison de son état.

— Je suis nécromancienne, l'informa-t-elle.

— Je l'ignorais, réagit Aru. Mais, je ne vois pas le rapport avec votre état.

— Avec tout ce travail, j'ai oublié de prendre mes compléments… Il me faut un coup de Boost. Il me faut du Sanori. Sinon, ma magie va bouffer toute mon essence vitale. Voilà le rapport !

Le Sanori était un cocktail riche en minéraux commercialisé par la société NécroFarm. Aru n'en avait jamais pris, car elle était surtout destinée pour les nécromanciens.

— Faudra aller un peu plus loin, lui dit Aru en inspectant rapidement les environs. Ici, il n'y a que des taudis et des Bars à Dérives.

— Va pour le Bar à Dérives…

— Vous êtes sérieuse ?

Ena opina lentement du chef.

À l'instar d'un grand nombre de pratiques à Tenebrium, les Bars à Dérives étaient tolérés malgré le caractère illégal de leurs activités. Il s'agissait d'établissements reculés où l'on pouvait boire des cocktails à effets hallucinogènes dans un brouillard d'effluves de Bleuté. Tel un squat de junkies, mais pour les riches.

Évidemment, il était interdit pour un représentant de l'Ordre de s'y rendre sans motif professionnel.

— Nous n'avons pas le droit d'entrer là-dedans, rappela le jeune Gardien.

Ena ne l'écoutait pas. En réalité, elle ne l'entendait plus. Sa magie, en carence, s'abreuvait de son essence vitale et la plongeait dans un état confus où ses sens se mélangeaient. Sortant du véhicule comme si elle était complètement ivre, Aru se dépêcha de l'aider. Il quitta son siège et fit le tour de la voiture pour l'empêcher de tomber. Plongeant ses yeux dans ceux de la superviseuse, il y vit plus que de la fatigue.

C'était un appel à l'aide.

N'ayant pas d'autres choix, il l'emmena dans le Bar à Dérives situé quelques mètres plus loin. Un bâtiment sans prétention, aux vitres fumées et à la façade repeinte en noir, avec de petites cloches sur la porte d'entrée qu'il fallait faire tinter pour s'annoncer. Outrepassant cette obligation, Aru et Ena entrèrent.

L'intérieur ne manquait pas d'espace, mais restait intimiste. Peu d'efforts avaient été faits pour la décoration, car l'ambiance y était tamisée, à l'exception de magnifiques peintures accrochées aux murs représentants des paysages divers. Les tables étaient éloignées les unes des autres, offrant à chacun son havre de tranquillité, et le calme régnait. Les clients, baignant dans une brume stagnante aux reflets bleus, s'égaraient en pensées et ne partageaient que peu de discussions. Ici, corps et esprits communiaient dans un silence apaisant.

Aru avait vu bien plus de violence dans certains débits de boissons légaux, mais resta sur ses gardes. Cette brume stagnante risquait bien de lui faire tourner la tête et il n'avait pas besoin de se noyer dans un océan spirituel maintenant.

Au milieu des clients, une serveuse venait remplacer les verres et s'enquérait de l'état des gens. Il s'agissait d'une orque vêtue d'un beau tailleur, bien plus attrayante que ses compères. En voyant Aru et Ena, elle s'arrêta et leur souhaita la bienvenue d'une voix douce et envoûtante.

— Je ne reste pas ici, dit Aru une fois que la serveuse se retira.

— Très bien, je ne serai pas longue.

— Vous comptez vous installer ? s'étonna-t-il.

— Je n'irai pas plus loin.

En effet, elle ne semblait plus être capable de faire un pas devant l'autre. Bien obligé, Aru l'aida à s'installer à l'une des tables. Refusant de l'abandonner maintenant, il s'assit à son tour et eut l'étrange impression d'entrer dans une bulle à l'épreuve du monde extérieur.

Il ne se sentait pas à l'aise dans cet environnement. Il était comme un intrus. Personne ne lui prêtait attention, et pourtant il avait le sentiment d'être constamment jugé par des regards accusateurs.

— Nous avons des Sanoris à forte concentration, leur informa la serveuse en voyant l'état d'Ena. Vous concernant, ce sera un élixir d'éveil, ajouta-t-elle à l'intention d'Aru. C'est assez léger et ça vous permettra de garder la tête hors de la brume.

Apparemment, celle-ci était capable de lire dans les pensées de ses clients. Ou peut-être savait-elle simplement traduire parfaitement les comportements de ceux qui venaient consommer chez elle ?

Le jeune Gardien accepta et la serveuse disparut dans l'ombre et la fumée de l'établissement.

— Comment vous sentez-vous ? demanda Aru à la superviseuse.

— J'ai connu pire, et j'ai connu mieux, répondit-elle, le teint toujours plus blême.

— Ça vous arrive souvent ?

— Plus depuis longtemps… C'est toute cette affaire…

Voyant l'effort qu'elle faisait pour simplement tenir cette discussion, Aru n'insista pas. Il se contenta d'observer discrètement les autres clients, paisibles spectateurs de leurs propres hallucinations, avant de reporter son attention sur les peintures accrochées derrière leur table. L'une d'entre elles, en particulier, attira son regard. Elle représentait un enfant tenant dans la main ce qui semblait être un cœur, tout gorgé de sang, faisant face à des étendues verdoyantes joliment déformées par des collines. Il ignorait la raison de son intérêt pour cette œuvre, où paix et violence jouaient l'harmonie, quand des flammes apparurent au milieu du dessin. Vives et soudaines, s'élevant dans les paysages et embrasant la nature, elles transformèrent le paradis en un enfer brûlant. S'étouffant devant cette vision, Aru détourna le regard, résistant tant bien que mal à l'hallucination.

Ce n'est que le début, lui susurra une voix familière. La voix d'Anaya.

Profitant de son état second, le charme de la Lycane reprenait de plus belle, et Aru perdit pied. Il s'égara avant même de s'en rendre compte, emporté dans les tourments d'un esprit trop malléable, et se mit à combattre les souvenirs torrides de son aventure à Berserkir. Il lutta, mais eut la sensation de se débattre contre les courants puissants d'un fleuve déchaîné.

Le cœur nous libèrera, fit une voix désincarnée au milieu de ces visions.

Le chaos ne suffira pas…

— Aru ?

C'était la voix d'Ena. Lointaine. À peine murmurée. Comme les vestiges d'un écho.

À cet instant, le jeune Gardien saisit ce qui lui arrivait. Les effluves de Bleuté lui avaient retourné l'esprit et il avait perdu toute notion de réalité. Fort de cette certitude, il résista. Il réussit à s'opposer aux hallucinations et fit face à la plus puissante des visions.

Anaya, à nouveau assise sur son bassin et complètement nue, le sondait de l'intérieur. De ses yeux d'un noir profond, elle s'insinuait dans son âme tout en prononçant les mots anciens d'une incantation Lycane.

Le charme… Ainsi avait opéré le charme d'Anaya.

Revivant l'intensité de ce moment, Aru s'égara, emporté une nouvelle fois dans cette magie illégale, quand une main se posa sur la sienne.

— Aru !

La voix de la superviseuse déforma la vision avant de la briser. Le temps d'un souffle, ce n'était plus la Lycane assise sur lui. Ce n'était plus Anaya plongeant son regard brûlant dans celui du jeune Gardien, mais Ena Lovemor.

En revenant à la réalité si précipitamment, Aru ramena sans le vouloir les dernières paroles d'Anaya. Ainsi résonna la fin d'un charme puissant à l'intérieur du Bar à Dérives. Un charme qui semblait envelopper le jeune Gardien et la superviseuse, avant de se dissoudre dans les effluves stagnants du Bleuté.

Dans les brumes cristallines d'un millier de rêves inachevés.

— Vous allez bien ? s'inquiéta Ena.

— Je vais… bien ? répéta Aru, encore désorienté.

Comme si on l'avait réveillé en sursaut, le jeune Gardien observa les alentours d'un regard confus, l'esprit encore secoué, avant que sa mémoire ne retrouve enfin ses bonnes formes. Il comprit dès lors ce qu'il s'était passé. Sensible aux drogues hallucinogènes, il n'avait pas fallu longtemps pour réagir à la brume de Bleuté. Au point de perdre totalement le contrôle et de laisser sa magie, combinée au charme de la Lycane, se libérer de son corps à la manière de toxines s'échappant de ses pores.

Non, c'est impossible… pensa-t-il.

Et pourtant, quand il regarda la superviseuse, il ressentit un changement. Elle n'était plus la même personne. Derrière les uniformes, les airs autoritaires et les obligations, il y avait une beauté. La beauté d'une personne révélée sans aucune forme d'artifice. Une beauté face à laquelle le jeune Gardien ne resta pas insensible.

Craignant d'être encore sous le joug de ces drogues, Aru secoua la tête et se maudit d'être aussi fragile. La serveuse vint à cet instant lui conseiller de boire son élixir pour supprimer les effets de la fumée, et c'est ce qu'il fit. D'une traite, il but son verre, et émergea enfin de cette semi-torpeur où l'esprit prenait l'ascendant sur le corps. Son voyage cessa brutalement, lui permettant d'être à nouveau lui-même. Les peintures se figèrent, les visions s'estompèrent complètement et sa magie, mélangée au charme de la Lycane, cessa d'agir.

— Vous êtes parti loin, lui fit remarquer Ena.

Aru la regarda et vit qu'elle avait retrouvé ses couleurs et son énergie.

— Je suis désolé, réagit-il.

— Non, c'est moi qui le suis. Je n'aurais pas dû vous emmener ici.

Le jeune Gardien n'avait pas trop envie de s'attarder sur le sujet. Il était inutile de rappeler à la superviseuse de garder cet épisode secret, pour le bien de leurs carrières, et ils décidèrent de quitter les lieux avant de retomber dans d'autres hallucinations. Ils payèrent leurs consommations et sortirent.

À l'extérieur, la lumière du jour les éblouit et dissipa les derniers effets du Bar à Dérives. Étrangement, tous deux se sentaient requinqués, comme après une bonne nuit de sommeil. Aru se persuada que cet épisode ne laisserait aucune trace dans ses souvenirs. Ils remontèrent dans le véhicule et Ena se dépêcha de faire vrombir le moteur pour s'éloigner de cet endroit. Le jeune Gardien retrouva ses manières, loin de cet être fragile emporté dans les tempêtes spirituelles, et observa la superviseuse du coin de l'œil.

Il comprit alors que, finalement, cet épisode avait laissé une marque.

LE CAMPS DES MERCENAIRES

— Vous allez mieux ?

De toute évidence, la superviseuse s'était bien remise, mais Aru avait besoin de l'entendre.

— C'est un sacré cocktail qu'ils servent, répondit Ena. J'ai l'impression de pouvoir réveiller une armée de goules. Vraiment désolée de vous avoir emmené là.

— Ce n'est rien. Je suis heureux de vous revoir en forme.

Ils échangèrent un regard, et il y eut un étrange sentiment de gêne. Comme s'ils en voyaient plus que prévu. Aru reporta son regard vers les paysages et se força à vider son esprit de toutes pensées inutiles. Tout ce qui comptait, c'était son enquête. Rien d'autre. Ena, de son côté, dirigea sa concentration sur la route, persuadée que cette nouvelle attirance était éphémère. L'écho d'un mauvais sort. Aussitôt, le sérieux reprit place dans l'habitacle.

Au bout d'une heure, ils rejoignirent un large terrain vague où était implanté le camp. Deux trolls en surveillaient l'entrée, solidement armés de lames et de fusils d'assauts. Des sauvages de deux mètres, emmitouflés dans leurs capes de voyages et le visage dissimulé derrière des cagoules dont les coutures peinaient à retenir leurs mâchoires immenses et leurs fronts trop larges. Leurs regards menaçants auraient suffi à faire rebrousser les curieux, mais il en fallait plus pour effrayer Ena Lovemor et Aru Velner.

Le camp était entouré de pieux et de barbelés rouillés, plus pour délimiter leur territoire que pour empêcher les intrusions. À l'intérieur, on y trouvait des dizaines de roulottes, mais aussi des tentes et des bivouacs de fortune. Des chaises de jardin et des divans défoncés formaient des cercles au cœur desquels où il était aisé d'imaginer bien de l'animation une fois la nuit tombée. En attendant, la journée s'entamait à peine pour ces gens vivants à l'encontre des rythmes imposés du Tenebrium. Quelques mercenaires, de tous les peuples et de tous les genres, commençaient à sortir de leurs caravanes pour aller se rafraîchir au puits, avant d'aller jeter un œil vers les panneaux en bois affichant les contrats en cours.

De ce qu'en savait Aru, ces contrats étaient établis en des lieux secrets situés à Sous-Terre, sans doute dans l'une ou l'autre maison close, avant d'être glissés dans des coffres scellés. Les gobelins se chargeaient ensuite de les rapporter au camp pour les placarder sur les panneaux mis en place, offrant la possibilité aux mercenaires de choisir celui qui leur convenait et de le remplir contre la somme d'argent déjà convenue. Pour la plupart, il s'agissait d'aller récupérer quelques dettes pour des prêteurs sur gages, mais parfois aussi de commettre des actes criminels pour des anonymes.

Aru et Lovemor partirent à la rencontre des gardes. Ceux-ci, qui agissaient selon les règles du camp, firent un pas en avant et gonflèrent le poitrail.

– Vous vous êtes trompés de chemin, dit le premier.

– Il vaudrait mieux revenir sur vos pas et aller voir ailleurs, poursuivit le deuxième.

Même sans leurs armes, ils impressionnaient de par leur stature et leurs airs. Rares étaient ceux qui osaient les contredire.

– Je me nomme Aru Velner, membre des Gardiens et représentant de l'Ordre, s'annonça-t-il en brandissant sa médaille. Je suis accompagné d'Ena Lovemor, superviseuse de la section Sierra de la B.A.D. Nous désirerons rencontrer votre responsable.

Les trolls se raidirent d'abord, donnant l'air d'être impressionnés à la vue de cette médaille, avant d'échanger un regard et de bouffer sans le moindre respect.

– Très jolie breloque, rigola le premier. Mais, ici, ça ne vaut rien. Vous n'êtes que deux touristes loin de leurs petites maisons !

– Et à l'heure du petit-déjeuner, mieux vaut ne pas traîner sa carcasse de touriste dans le coin ! ajouta le deuxième.

Aru s'apprêta à faire valoir ses droits, mais fut interrompu par Lovemor :

– Si vous ne m'indiquez pas tout de suite où se trouve votre foutu responsable, j'enverrai une armée de goules le chercher pour moi ! C'est ce que vous voulez ? Vous voulez prendre le risque ? Alors, soit vous choisissez de poursuivre cette journée en restant là comme deux crétins, soit vous passez les prochaines heures à combattre les cadavres revanchards que vous avez certainement enterrés sous vos roulottes. On s’est compris ?

Les trolls feignirent l’indifférence face à cette menace, mais il était évident qu’aucun des deux n’avait envie de connaître le courroux d'outre-tombe. Leur échange de regards fut plus productif cette fois-ci et ils décidèrent de les laisser passer. S'écartant l'un de l'autre, un chemin s'offrait désormais aux deux enquêteurs.

— Vers le fond, à droite, dit le premier troll.

— La caravane avec une croix dessus, termina le deuxième.

Lovemor les remercia sans quitter cette colère brûlante et cette détermination dans le regard et entra dans le camp la première. Aru la suivit et resta à ses côtés, attentif à cet environnement hostile. Ils venaient d’entrer dans une zone de non-droit. Le danger pouvait désormais apparaître de partout et sous toutes les formes.

— Désolé de vous avoir interrompu, murmura Ena à l'adresse du jeune Gardien alors qu'ils passaient devant les premières tentes. Ce n'était pas pour vous manquer de respect, mais je ne supporte pas ce genre d'attitudes…

— Je ne vous en porterais pas préjudice, jura Aru. Le Sanori vous a bien remonté, en tout cas.

— J'avoue qu'il était très concentré, mais peut-être pas au point de me rendre capable de faire ce que j’ai juré de faire à ces deux trolls de misère.

— Dommage. Ça aurait pu servir en cas d'incident diplomatique, plaisanta Aru.

Et à voir comment les toisaient les nombreux mercenaires vivants dans ce camp, cet incident semblait à portée de main.

Les mercenaires étaient connus pour leur témérité autant que pour leur lâcheté, formant ainsi un curieux contraste dans leur réputation. Les connaissances du jeune Gardien à leur sujet étaient limitées aux rumeurs et aux légendes. Ce qu'il découvrit d'eux ce jour-là, à voir leurs airs sombres et les stigmates déformant leurs traits, vestiges de nombreux combats, c'est qu'ils en avaient vu de toutes leurs couleurs. Sans aucun doute, ces gens-là connaissaient le goût de la mort. Plus que de simples opportunistes, ils avaient appris dès les premiers âges à se relever de leurs défaites pour reprendre les gants.

Les plus jeunes devaient être à peine majeurs et les plus vieux avaient dépassé l'âge de la sagesse. Mais, le plus important aux yeux d'Aru, ce fut l'absence des frontières entre les peuples. Les orcs discutaient avec les mages et les nécromanciens, au moment où les trolls tapaient la carte avec les gobelins. Tous échangeaient sans aucune forme de racisme. Les différences n'étaient nullement pointées du doigt ici, même indirectement.

L'Ordre se flattait d'avoir créé une harmonie tenace dans tout Tenebrium. Une harmonie solide, soutenue par les Héritiers, et pour laquelle Aru acceptait de se battre. Pourtant, s'ils vivaient bien ensemble dans les mêmes villes et les mêmes cités, les peuples ne se mélangeaient que très rarement.

Progressant au cœur de ce terrain sous les regards soupçonneux de centaines de mercenaires intrigués et fort embêtés d'être ainsi interrompus dans leurs activités, Aru et Lovemor furent bientôt accueillis par de joyeux cabots faméliques qui aboyèrent et furetèrent autour d'eux en quête de nourriture. Ils virent d'autres animaux dans le camp, et surtout des poules picorant librement autour des tentes, et une dizaine de têtes de coq se décomposant lentement sur le sol à la vue de leurs congénères. Apparemment, les mercenaires n'appréciaient pas trop leurs chants et le faisaient savoir à coups de lame.

– Ça pue l'Ordre ! grogna un troll en train d'affûter la lame de son poignard sur une pierre à aiguiser.

– Qui a commandé une belle poulette pour son repas ? rigola un gobelin urinant à l'arrière d'une roulette bouffée par la rouille.

Pour éviter d'attirer les problèmes avant même d'arriver au responsable de ce camp, ils ignorèrent les remarques déplaisantes. Une fois encore, l'autorité du jeune Gardien ne valait rien. Heureusement, ses nombreux allers et retours à Sous-Terre l'avaient habitué à ça, au contraire de Lovemor qui se retenait d'aller faire claquer elle-même les clapets de ces personnages vulgaires. Il préféra se concentrer sur son enquête, observant les mercenaires l'un après l'autre pour tenter de retrouver la personne qui avait acheté une Dague de Sang.

Au bout de quelques sentiers et au détour de quelques carcasses de roulottes, ils finirent par arriver devant une caravane marquée d'une croix rouge. Elle n'avait rien d'extraordinaire, pas plus grand que les autres, même si elle semblait plus récente. Trois gobelins partageaient une bouteille de rhum autour d'une petite table de jardin juste à côté, jouant au poker, tandis qu'une nécromancienne se tenait adossée à la porte du logement mobile. Une femme vêtue d'une robe traditionnelle ornée de bijoux d'os utilisés lors d'anciens rituels, avec de larges épaules et des cheveux si longs et si sales que seule une lame bien affûtée aurait réussi à démêler le chignon bordélique qui régnait au-dessus de sa tête.

— Nous venons rencontrer le responsable de ce camp, lança Aru.

— Le responsable ? sourit la nécromancienne. Vous parlez de Nox ? Et qui le demande ?

— Un Gardien et une superviseuse de la B.A.D.

Il sortit à nouveau sa médaille pour légaliser son identification. Même si cet objet ne faisait aucun effet dans ce camp, il était obligé de la montrer, selon la procédure.

— C'est tout le gratin qui vient ramper à nos pieds, à ce que je vois ! plaisanta la nécromancienne.

À cela, et sans surprise, les gobelins éclatèrent de rire. Lovemor inspira profondément par le nez, vibrante de colère, mais sut se contenir encore une fois. Aru se demanda combien de temps elle allait réussir à contenir sa colère.

La nécromancienne afficha un sourire narquois, mais frappa finalement à la porte de la caravane. Trois coups bien distinctifs, juste avant de s'en éloigner. Aru bomba le torse et fit un pas en avant. Malgré ce qu'on pouvait bien penser de l'Ordre dans ce camp, il devait faire bonne impression. Il devait se présenter en tant que Gardien. Cependant, lorsque la porte s'ouvrit, il eut l'horrible sensation d'être aspiré dans le néant. Celui qui se présenta à lui était la dernière personne qu'il s'attendait à voir.

Ted Ansbach.

À TABLE LES CHIENS

Satisfait de sa surprise et d'avoir tant troublé le jeune Gardien, Ted Ansbach apparut fier et souriant dans son vieil uniforme de superviseur. Il était tel un général fêtant sa victoire sur le cadavre de ses ennemis.

— Mon cher petit Aru, il est temps que je tienne mes promesses, dit-il en sortant de la caravane.

Outrepassant sa stupéfaction, le jeune Gardien voulut tirer Ena Lovemor vers lui afin de fuir, mais c'était déjà trop tard. Les gars de la brigade Delta surgirent des paysages et les prirent rapidement en étau. Aru, dépassé par les évènements, chercha son arme dans un geste instinctif, mais se fit frapper à cet instant à l'arrière du crâne. Un coup violent, porté par le plus solide des brigadiers, qui mit fin à toute tentative de défense.

Il fut frappé avec une batte assommante. Ce genre d'arme blanche prohibée vendu dans les marchés illégaux des quartiers gris de Berserkir, et dont le bois imprégné de maléfices annihilait momentanément les pouvoirs magiques de sa victime, tout en provoquant une intense souffrance.

Aru partit en avant, tomba sur les genoux et se rattrapa de justesse, mais se sentait vidé de toute énergie vitale. Il était comme un nourrisson cherchant vainement à se remuer, pas même capable de rouler sur lui-même. La douleur fit écho de son crâne jusqu'à ses orteils et l'empêchait désormais d'agir à sa guise. Autour de lui, on entendit des cris glaçants n'offrant que peu de place à l'imagination. Quatre des brigadiers s'étaient jetés sur la pauvre Lovemor et l'entraînaient de force vers la tente la plus proche. Elle avait beau avoir de la force et se débattre comme un diable, elle ne faisait pas le poids face à deux orcs et deux mages surentraînés et animés d'intentions perverses.

Ansbach, hilare de voir le jeune Gardien dans cet état, vint à sa hauteur. Il se pencha vers son oreille et parla d'une voix douce :

— Je vais commencer par elle et puis ce sera ton tour ! Comme je te l'avais promis !

Sur ces terribles promesses, le superviseur partit rejoindre le groupe dans la tente. Aru sentit la colère bouillir en lui et se mit à trembler, mais c'était comme affronter la ténacité de son propre destin. Il luttait de toutes ses forces pour repousser cette souffrance qui tentait de le mettre au sol, tandis que son esprit s'embrouillait et cherchait un peu de répit. S'il s'était laissé aller maintenant, sans doute se serait-il effondré pour aller valser avec quelques rêves. Seulement, les cris qui lui parvenaient depuis la tente le maintenaient dans un état de semi-conscience au cœur duquel il tentait de reprendre le contrôle. Il essayait de retrouver ses esprits, d'éveiller ses muscles et sa magie, tandis que l'écho du coup reçu émettait de curieuses vibrations parasitant ses efforts.

Tu peux y arriver ! T'es le plus jeune Gardien de l'histoire de Tenebrium !

Sa détermination finit par payer. Il fut bientôt sur le point de se redresser, quand deux des membres de l'équipe Delta lui tombèrent dessus de tous leurs poids. Il heurta le sol si violemment que sa mâchoire claqua, lui arrachant un morceau de langue au passage.

— On reste bien en place ! l'intima le troll en plaquant sa grosse main sur l'arrière de son crâne, là où le sang commençait à luire parmi les longs cheveux noirs du Gardien.

— Ne sois pas trop impatient, ajouta le mage agissant aux côtés du troll. Tu seras le dessert ! N'essaye pas d'user de magie, tu n'en seras pas capable avant une bonne demi-heure.

Aru ne les écoutait pas. Du bout des lèvres, d'une voix à peine audible (et ce malgré le goût de son propre sang qui l'écœurait), il récitait des sorts de guérison pour tenter de se remettre plus vite. Malheureusement, comme venait de le prévenir le mage, le coup qu'il avait reçu provoquait une paralysie de ses talents. Il était à peine capable de dégager son bras coincé sous son ventre.

— On ne bouge pas ! lui rappela le troll en lui portant un coup entre les reins.

— En tout cas, ta copine a l'air de prendre son pied ! rit le mage.

Il faisait référence à l'agitation à l'intérieur de la tente où la pauvre Lovemor devait vivre un calvaire. Les bruits et les cris qu'on y entendait parlaient d'eux-mêmes, offrant de grandes limites à l'imagination. Aru tentait de ne pas les écouter pour éviter que les émotions le freinent dans ses tentatives de guérison, mais il était difficile de ne pas percevoir les cris et les gémissements sans laisser la colère l'emporter et les remords l'accabler.

Les deux membres de Delta, eux, s'extasiaient à l'avance, prenant plaisir à écouter l'expression de toute cette souffrance. Ils étaient impatients d'échanger les rôles avec leurs collègues pour profiter de la pauvre Lovemor. Le troll bavait même dans la nuque d'Aru. Le jeune Gardien profita de cette brève inattention pour dégager enfin son bras, motivant le mage à lui porter un coup dans le dos et à lui rappeler de ne pas bouger:

– Si tu tentes la moindre magie contre nous, j'te jure que je t'impose une brûlure continue !

C'était une menace à ne pas prendre à la légère. Une telle brûlure, provoquée par un mage expérimenté n'ayant pas peur de faire usage de sorts illégaux, créait une douleur cuisante pouvant durer de nombreuses heures.

– Il ne fera rien ! jura le troll. C'est à peine s'il sait respirer !

– Ouais, mais il n'arrête pas de bouger ! Il veut se retourner pour nous envoyer ces putains de sorts en pleine face ! C'est ce qu'ils font, ces connards de Gardien.

– Mec, t'as vu comment je l'ai frappé à la tête ? rappela le troll. Il ne fera rien !

Pour le prouver, il dégagea le mage, se releva, attrapa l'épaule d'Aru et le retourna. Aussitôt, son collègue s'éloigna, craignant de se prendre la magie d'un Gardien dans la figure. Même s'il était en piteux état et à peine capable de garder les yeux ouverts, il restait un ennemi qu'il valait mieux ne pas sous-estimer.

Et il avait raison. Si Aru donnait l'impression de vouloir simplement dégager son bras de sous son corps, il était en réalité à la recherche de son arme toujours placée dans son holster de cuisse. Si les deux brigadiers se persuadaient qu'il cherchait un moyen d'user d'une magie salvatrice, ce dernier était en réalité en quête de son arme de service. Maintenant qu'il l'avait bien en main, chambrée et prête à faire feu, le jeune Gardien tira dans la tête du troll.

Le mage, surpris, lâcha un petit cri strident, et eut le temps de ne rien faire d'autre. Aru tira une deuxième fois, droit dans sa gorge. Si le troll, dont le cerveau avait littéralement explosé dans sa boîte crânienne, avait déjà soufflé sa dernière goulée d'air en faisant rouler ses yeux éteints, le mage tenta vainement d'inspirer et d'expirer en essayant d'arrêter les gerbes de sang projetées hors de sa gorge au rythme de son cœur. Un spectacle pitoyable donnant l'impression qu'il tentait de se sauver en remettant lui-même les tuyaux à la bonne place, avant que son énergie vitale ne finisse par l'abandonner complètement.

Aru, en désespoir de cause, aspira cette dispersion d'énergie au moyen d'un vieux sort nécromancien appris lors de ses formations de survie. Une technique requérant très peu de magie, du simple fait que ce sort avait pour but de justement se revigorer en cas de grandes faiblesses.

Une fois cette force vitale aspirée (apparue sous la forme de fines volutes de fumée argentées), il retrouva enfin ses moyens et ses esprits. Aussitôt, il se leva et courut vers la tente pour y sauver sa pauvre collègue. Ses pouvoirs étant encore limités, il comptait sur son arme pour la sortir de là.

Il était désormais prêt à tout, et même à tirer à bout portant sur tous les membres de la section Delta. Il n'y avait plus d'hésitation dans son regard. Plus de retenue. Il n'était plus le jeune Gardien obligé de faire valoir la loi avant les sentiments, mais l'homme venu sauver celle qu'il avait involontairement envoyée dans les griffes d'une bande de pervers.

La douleur provoquée par le coup de batte était toujours présente, agissant comme une onde de choc passant et repassant sur son crâne, mais il n'avait pas le temps de s'en préoccuper. Tout ce qui comptait, c'était de sauver Lovemor. Il vit du coin de l'œil les mercenaires, témoins de toute la scène, qui commençaient à s'agiter. En particulier la nécromancienne. Apparemment, elle n'appréciait pas la tournure des évènements. Si les gobelins s'étaient contentés d'arrêter de jouer, cette dernière semblait être tiraillée par sa conscience.

Quand il fut devant l'entrée de la tente, submergé par les énergies aspirées qui devaient l'aider à retrouver sa force et ses esprits, il eut peur de perdre connaissance. Il perdit l'équilibre et eut la curieuse sensation de sentir la terre tourner plus vite que de coutume. Pourtant, il tint bon. Pour réussir à sortir Ena de cet enfer, il devait profiter de l'élément de surprise pour réussir à mettre hors d'état de nuire 5 membres de la B.A.D en un temps record.

S'apprêtant à braquer et à tirer, son doigt encore tremblant sur la gâchette, il s'arrêta net en entrant dans la tente. La scène qui se présenta à ses yeux humides de larmes fut aux antipodes de ce à quoi à il s'attendait.

Lovemor ne s'était pas laissé faire. Elle ne s'était pas offerte à ces pervers sans résistance. Toute recouverte de sang, de chair et de boyaux, à l'instar des parois de cette large tente contre lesquelles les corps semblaient avoir explosé, elle se tenait debout, droite et triomphante, au milieu de cette estrade apocalyptique où la mort tenait l'un des rôles principaux. Tenant encore le poignard dont elle avait fait usage pour se défendre, le haut de sa salopette avait été arraché, ainsi qu'une bretelle de son soutien-gorge, dévoilant son épaule nue et une partie de son sein, mais il restait suffisamment de vêtements en place pour faire comprendre que les membres de Delta n'étaient pas arrivés à leurs fins.

Les cadavres de ses agresseurs l'entouraient dans des positions inconfortables et grotesques. Quatre corps servant désormais de festin pour les deux goules que la nécromancienne avait réussi à invoquer. Des cadavres sortis de leur repos éternel par quelques sorts, venus l'aider à reprendre le dessus sur ses assaillants. Le bruit de la mastication et des gémissements jouissifs de ces créatures putrides était une musique des plus déplaisante, mais Aru fut heureux de les entendre planter leurs dents pourries dans les chairs et sucer les viscères de ces enfoirés comme s'ils s'agissaient de pâtes al dente. Il prit la peine de les regarder chacun, de jouir de chacune de ces morts, et vit à cet instant l'unique survivant se débattant au milieu des flaques de sang et des entrailles de ses anciens collègues et amis. Se tenant à son appareil génital comme s'il craignait qu'il se détache de son corps, ses longues plaintes et le sang coulant entre ses doigts firent comprendre au jeune Gardien qu'il souffrait d'une blessure aussi terrifiante qu'humiliante.

Au deuxième regard, il reconnut le visage de cette dernière victime encore en vie. Le visage de Ted Ansbach, tordu par une douleur lancinante l'empêchant même de respirer normalement. Dans le but, très certainement, de faire durer sa souffrance, Lovemor lui avait évité une mort rapide. Summum de l'agonie qu'elle désirait lui imposer, elle tenait dans sa main droite, à l'opposé du poignard ayant signé la blessure à l'origine de tant de maux, le testicule du superviseur, gluant et sanguinolent.

Aru jugea cette sauvagerie juste et honorable. Enfin, le superviseur payait ses dettes.

Au moment où Lovemor croisa le regard du jeune Gardien, elle reprit ses esprits. Elle lâcha le testicule dans la poussière, se rhabilla tant qu'elle put et fit un geste de la main pour mettre un terme à la magie nécromancienne en cours. Aussitôt, les goules crièrent leur effroi, fâchées de ne pas avoir pu achever leurs bouchées, et redevinrent les cadavres putréfiés privés de toute existence. Ils tombèrent à plat dans leur festin à moitié entamé, et Lovemor avança vers Ted Ansbach. Il était temps pour elle de l'achever.

— Non ! s'écria Aru.

Et il bondit devant elle pour s'interposer entre les deux partis. Ce n'était pas un acte d'empathie envers ce salopard, mais le besoin de le garder en vie le temps de lui poser quelques questions. Lovemor gronda, mais ne contraria (pas?) les plans du jeune Gardien.

Sentant qu'il avait enfin retrouvé un contrôle sur sa magie, Aru s'approcha du superviseur et l'attrapa par les cheveux pour le traîner à l'extérieur de la tente. Il le tira de toutes ses forces par les dernières mèches blanches flottant sur son crâne tacheté et le jeta au milieu d'un sentier, à quelques mètres des mercenaires toujours présents. Ted Ansbach, tiraillé par la douleur et la peur de perdre son deuxième testicule, tenait toujours son appareil, pleurnichant sans bruits et bavant telle une bête vivant les dernières secondes d'un long calvaire. Aru se plaça au-dessus de lui, le dominant ainsi de toute sa stature, et profita de l'état du superviseur pour lui balancer un sort de révélation en pleine figure. N'ayant plus aucune défense spirituelle, Ted se le prit comme on se prend une solide gifle d'une main moite, chancela de la tête et eut ce regard hagard confirmant son état second. Derrière eux, Lovemor les rejoignait, pressé d'entendre ce qu'il avait à dire.

— Que sais-tu sur la mort de l'Héritier ? l'interrogea Aru.

— … rien… rien de plus que ce qui a été dit…

— As-tu un rapport avec la Dague de Sang ?

— Non… pas de rapport…

Si le sort de révélation offrait à cet infâme salopard son premier instant d'honnêteté, elle le sauva aussi de sa douleur quelques instants.

— Tu mens ! s'écria Aru, débordé par les émotions.

Il s'était persuadé que les paroles du superviseur lui permettraient enfin de sortir la tête de ce brouillard épais entourant cette enquête.

— Je ne peux pas mentir…

Le jeune Gardien devait bien l'avouer, le superviseur disait vrai à ce sujet.

— Pourquoi étais-tu là alors ? Hein ? poursuivit-il. Juste par vengeance ? Était-ce réellement la vengeance qui t'a poussé, toi et tes hommes, à agresser une superviseuse et un Gardien ?

Peu importe la situation, il lui était difficile de penser que toute une section de la B.A.D agisse de la sorte sur un simple coup de sang. Que tous ces hommes acceptent de mettre leur carrière en péril, avec le risque de terminer leur vie en prison, juste pour suivre la colère de leur chef.

– Pas la vengeance… pas seulement… répondit Ted, dont le visage ne luisait plus d'aucune vilénie, le faisant ressembler à un simple petit vieillard égaré. Bien payé pour freiner l'enquête… De belles sommes…

– Vous avez été payés pour nous attaquer ?

– Oui… Freiner l'enquête… Et il disait de l'appeler après… qu'il s'occuperait de tout… de vous faire disparaître…

– Qui ? Qui voulait nous faire tuer ?

La question amena Lovemor à s'approcher plus encore.

– Le Meneur de Loup… Garnier… Nathaniel Garnier…

Cette information créa comme une pause dans la scène. Une pause déstabilisante offrant un peu de temps à Aru et Lovemor pour la digérer.

– Qu'a-t-il avoir là-dedans ? reprit le jeune Gardien.

– C'est tout ce que je sais… Et je ne sais plus rien… affirma Ansbach.

Aru aurait aimé réfléchir à d'autres questions pour essayer de soutirer toutes les infos utiles de la tête du superviseur, mais déjà le charme commençait à se dissoudre dans ses yeux clairs. De plus, ce fut à ce moment qu'on entendit un hurlement résonner dans tout le camp. Le Gardien et la superviseuse se saisirent et virent un troll se diriger vers eux d'un pas précipité, la rage au ventre et l'œil fulminant.

Il était plus grand et plus imposant que tous les mercenaires réunis. Un véritable guerrier, dégageant une aura d'une puissance indéniable, et armé d'une hache immense. N'ayant pas peur de dévoiler son visage difforme et son ample mâchoire de laquelle débordaient ses crocs, il ne portait aucune capuche et aucun passe-montagne, et son crâne rugueux arborait une crête iroquoise d'une teinte sombre.

Voyant comment les mercenaires réagirent à sa venue, baissant les yeux et reculant dans l'ombre, Aru comprit qu'il devait s'agir de Nox. Le responsable de ces lieux.

À l'instar de la superviseuse, il se prépara instinctivement au combat. Au vu de ce qui venait de se passer, du trouble occasionné dans ce camp, rien ne semblait pouvoir l'en préserver. Et pourtant, contre toute attente, le troll ne projeta pas sa colère vers les intrus piétinant ses terres. Il pointa du doigt la nécromancienne qui continuait de s'agiter nerveusement autour de la caravane marquée d'une croix rouge et lui cria dessus :

— C'est quoi ce foutoir ? Je m'absente une matinée et voilà ce qui se passe ? Un règlement de compte dans mon camp !

Il passa à côté d'Aru et de Lovemor sans même daigner leur accorder un regard. Il écrasa le pied de Ted Ansbach, lui soutirant un petit cri de douleur, et se posta devant la mercenaire nerveuse. Il était si proche d'elle qu'il pourrait lui arracher le visage d'un coup de crocs.

— Je t'écoute ! continua-t-il de hurler. Réponds-moi, ou je te bouffe les yeux !

— Il… il nous a donné de l'argent… dit la nécromancienne en désignant discrètement Ansbach.

— Tu prends des décisions à ma place ?

— Non, je… je pensais que…

— Tu passes des marchés dans mon dos ? C'est ça ?

La mercenaire se décomposait littéralement devant son responsable. De leur côté, Aru et Lovemor continuaient de se préparer à une éventuelle confrontation, sans pour autant se montrer agressifs. Ils espéraient encore recourir à la diplomatie pour se sortir de ce véritable merdier, même si les chances de se sortir indemne de cette situation étaient pauvres.

— Je suis désolée, Nox, je ne voulais pas… Je pensais que… je… pleurnichai la nécromancienne.

— Fous le camp ! ordonna le troll. Quitte mon champ de vision suffisamment longtemps pour que notre prochaine rencontre se fasse sans la moindre colère.

— Oui ! Je pars ! Je m'en vais ! jura-t-elle.

Comprenant qu'elle n'aurait pas de seconde chance, elle s'encourut à toutes jambes. Un nuage de poussière se forma derrière elle juste avant de la voir disparaître entre les caravanes. Les gobelins, figés sur leurs chaises, échangèrent quelques regards effrayés et décidèrent de l'imiter.

Aru et Lovemor furent étonnés de voir un troll sauvage faire preuve d'autant de compassion. Il était de notoriété publique qu'ils châtiaient les gens à coups de démembrement. Et pourtant, devant leurs yeux ébahis, l'un d'eux venait de se montrer plus humain encore que certains membres de l'Ordre.

Nox se tourna enfin vers eux. Il les étudia de ses petits yeux porcins, sans rien révéler des émotions qui l'habitaient, puis observa Ted Ansbach gémissant par terre. Il grogna et présenta ses crocs, révélant les tréfonds d'une rage brûlante.

— Navré qu'on ait pu vous piéger ainsi dans mon propre camp, finit-il par leur dire.

– Nous étions venus ici pour vous rencontrer, certainement pas pour vous créer des problèmes, lui assura Aru qui retrouvait le goût de ses belles formules. J'étais simplement guidé par mes devoirs d'enquêteur et Mme Lovemor, de l'équipe Sierra de la B.A.D, m'accompagnait.

– Je le sais bien, rétorqua Nox. Je sais tout ce qui se passe ici, même quand je n'y suis pas. En apprenant ce qui se tramait, je me suis dépêché de revenir. (Il s'approcha de Lovemor, mais sans aucune manière brutale) Je suis désolé pour ce qu'ils ont tenté de vous faire.

La superviseuse opina du chef, l'air de dire qu'elle s'en remettrait, mais ne se sentait pas encore assez bien remise pour réussir à parler. Le troll alla ensuite dans la tente pour constater les dégâts, grondant de découvrir une telle scène, et revint ensuite auprès du gardien et de la superviseuse.

– Je connais la valeur de votre rang, Gardien, et aussi celui de la dame, déclara-t-il. Mais, ici, ça se passe comme je l'ai décidé. C'est ainsi. Vos règles au-delà des barbelés, les miennes parmi ces gens et ces roulottes.

Aru aurait dû faire valoir ses droits et rappeler Nox à l'ordre, mais il ne le fit pas. Il aurait été suicidaire de suivre la déontologie rédigée par les officiers de l'Ordre au vu des circonstances. Il ne se voyait pas affronter l'autorité du troll dans son propre camp. Il valait bien mieux le laisser gérer les conséquences du guet-apens dans lequel ils avaient plongé.

– Je tournerai le dos volontiers à toutes les décisions que vous prendrez, dit-il. Un avis que partage certainement ma collègue.

Lovemor acquiesça.

– Oui, c'est mieux, dit Nox. Pour ceux qui sont dans la tente, il me suffira d'un feu à l'acide concocté par mes mages pour ne plus en retrouver un seul morceau. Quant à celui-là… (Il s'arrêta un moment sur Ted Ansbach et la colère remonta, animant ses traits) Je reconnais l'homme qui a fait tant de mal à l'une des miennes du temps où elle n'était encore qu'un poussin. Il ne mérite pas de se vider simplement.

Il siffla entre ses crocs et, répondant à l'appel, trois cabots jaillirent des buissons et de sous les roulottes et se jetèrent précipitamment sur le superviseur de l'équipe Delta. Comme s'ils attendaient patiemment depuis un moment, cachés dans l'ombre de ces paysages, il ne fallut pas siffler deux fois pour qu'ils se mettent à dévorer l'entrejambe de Ted Ansbach. S'acharnant dessus comme s'ils se disputaient les restes d'un repas royal, le superviseur fut secoué dans tous les sens tandis que les chiens lui arrachaient la chair, la peau et des morceaux indistincts de ce qui fut anciennement ses attributs masculins.

UN INSTANT DE RÉPIT

Même s'ils partageaient une haine commune et brûlante à l'égard de cet homme, ni Aru ni Lovemor ne voulurent assister à cette vision d'horreur. Ils lui tournèrent le dos, laissant les chiens festoyer et s'enivrer des chairs fraîches du superviseur qui luttait encore pour sa misérable survie, et Nox les invita à l'accompagner vers la sortie. Cette fois-ci, il n'y eut aucun regard noir dans leur direction, mais seulement des attitudes un peu gênées traduisant le malaise provoqué par la colère du responsable.

Ils marchèrent d'abord en silence, le temps de se remettre de ces évènements tragiques, mais de voir la sortie si proche rappela au jeune Gardien la raison de sa présence. Il s'adressa donc à Nox avant que l'occasion ne lui échappe.

— Je vous remercie de votre aide, commença-t-il afin d'établir les bases d'une discussion plus saine.

— C'est autant dans mon intérêt que dans le vôtre, il n'est donc pas nécessaire de me remercier, répondit le troll.

— Mais j'aimerais profiter de votre présence pour vous poser une question.

— Une question ?

Il n'avait pas l'air d'apprécier l'entreprise du Gardien, sans pour autant se montrer offensé.

— Oui, celle-là même qui nous a amenés jusqu'ici et qui a failli nous coûter la vie, reprit Aru. Il me serait difficile de partir sans l'avoir posée. Surtout maintenant que nous sommes en sécurité.

— Vous êtes ici en sécurité le temps que je le décide, pas une seconde de plus, rétorqua Nox d'un ton cassant. Mais, je comprends aussi votre situation. Posez donc votre question et je verrai bien si je daigne y répondre.

Dans d'autres circonstances, peut-être aurait-il jugé sa question relevant de la fantaisie, mais il ne lui était plus permis de tergiverser.

— L'un de vos mercenaires, du peuple des mages ou des nécromanciens, possèdent-ils des yeux vairons ?

Nox s'étonna :

— De deux couleurs différentes, vous voulez dire ? demanda-t-il.

— Tout à fait.

— Pourquoi voulez-vous savoir cela ?

N'ayant pas d'autres choix, Aru lui donna les raisons motivant cette question un peu déplacée. Il lui parla de la Dague de Sang et des révélations du vendeur gobelin dans les quartiers gris. Il n'avait normalement pas le droit de divulguer autant d'informations à un quidam, mais, dans ce camp, les règles semblaient se transgresser sans conséquence.

Nox écouta avec attention et ne prit pas la moindre seconde pour réfléchir avant de répondre :

– Pas d'yeux vairons par ici ! Aucun mercenaire, c'est certain.

– Le gobelin ne pouvait pas mentir, précisa pourtant Aru. Pas avec un sortilège de révélation.

– C'était sans doute sa vérité, dit Nox. Il a cru que son client était un mercenaire, tout simplement. Je vous le dis, ce n'en était pas un. Point final.

Un déguisement… pensa machinalement Aru.

Fâché d'avoir mis la vie de Lovemor en péril pour rien, il se sentit plus lourd et plus abruti que jamais.

Dès qu'ils furent à l'extérieur du camp, la douleur à l'arrière du crâne d'Aru se réveilla. Lovemor, à nouveau capable d'interagir avec son environnement, décida de s'en occuper. Usant d'un kit de soin qu'elle gardait dans les poches de sa salopette, elle désinfecta la plaie puis la cautérisa à l'aide d'un spray brûlant confectionné par les orcs du temps des guerres civiles. Elle y apposa ensuite des sutures adhésives permettant une cicatrisation rapide. Étant donné que la blessure était due à une arme magique, les sorts de guérison étaient totalement inefficaces.

– Merci… et désolé, dit-il, la tête basse.

– Ça passera… murmura Lovemor.

Mais l'ombre sur son visage disait le contraire.

– Rentrons aux casernes et… et…

Et, pour la première fois, Aru se rendit compte qu'il ne savait pas quoi faire. Toute une section de la B.A.D venait d'être décimée en l'espace de quelques minutes, sous la puissance de Lovemor et des balles du jeune Gardien (et d'une bande de chiens affamés), et, plus encore, celle-ci s'apprêtait à disparaître de la surface de la Terre. Cela allait naturellement faire l'objet de tout un tas d'enquêtes, ouvrant la voie aux suspicions diverses. Tôt ou tard, ils seraient dans le viseur des autorités. Craignant de voir cette affaire leur tomber dessus, il se demanda s'il valait mieux ne pas prendre les devants et signaler les faits à ses officiers supérieurs. S'il y avait un brin d'espoir qu'ils reconnaissent la légitime défense, cette histoire pouvait envoyer Lovemor en prison et attirer tout un tas de problèmes aux mercenaires. S'il permettait cela, le poids des remords l'empêcherait même de sortir de son lit.

Non, il ne pouvait pas faire cela. Même s'il avait été élevé dans la droiture et dans le souci du bon respect des lois, il se devait de garder le silence. Il se devait de protéger Lovemor et les décisions de Nox, et se contenter de garder un œil vigilant sur les enquêtes à venir.

Pour le moment, du moins.

— Nous devons le trouver, dit soudain Lovemor, sortant le jeune Gardien de ses pensées tumultueuses.

— Pardon ?

— Le Meneur de Loup…

Il pouffa de se rendre compte qu'il avait presque oublié ce détail.

— J'ignore où il se trouve, lui apprit Aru.

— Il n'est pas à Berserkir ?

— Non.

— C'est pourtant un Lycan…

— Il faut croire qu'il a une autorisation spéciale.

Ils s'arrêtèrent à côté du véhicule de service de Lovemor, mais n'entrèrent pas encore. Cette discussion devait s'achever avant d'entendre le moteur vrombir.

— Qui pourrait savoir où il se trouve ? demanda la superviseuse.

— Siam doit être au courant.

— Elle refusera de nous le dire sans passer par la voie d'usage. Et je me vois mal rédiger un rapport donnant les raisons de notre demande.

Là-dessus, elle avait raison. Aru replongea dans ses réflexions, mais n'eut pas à nager longtemps pour en sortir une idée.

— Je sais qui pourrait nous aider…

L'autorisation que possédait le jeune Gardien pour se rendre à Berserkir était toujours active, si bien qu'il décida d'en faire un nouvel usage afin de retrouver Anaya Garnier.

De tenter de la recontacter le mettait dans un certain état de confusion. Même s'il désirait la revoir de tout son cœur, et peut-être d'espérer de tomber encore sous ses charmes et de connaître à nouveau ces sensations de jouissance ultime qu'elle lui avait fait connaître, il y avait une part de dégoût en lui. Telle une pointe de culpabilité perçant le fruit de ses désirs.

Il ignorait d'où lui venait cette étrange sensation.

Avant de se lancer dans cette nouvelle aventure, il était temps pour Aru et Lovemor de s'offrir une pause et de se changer. Ils rentrèrent donc aux casernes et se rendirent dans les quartiers privés de la superviseuse, au cinquième étage du bâtiment Sierra. Un lieu qui ne manquait pas de confort, malgré la présence d'armoires métalliques pleines de dossiers et de bureaux où s'empilaient des montagnes de rapports. On y trouvait aussi un espace dédié au repos. Sous les photographies de paysages verdoyants (Aru reconnut les Vallées-Chantraine de son enfance), se trouvaient un divan et plusieurs fauteuils. Il y avait également une table basse sur laquelle était posé un service à thé.

Lovemor, malgré l'état de ses vêtements et le sang tachant son visage, ses cheveux, ses mains et le tissu de sa salopette, se contenta de s'effondrer dans le fauteuil le plus proche. Aru resta d'abord en retrait, mais elle l'intima de la rejoindre d'un simple regard. Et derrière la force et la détermination qui animait généralement cette femme, il vit les faiblesses de ce genre humain tellement rabaissé par les mages et les nécromanciens.

Il s'assit en face d'elle, de l'autre côté de la table basse. Il n'osa pas la regarder au début, de peur de la gêner, mais elle chercha ses yeux. Elle avait atteint l'apogée de certaines de ses émotions quelques instants plus tôt et elle se sentait désormais dans une descente chaotique où elle roulait et roulait sans cesse, aussi vulnérable qu'un oisillon.

Aru, dont le cœur peinait à se remettre de cet épisode traumatisant, ressentit également toute cette pression lui retomber lourdement dessus. Il eut l'étrange sentiment d'être à nouveau dans ce Bar à Dérives, à la merci de ce brouillard psychédélique et de cette magie ternie par le charme de la Lycane. Il retrouva cette fragilité que subissait déjà sa collègue. Pour un moment, il était aussi fragile que l'était sa collègue. Aussi puissants furent-ils tous deux, ils partageaient un véritable instant de vulnérabilité. Un instant qui dura et s'éternisa bien loin de l'espace-temps, rapprochant instinctivement leurs esprits blessés. Un instant qui enjoignit leurs âmes à s'unir l'une à l'autre pour s'élever à nouveau, chacune s'aidant de l'autre. S'observant sans jugement, ils se virent tous les deux comme ils étaient réellement ; de belles personnes se découvrant. Loin de cette passion torride éprouvée pour la fille du Meneur de Loup, la chaleur qui l'enserra à cet instant était la preuve d'un amour naissant. Un amour qui les encercla, qui les rapprocha et créa des liens invisibles autour de leurs êtres qu'aucune magie ne pourrait briser.

Avant de s'en rendre vraiment compte, Aru était assis à côté d'elle, la serrant tout contre lui et posant sa tête sur ses cheveux sales et abîmés. Une étreinte sensible qu'aucun mot ne vint polluer ni aucun geste de trop. L'attirance qu'avait éprouvée Ena pour le jeune homme dans ce Bar à Dérives réapparut, plus forte que jamais.

Il n'y avait plus de Gardien. Il n'y avait plus de superviseuse. Seulement l'union de deux jeunes amants se rencontrant simplement et comprenant combien ils étaient faits l'un pour l'autre.

Ils restèrent dans ces fauteuils des heures durant, sans plus se soucier du sort de Tenebrium. Le pays s'embrasait à nouveau et on percevait l'agitation derrière les murs du bâtiment, mais les quartiers privés d'Ena Lovemor étaient devenus un havre de paix, préservés de cette folie animant les villes et les villages. La B.A.D s'activait à nouveau, prête à en découdre avec les bandes urbaines décidées à mener quelques pillages supplémentaires, mais Aru et Ena étaient toujours prisonniers de leur étreinte. Ils craignaient de s'en libérer. Comme s'ils craignaient de briser cette magie nouvelle qui adoucissait leurs pensées et offrait à leurs cœurs le soin de battre ensemble.

Au bout d'un moment, ils finirent par se lever. Ena guida alors Aru vers la salle de bain, là où il était temps de se laver et se préparer à retourner dans le feu de l'action. Mais, toujours sous le coup de ces belles émotions les protégeant de la cruauté du monde extérieur, ils furent incapables de se séparer, même pour cet instant d'intimité. Ce fut donc ensemble qu'ils ôtèrent leurs vêtements, avant de se retrouver embarqués dans une nouvelle étreinte bien plus charnelle. Tout contre le mur de carrelage froid de la pièce, ils s'enlacèrent, s'embrassèrent et s'offrirent l'un à l'autre.

Du fait de ses avantages physiques, Aru avait eu bien des ébats, mais ce fut la première fois qu'il fit réellement l'amour avec une femme. Quand ils eurent fini, quand leurs orgasmes furent atteints dans une harmonie parfaite, ils restèrent encore un long moment enlacés. Au fond d'eux, ils comprenaient que la séparation de leurs corps signerait un retour violent à la réalité.

Ils prirent une douche ensemble, ayant encore ce besoin de partager le même espace, puis Ena passa dans la pièce voisine où elle revêtit des vêtements civils. Aru prolongea son temps sous l'eau tiède, incapable d'abandonner la sérénité qu'il éprouvait, puis sortit enfin et remit ses habits. En quittant la salle de bain, le devoir le remit sur le chemin qu'il devait prendre pour mener à bien son enquête. Il allait devoir mettre de côté ses sentiments le temps de retrouver enfin le meurtrier.

En attendant Ena, il ne cessa de repenser à ce qu'il avait vécu depuis qu'on l'avait chargé de cette enquête. Assis dans le fauteuil, le regard dans le néant, son esprit repassait toute cette aventure surréaliste. L'agression dans le bureau de Ted Ansbach, l'arrestation d'Orgull, le plaisir auquel Anaya Garnier l'avait soumis…

Quand Ena revint, son cœur rata un battement. Elle était à nouveau la superviseuse, pleine de vie et d'énergie, mais aussi cette femme capable de massacrer une bande de gars surentraînés si sa vie et son intimité étaient en jeu. Un être puissant et complexe, pour lequel il ressentait quelque chose de nouveau. Elle le regarda tendrement, un court instant durant lequel Aru se sentit mal d'avoir eu des sentiments pour Anaya, avant qu'elle ne se reprenne.

– Je suis désolée pour ce qui s'est passé, déclara-t-elle en se détournant du jeune Gardien.

– Pourquoi ?

– On n'aurait pas dû… On n'était pas dans nos états normaux.

Elle avait envie de s'en convaincre. Aru fut obligé d'aller dans le même sens, maintenant qu'il retrouvait le fil de ses priorités.

– On va se concentrer sur l'enquête, dit-il.

– Bonne idée, approuva Ena.

Il se garda de lui dire qu'il avait passé le meilleur moment de toute son existence en sa compagnie, et tous deux quittèrent le bâtiment Sierra. Rejoignant la bouche de métro située en face des casernes, il était temps pour eux de se rendre à Berserkir.

RETOUR À SOUS-TERRE

La lumière des réverbères était voilée, offrant à la ville souterraine cette ambiance mystérieuse qu'on pouvait retrouver durant les nuits calmes de Tenebrium. Il y avait peu de monde dans les rues, mais les tavernes ne manquaient pas d'animation. Aru comprit que la plupart des visiteurs étaient en train de s'enivrer ou de se cramer les neurones à coups de Bleuté, ou de s'envoyer des prostituées dans les chambres miteuses des maisons closes. Au contraire des galeries souterraines, où les clients se contentaient de copuler à même le sol et aux regards de tous, Berserkir accueillait une clientèle fortunée pouvant s'offrir un lieu pour y exprimer vices et désirs.

Aru et Lovemor parcouraient les rues de cette ville et rejoignirent une jolie place où les bâtiments étaient les plus luxueux. L'endroit parfait pour se faire voir, selon le jeune

Gardien. Si Anaya était dans le coin, elle le verrait même de loin. Là-dessus, il invita la superviseuse à attendre sur un banc.

— On ne devrait pas plutôt frapper aux portes ? demanda-t-elle.

— Elle est du genre à vous trouver plutôt que le contraire, lui apprit Aru. Le mieux est d'attendre.

— Et si elle ignore qu'on est là.

— C'est la reine de cette ville. Elle a des yeux et des oreilles. Ça ne m'étonnerait pas qu'elle soit déjà en train de nous épier.

Suspicieuse, Lovemor inspecta les fenêtres des bâtiments alentour, mais ne vit aucune silhouette derrière les vitres.

— Comment ça se fait que le Meneur de Loup ne vit pas ici ? s'interrogea-t-elle.

Aru repensa machinalement à son ami Joseph Orgull, et s'en voulut de ne pas avoir pensé à lui plus tôt. Le pauvre orc devait être en train de subir les interrogatoires de l'Ordre en ce moment même. De l'imaginer était très difficile pour lui.

— Nathaniel Garnier vit depuis longtemps parmi nous, à Tenebrium, déclara-t-il sans la regarder. Joseph Orgull, de l'équipe Alpha, me l'a appris, sans me dire d'où il tenait cette information.

— Orgull ? Ce nom ne me dit rien.

Se tournant vers Ena, Aru se dit que c'était l'instant idéal pour lui dire la vérité à propos de son ami. Il était temps de lui avouer la vérité. Lui annoncer qu'il connaissait cette silhouette anonyme filmée par la caméra 12 des casernes de la B.A.D, et qu'il l'avait envoyé dans les cachots du bâtiment-mère, au cœur de Belle-Fort.

En posant son regard sur elle, il la trouva belle dans les lumières tamisées de cette ville énigmatique. Néanmoins, il repoussa ses sentiments et lui parla d'un ton plus solennel.

— C'est l'orc qu'on a vu sur les images de surveillance de la caméra 12.

Les yeux de Lovemor s'arrondirent de surprise.

— Tu savais qui c'était ? s'exclama-t-elle.

— Oui. Si je ne te l'ai pas dit, c'est parce qu'il s'agit de mon meilleur ami. Je voulais l'arrêter moi-même. Mais, je voulais surtout lui parler pour comprendre son geste.

— A-t-il dit quelque chose ?

Aru secoua la tête.

— Je pense qu'il s'est fait influencer. Ce n'est pas lui qui a tué l'Héritier, mais il a caché l'arme du crime volontairement.

— L'aurait-il fait pour répondre aux ordres du Meneur de Loup ?

— C'est ce que j'aimerais savoir.

Nathaniel Garnier faisait le suspect idéal, mais le jeune Gardien doutait que ce soit aussi simple. Le puzzle n'était pas encore parfait. Il manquait bien trop de pièces. Dollos Armin, le mage d'entretien, avait affirmé avoir vu une femme entrer dans la propriété de l'Héritier peu de temps avant son meurtre. Évidemment, il avait aussitôt envoyé une demande d'identification appuyée par les détails physiques donnés par le mage, mais les enquêteurs en charge des panels photographiques n'avaient trouvé aucun mage ni aucune nécromancienne répondant à ces critères. Quant à ce faux mercenaire aux yeux vairons, il n'avait aucune piste pouvant le mener à lui.

— Cette affaire va dans tous les sens, souligna Lovemor.

Là-dessus, il était d'accord.

Anaya Garnier vint à leur rencontre une heure plus tard, comme l'avait prédit Aru. Elle était toujours aussi belle, mais son charme n'opérait plus auprès du jeune Gardien. Il avait été brisé par l'amour tout récent qu'il éprouvait pour Ena Lovemor. Comme si elle l'avait ressenti (ce qui était tout à fait probable), elle se montra plus louve que de coutume.

Aru et Lovemor se levèrent pour l'accueillir, avant d'être frappés d'un vent de froideur qui émanait des humeurs glaçantes de la Lycane. L'ombre du démon sommeillant en elle avait rendait son visage plus fermé et ses lèvres, si douces autrefois et s'ouvrant pour d'envoûtantes paroles, ne lâchaient plus que des mots acerbes et tranchants.

— Il n'est pas prudent de se promener si loin de vos demeures en ces heures troubles, déclara-t-elle en desserrant à peine ses dents nouvellement aiguisées. Vous brandissez vos statuts fièrement, mais nous ne voyons que deux fraîches proies patientant d'être boulotées !

— Anaya… fit Aru.

Une étincelle passa dans son regard noir.

— Notre histoire est déjà passée ? demanda-t-elle, brandissant un sourire sans charme. Elle s'est déjà envolée, comme une feuille morte que l'hiver s'empresse de souffler vers d'autres saisons ?

— Votre histoire ? répéta Lovemor, le cœur lourd.

— Tu ne saisis pas, Anaya, poursuivit Aru sans offrir le luxe à ses émotions de prendre le dessus. Ton père nous a piégés. Il a essayé de nous faire tuer. J'ai besoin de savoir pourquoi.

— Tu veux que je te dise où il se trouve, c'est ça ? rigola Anaya. Et ensuite, tu me feras plein de promesses, c'est ça ? Du genre ; ne t'inquiète pas, je ne lui ferai pas de mal ! Il n'ira pas en prison… Je vous ai surestimés, vous, les Gardiens. Vous n'êtes que les pantins de l'Ordre. Persuadés d'agir pour le bien, vous offrez aux géants le bonheur de vivre encore et toujours dans ce luxe et cette abondance. Vous déroulez les tapis rouges par-dessus les peuples qui souffrent et vous les regardez nous écraser sans la moindre empathie. Pourquoi ai-je cru que tu étais différent ? Pourquoi ai-je eu foi en cette ombre qui te nourrit le cœur ? La voix des prophètes m'a dupée… Ce n'était qu'un beau mensonge embrumant ma raison ! Va-t'en, Aru Velner, Gardien de l'Ordre et futur roi du monde… Que la désolation de ton âme t'emporte et cette salope qui m'a remplacée si vite !

Aru n'était pas certain que le moteur de toute cette rage était la jalousie, mais elle jouait un beau rôle dans son attitude.

— Anaya, ce qui s'est passé, ce n'était pas moi, dit-il. J'étais sous ton…

— Sous mes charmes ! rit Anaya, se tournant ensuite vers Lovemor qui, mal à l'aise au milieu de cette conversation, détourna le regard. Il n'en a pas fallu beaucoup pour t'amener dans ma chambre et t'allonger dans mon lit.

Ena eut un mauvais frisson à cet instant. Elle venait de s'offrir à cet homme, sous l'élan d'un amour soudain et incontrôlable, pour apprendre qu'il avait eu une aventure avec une Lycane. Elle ne savait pas comment réagir face à cette nouvelle. Elle se contenta finalement de garder la tête haute et de se souvenir pourquoi elle était là.

Si elle était là, c'était pour mener une enquête. Elle ne devait plus se laisser dominer par sa vie sentimentale.

— Je me fiche de ce que vous avez vécu tous les deux, s'exprima-t-elle d'un ton froid et cinglant. Nous sommes ici pour suivre des devoirs d'enquête. Nous devons trouver votre père. C'est très important.

— Et que m'arrivera-t-il si je ne vous le dis pas ? répondit sèchement Anaya dans un esprit de provocation.

— J'enverrai une demande de mandat auprès des officiers supérieurs de l'Ordre qui seront obligés d'identifier Nathaniel Garnier comme suspect dans cette affaire, répliqua-t-elle sur un ton de défi. Je peux vous dire d'avance qu'une telle empreinte dans votre casier, ça laisse des traces. Ça risque même de faire sauter tous ses petits privilèges !

Elle avait touché juste. Des mots qui frappèrent comme des coups. Pourtant, Anaya n'était pas femme à se laisser troubler si aisément. L'ombre du loup s'intensifia sur son visage et rendait menaçant chacune de ses expressions.

— Vous n'êtes pas à Tenebrium, jeune et belle demoiselle, dit-elle d'une voix sifflante. On ne s'aventure pas dans les rues de Berserkir en essayant de faire sa loi. Il est même dangereux d'agir ainsi, je dirais.

— Anaya… Tout ce que nous voulons, c'est lui parler, reprit Aru d'un ton diplomate. Il a payé des gars pour nous tuer. Je ne peux pas simplement tourner la page.

Ses demandes se heurtèrent et se brisèrent contre la colère d'Anaya. Sans bruit, elle recula dans l'ombre, là où ses démons se sentaient comme à la maison, sans lâcher du regard le Gardien. Elle parla ensuite d'une voix qui résonna étrangement.

— Si c'est ce qu'il a fait, c'est qu'il avait ses raisons. Honore ton père et ta mère, disent les humains. Peut-être ont-ils raison…

Aru voulut la suivre dans les ténèbres, espérant la faire changer d'avis, mais Lovemor lui attrapa le bras et l'invita à regarder vers les hauteurs.

Sur les toits des nombreux bâtiments les entourant, des dizaines de Lycans patientaient tranquillement sous leur forme bestiale. Il ne restait plus la moindre humanité dans leurs apparences, pas même un regard empathique, mais seulement les formes animales de cette créature mythique qu'était le loup-garou. Grands et larges, tout couverts de cette fourrure drue aux couleurs de la nuit, ils arboraient leurs belles gueules de loups et fusillaient leurs proies de ces yeux rouge sang brillant dans l'obscurité comme des rubis un peu ternes.

Dès l'instant où le jeune Gardien les remarqua, il ne vit plus qu'eux. Ces créatures cauchemardesques qui avaient hanté ses rêves de gosse plus d'une fois. Pour la première fois, il les découvrait, et les trouva aussi affreuses qu'il l'avait imaginé. Leurs grognements roulèrent dans l'air pour éteindre tout autre son, alourdissant l'ambiance de tout Berserkir, et leur odeur de chiens mouillés se mit à envelopper les paysages d'un arôme funeste.

En baissant les yeux vers Anaya, cette femme magnifique à la beauté froide et envoûtante, il fut surpris et triste de voir qu'elle n'était plus. À sa place, une créature se redressait, affichant fièrement sa mutation démoniaque. Aru fut alors saisi par une pensée qui le mit mal à l'aise : était-ce Anaya qui prenait la forme de cette effroyable bête ou l'inverse ?

Cette pensée donna une autre allure à ses souvenirs, jouant de sa mémoire au point de le faire douter de ce qui s'était réellement passé dans cette chambre. Lovemer, sensible au trouble ressenti par le jeune Gardien, le ramena au temps présent en lui prenant la main. Un contact simple, mais si beau et si intense aux yeux d'Aru.

— Nous ne sommes plus à Tenebrium, lui glissa-t-elle.

Il comprit le sens de cette phrase. Même si l'ennemi était nombreux et menaçant, il y avait un avantage d'être à Sous-Terre. Ici, ils étaient totalement libres d'user de magie. Bien des lois en interdisaient les usages sans autorisation dans leur pays, et ce dans le but de restreindre les libertés des mages et des nécromanciens (et de les contenir surtout), mais Berserkir était une zone de non-droit où chacun était libre d'agir selon son bon vouloir. Dans cette ville, il ne fallait pas craindre les représailles d'une justice parfois aveugle. Étudiant rapidement leur ennemi, Aru et Ena se souvinrent qu'en dehors de leur capacité à charmer certaines de leurs proies, les Lycans n'étaient pas doués en magie. Toute leur puissance était concentrée dans la pression de leurs morsures et dans les infections et les malédictions qu'elles provoquaient.

Anaya, dans sa forme bestiale, hurla pour annoncer le début du combat. Les dizaines de Lycans répondirent à son appel, se redressant sur leurs pattes arrière, et se jetèrent sans hésitation sur les proies prises au piège.

Telle l'ombre tombant sur la dernière lumière d'un jour souffrant, l'espoir sembla vivre ses dernières secondes. Seulement, ni Lovemor ni Aru n'avaient l'intention de se laisser faire. D'une main, ils tenaient leurs armes à feu, et de l'autre leur magie. Leurs esprits se préparaient à cette confrontation autant que leurs corps, et cette fois-ci, le jeune Gardien ne se laisserait pas surprendre. Il se battrait aux côtés de Lovemor et ne freinerait plus ses pouvoirs.

Des fumées noires se mirent à tournoyer autour de la nécromancienne, expression des invocations en cours, tandis qu'Aru éveillait les éléments et les domptait de ses mots anciens et de ses gestes bien choisis. N'importe quel habitant de Tenebrium, même le moins regardant, y aurait vu les prémices d'une grande force à l'œuvre et n'aurait osé s'approcher, mais les loups étaient aveuglés par la sauvagerie ayant pris le dessus sur leur raison. Ils continuèrent à se ruer, tous crocs dehors, avant de faire face à la terrible riposte du jeune Gardien et de la superviseuse de la section Sierra.

Ils tirèrent d'abord, perçant de leurs balles d'argent la cuirasse naturelle enveloppant la chair et les muscles des créatures, et les premiers loups tombèrent. Au sol, ils s'agitèrent furieusement, en proie aux brûlures infligées par l'argent, mais cela ne dissuada pas les autres de poursuivre l'assaut. Les premières lignes s'effondraient, mais d'autres suivaient. La stratégie des loups, née de cet instinct primaire remplaçant les réflexions humaines, était de vaincre par le nombre. Aru et Lovemor ne devaient donc pas faillir ni espérer qu'ils abandonneraient. Tant qu'il resterait un loup sur ses pattes arrière, le combat continuerait.

Lovemor invoqua des goules qui surgirent des terres les plus molles pour se jeter sur les Lycans, poussées par une faim incontrôlable et animée par la nécromancienne. Si la moitié d'entre elles étaient dans un tel état de décomposition qu'elles se firent mettre en morceaux d'un seul coup de patte, elles réussirent néanmoins à dévier l'attention des loups et à les freiner, laissant le temps à Aru de leur tirer une balle dans la tête. Quand les chargeurs furent vides, il en appela aux éléments domptés. Il se mit à créer des sphères de flammes entre ses mains, avant de les projeter sur les créatures qui bondissaient par-dessus les cadavres de leurs compères.

Les loups-garous étaient de plus en plus nombreux, jaillissants de toute part, insensibles à la vue de tous ces morts formant un cercle mortuaire autour de leurs proies. Aru utilisait l'air pour former de puissantes bourrasques qui les faisaient reculer, le temps de reformer d'autres sphères destructrices, et Lovemor se mit à faire usage de nouvelles incantations pour ramener à la vie trois des Lycans fraîchement tués. Ceux-ci, malgré leurs gueules déformées par les balles qu'ils s'étaient prises, n'eurent aucun mal à se tenir debout et à attaquer les assaillants. Cela créa une grande confusion parmi les loups, qui ne reconnaissaient plus leurs alliés de leurs ennemis. Un combat mortel débuta dans leurs propres rangs. Même quand les loups guidés par la nécromancienne furent mis en charpie, ils continuèrent à s'affronter et à s'écorcher, avant d'être rappelés à l'ordre par Anaya qui surveillait la scène depuis ce royaume de ténèbres où elle était reine.

Aru et Lovemor, essoufflés et épuisés par de telles incantations, réussirent à mélanger leur magie dans un effort ultime, formant des tempêtes d'une froideur mortelle qui frappèrent les loups de plein fouet. Leurs cœurs ne purent supporter toute cette magie, et ils retombèrent sans vie au milieu de ce champ de bataille.

Malgré tout, les loups-garous continuaient de revenir en nombre, toujours animés de cette même soif de violence. Anaya, de ses hurlements, les motivait à combattre. Le Gardien et la superviseuse étaient à bout, mais créèrent une onde de choc en guidant leurs dernières réserves magiques vers le sol. Celle-ci heurta si fort les Lycans qu'elle leur brisa la nuque, la mâchoire et leur colonne vertébrale. L'onde brisa les fenêtres de tous les bâtiments alentour, avant de se transformer en bourrasques violentes, tandis que les corps se mirent à tomber comme les gouttes d'une lourde pluie.

Il restait bien une quinzaine de loups-garous encore en vie et tout à fait apte à se battre. Aru et Lovemor, pris en étau, échangèrent un regard désespéré. Ils devaient trouver une issue. Un chemin salvateur qui puisse les emmener loin de cet enfer avant d'y être condamné à tout jamais. Ayant épuisé toute leur magie et vidé leurs chargeurs, ils n'étaient plus aptes à combattre. Leur seul espoir était désormais la fuite.

Malheureusement, ils étaient ceinturés de toute part. Ils n'avaient plus le choix ; ils allaient devoir lutter jusqu'à leur dernier souffle. Ce n'était plus un combat pour la survie, car la fatalité de cette issue était indéniable, mais pour honorer leur existence en ne l'offrant qu'au final d'une bataille légendaire. Ils n'allaient pas simplement se faire déchiqueter et finir sous les crocs de ces bêtes, ils s'apprêtaient à inviter le plus d'ennemis possible dans une dernière danse mortuaire.

Un nouveau hurlement fit vibrer toute la ville. Si puissant, qu'aucun autre cri n'aurait pu l'égaler. Aru ressentit un froid intense entourer son cœur et s'étendre dans tout son corps. Il était à nouveau vulnérable à l'effroi que faisait naître la simple présence des Lycans, lui rappelant que sa magie n'était plus opérante. Il prit alors sa baguette de dissuasion, mais se sentait comme un enfant voulant affronter un géant de pierre avec son bâton. Lovemor, elle, était armée de son poignard, même si elle avait peu de chance d'en faire un bon usage. Elle ne faisait plus face à des hommes persuadés de leur supériorité et aveuglés par le désir, mais à un ennemi dont le cœur et l'âme étaient ceux d'un tueur en série déterminé.

— J'crois que c'est la fin, dit-elle à Aru.

— On aurait dit, oui… Je crois que je suis tombé amoureux de toi, Ena.

Lovemor eut un petit rire nerveux.

— Je ne suis pas certaine que ce soit le moment idéal…

— Et je ne pense pas qu'on en aura d'autres.

Ils échangèrent un bref regard, empli de tendresse, avant que l'ombre fatale de l'ennemi ne s'abatte sur eux.

La fin était si proche, qu'Aru aurait pu se vanter de connaître la véritable nature du chaos. Cet instant bref, mais intense, où l'espoir n'est plus rien, pas même une lointaine lueur échappant peu à peu à vos yeux pleins de souhaits. Ce fut exactement à cet instant-là, en voyant Ena disparaître derrière la fourrure de ces loups la jetant au sol pour la dévorer vivante, qu'il libéra réellement tout son potentiel. Cette puissance qui l'avait guidé dans l'ombre, sans jamais se présenter à lui, mais l'aidant à devenir le plus jeune Gardien de l'histoire. Cette puissance discrète, tel un feu ardent derrière un mur épais, attendant de se dévoiler sur les cendres de l'espoir, anéantit en cet instant précis où rien d'autre ne semble pouvoir sauver son détenteur.

Envoûté par cette force incroyable, aussi familière qu'inconnue, Aru la laissa prendre le contrôle et obéit aux ordres qui résonnaient dans sa chair, son sang, ses muscles et son esprit. Tel un géant s'attaquant à des fourmis tétanisées, il attrapa les Lycans entre ses mains dominatrices, les brisa comme on brise des brindilles sèches, leur arracha têtes et bras, et libéra ainsi Lovemor de ces créatures affamées. Les loups-garous, qui se targuaient pourtant de ne pas connaître la peur, fuirent devant la puissance incommensurable d'Aru Velner. Peu d'entre eux y arrivèrent, quand les autres ne purent échapper au courroux mortel du jeune Gardien. Les hurlements envahirent Berserkir, avant d'être remplacés par un sinistre silence.

Une fois libéré de cette force, Aru mit bien une minute avant de retrouver son équilibre et le contrôle de ses sens. Passant de la folie destructrice à l'ivresse d'un état second, il chancelait plus qu'il ne marchait, progressant dans un monde si lent et si rapide à la fois.

Ena, d'abord effrayée par la puissance nouvelle du Gardien, vint finalement l'aider à se tenir debout. Il y avait de la retenue dans ses gestes et une peur viscérale dans ses yeux, mais il fallait penser à leur fuite. Quitter cette ville avant qu'elle ne devienne leur tombeau. Les Lycans étaient partis, mais ils reviendraient bientôt. C'était certain.

Profitant de l'absence de l'ennemi, ils rebroussèrent chemin et quittèrent Berserkir au plus vite. Ignorant les silhouettes inconnues s'agitant dans les paysages, les regards curieux et les clients en fuite, ils foncèrent vers la première sortie et traversèrent les galeries souterraines sans que personne ne tente de les arrêter. La peur était trop présente. Trop intense. Même Lovemor était terrifiée, mais elle les savait en danger tant qu'ils n'auraient pas rejoint la surface. Aidant toujours Aru qui peinait à mettre un pied devant l'autre, ils sortirent et purent bientôt respirer l'air libre de Tenebrium.

SI PROCHE DES FÉES

Après une courte pause dans une partie de la ville qu'ils ne reconnaissaient pas, ils avaient pris les transports en commun pour rejoindre la Nouvelle-Salem. Là, ils s'étaient rendus dans un petit café le temps de reprendre leurs esprits. Aru était plus éveillé, mais présentait un teint cireux et manquait d'énergie, un peu comme s'il était au milieu d'une grippe. Il arrivait à peine à lever sa tasse de thé et à l'amener jusqu'à ses lèvres. Lovemor n'était pas en forme non plus, mais elle s'en sortait mieux.

Au bout d'un long silence, trop souvent entrecoupé par des bruits de vaisselle parvenant de derrière les comptoirs, Aru parla :

— T'étais aux premières loges… tu sais me dire ce qui s'est passé ?

Mais Ena ne donnait pas l'impression de vouloir répondre. Elle but son thé, laissa fuir son regard, avant de répondre enfin :

— J'espérais que ce serait toi qui me l'expliquerais.

Aru remit ses idées en place pour tenter d'expliquer son ressenti, mais ne trouva toujours pas les mots adéquats.

— C'était comme si… je laissais les commandes à un autre, finit-il par dire.

Lovemor leva les yeux vers lui, mais n'ajouta rien. Aru aurait voulu l'entendre, écouter ses avis et ses pensées, mais elle les gardait pour elle. Au lieu de cela, elle s'assombrit dans ce silence pesant. Le jeune Gardien posa sa main sur la sienne, dans un geste tendre, mais Ena ne parut pas apprécier son entreprise.

— Je suis tellement désolé pour tout ça, finit par lui dire Aru en reprenant sa main. Je ne te demanderai plus jamais de me suivre. Cette enquête va finir par me tuer et je ne veux pas t'embarquer dans cette folie mortuaire.

— Non, c'est mon devoir d'être là, répondit Ena. Je continuerai. Il faut juste qu'on ne s'écarte plus de notre route.

— Qu'essayes-tu de me dire ?

— Tu le sais très bien…

Ils échangèrent un regard lourd de sens.

— Nous deux ? fit Aru.

— Oublions ça pour le moment.

— Je ne veux pas…

— Oublions ça pour le moment, insista Ena en reniflant bruyamment et en ravalant ses larmes.

Aru se tut. Il était inutile de poursuivre sur ce sujet.

Une serveuse vint leur demander s'ils voulaient autre chose. Ils refusèrent poliment, se contentant de ce qu'ils avaient déjà, et la jeune femme repartit, les laissant dans un nouveau silence parfumé aux feuilles de thé et aux graines de café. Après un moment, las d'être dans cette brume, Aru s'adressa à Lovemor.

— Il faut que je comprenne ce qui m'est arrivé dans Berserkir.

— Tu ne le sais vraiment pas ?

Aru secoua la tête.

— C'était la première fois ? demanda-t-elle encore.

Il voulut lui jurer que oui, mais il n'était pas certain de cette réponse. Il lui semblait bien qu'il ne fût pas dans ses habitudes de laisser un pouvoir quasi divin s'emparer de sa personne, mais une seule personne était assez bien placée pour le certifier.

— C'est peut-être lié à tout ça, à cette enquête, à ce que je ressens pour toi, proposa-t-il. Enfin, peut-être…

— Je ne sais pas du tout. Je suis larguée, avoua Ena.

— Il faut que j'aille voir quelqu'un, dit-il.

— Qui ça ?

— Ma mère. Gloria Velner. J'ai besoin de lui parler… J'ai besoin de prendre un peu de recul et de… et de…

— Tu abandonnes l'enquête ? s'inquiéta Lovemor.

— Non, pas du tout. Mais, je n'irai pas plus loin avant de lui avoir parlé.

Elle eut, à cet instant, enfin un beau regard à son égard. Une lueur agréable dans l'œil qui semblait lui être adressé. Aussitôt, Aru se sentit mieux. Il sentit s'éveiller en lui des sentiments aussi beaux qu'inhabituels.

— J'aimerais que cette enquête se termine et qu'on puisse réellement se rencontrer, dit-il en lâchant un profond soupir.

J'aimerais t'emmener dans le domaine de mon enfance, dans les Vallées-Chantraine.

— Il paraît que c'est très beau.

— Ça l'est.

Et il le pensait. Plus encore aujourd'hui après toutes ces mésaventures aux quatre coins du pays. Les paysages de cette région étaient riches d'une nature qu'aucun peuple n'avait tenté de dominer.

Vers la fin de l'après-midi, Edouard Blake l'appela pour avoir des nouvelles. Aru était encore chez lui, mais s'apprêtait à rejoindre les Vallées-Chantraine. Il attendait juste son taxi.

— Cela fait un moment que je n'ai pas eu de rapport, Gardien, dit-il. L'enquête ferait-elle du sur-place ?

— Je suis sur une piste, mais elle ne donne pas encore grand-chose, mentit Aru

— Ne perdez pas votre temps inutilement. La population est de plus en plus inquiète à l'idée de savoir le meurtrier toujours en liberté. Sans parler des pillages et des manifestations. La tempête approche et je veux qu'on l'étouffe avant qu'elle ne s'abatte sur nous !

— Vous aurez très vite des nouvelles, promit Aru.

— Je l'espère bien.

Il s'apprêta à raccrocher, mais Aru le maintint au bout du fil avec une question :

— Comment va Joseph Orgull ?

— L'orc ? Il n'a rien dit.

— Je parle de sa santé…

— Qu'est-ce que ça peut vous foutre, Gardien ? S'il dit quelque chose d'intéressant pour l'enquête, vous serez prévenu. Envoyez-moi un rapport au plus vite !

Il raccrocha là-dessus.

Il ne devait pas s'attendre à plus d'humanité de ces gens. C'était ainsi. Ç'avait toujours été ainsi.

Son taxi arriva cinq minutes plus tard et l'amena jusqu'aux abords des régions est, avant que les paysages n'avalent les routes et empêchent le véhicule d'aller plus loin. Aru continua donc à pied et arriva, deux heures plus tard, devant la maison de son enfance. Tout autour, la flore s'était repliée sur elle-même, se préparant sans doute aux hivers prochains, mais elle ne manquait pas de couleurs ni de parfums, ramenant ainsi le jeune Gardien à ses premières années. Un seul regard vers les jardins immenses lui rappela l'époque douce et naïve de cet enfant pensant que le monde se tenait là, enfermé dans ces magnifiques tableaux de forêts et de collines statiques, loin d'imaginer que ce domaine n'était rien d'autre qu'une étincelle dans un univers bien sombre.

Sa mère lui ouvrit la porte avant même qu'il ne s'annonce. Vêtue de ce peignoir pelucheux qu'elle aimait tant mettre lorsque les temps se rafraîchissaient, Aru se mit à sourire comme un gosse quand les yeux attendrissants de Gloria Velner se posèrent sur lui. Même s'ils ne se ressemblaient pas du tout, sa mère ayant le teint ébène et des cheveux frisés, au contraire d'Aru qui peinait à brunir sous le soleil, le Gardien se sentait plus proche d'elle que de n'importe qui. Elle était sa mère, sans l'ombre d'un doute.

— Tu t'es perdu ? plaisanta-t-elle.

— Il faut que je te parle…

— Je serais heureuse de t'entendre.

Ils s'installèrent dans le salon, tout entouré des photos retraçant l'enfance et l'adolescence d'Aru. De se revoir si jeune dans ces instants figés lui donna l'impression qu'il n'avait plus rien à voir avec ce gamin innocent. Qu'il n'avait plus rien à voir avec ce gentil personnage courant dans l'herbe, riant d'un rien et contemplant les horizons avec cet œil brillant d'espoir.

Gloria lui apporta une tasse de chocolat chaud. Aru n'avait nullement l'intention de la boire, mais n'osa pas se montrer impoli. Il l'accepta sans mot dire.

— Comment se passe ton enquête ? lui demanda-t-elle en prenant place face à lui.

Cette question, si anodine, donna presque envie à Aru de pleurer. Sa vie avait tellement changé en si peu de temps, qu'il en était venu à s'imaginer remettre sa démission à ses officiers supérieurs. Même si Tenebrium était un pays instable où la violence était omniprésente, il était rare quand même de flirter avec la mort tant de fois en si peu de temps.

— Elle… stagne, finit-il par dire.

— Mais tu n'es pas là pour me parler de ça, je me trompe ?

— Si je le pouvais, je parlerais de la mer qu'on s'était toujours juré de voir… Ou même des montagnes du nord que je rêvais d'escalader avec toi quand j'étais gosse.

Gloria, nostalgique, se mit à rire.

— Mes jambes ne m'amènent plus qu'au tiers de mes ambitions, avoua-t-elle. Je m'essouffle parfois de simplement aller jusqu'aux vergers pour y cueillir des pommes.

— Les vergers… Ils me manquent quand je me promène dans les rues de Fairy-Bourg. C'est pire encore dans les cités de Goldin-Hall.

— Un jour, tu reviendras t'installer ici avec l'être aimé et tu iras cueillir les pommes que je t'ai laissées.

Cette fois, Aru pleura. Il ne lui était plus physiquement possible de retenir ses larmes. Sa mère s'approcha de lui et prit ses mains dans les siennes avec une douceur inégalable, rappelant à Aru toutes ces fois où elle l'avait aidé à se relever d'une chute ou quand elle le soignait de ses murmures ensorcelés.

— Je l'espère, finit-il par dire. Tellement…

— Quand tu es parti, tu espérais conquérir Tenebrium.

— Et ce soir, j'aimerais juste m'endormir dans un lit avec l'espoir que le prochain matin m'offre le bonheur simple d'aller dans les vergers avec toi.

— Il faut parfois partir très loin pour comprendre que ce qui compte est ce qu'on laisse derrière nous. Mais, dis-moi, Aru, pourquoi es-tu venu exactement ce soir ?

Ne voulant pas perdre sa mère dans des histoires trop complexes, il se contenta de lui raconter ce qui s'était passé à Berserkir. Il lui parla de ce guet-apens dans lequel il était tombé, sans en donner trop de détails, et lui expliqua comment il avait perdu le contrôle et réussit à tuer plusieurs loups-garous de ses simples mains.

Beaucoup d'émotions passèrent sur le visage de Gloria tandis qu'elle l'écoutait. Quand il eut fini son récit, elle prit un moment pour elle. Aru vit à son air que des réflexions se débattaient dans son esprit. Au bout d'un moment, enfin, elle parla :

— N'as-tu pas la sensation de connaître la réponse à tout ça ?

— C'est possible…

Et c'était vrai. Il avait bien l'impression de combattre involontairement certaines pensées cherchant à s'immiscer dans son esprit, mais il était passé par tant d'états ces derniers jours qu'il n'arrivait plus à faire la moindre introspection. Il se sentait comme à la dérive, repoussé de force par des vagues incessantes, le tenant loin d'une bonne réflexion.

— Je pense que c'est à toi de découvrir la vérité, lui dit sa mère.

— La vérité ?

— Oui, celle-là même que tu es venu chercher ici. Même si elle ne se trouve pas exactement dans cette maison.

— Où ça alors ?

Un beau sourire étira son visage.

— Va donc te reposer, tu as l'air d'en avoir besoin, dit-elle finalement. Entre les murs de ton ancienne chambre, tu t'endormiras sans peine et tu n'auras que de beaux rêves. L'écho de mes anciennes berceuses t'y aidera. Et demain, quand tu te réveilleras, tu iras dans la remise, à l'arrière de la maison. Tu trouveras cette horrible moto que mon frère t'avait offerte pour tes quinze ans. Avec elle, tu rejoindras la région de Tervâne où se trouve la dernière forêt des Fées.

— Tu veux que je m'approche de ces immondes créatures ?

— C'est ce que je veux, oui.

Cette demande était étonnante venant de la part d'une mère aimante. Cela revenait presque à forcer un gosse à plonger sa main sur la grille d'un barbecue pour sentir la chaleur de ses braises ardentes.

— Elles sont agitées depuis la mort de l'Héritier, dit-il. Je les ai entendues.

— Penses-tu que d'autres les ont entendues ?

Cette question était pertinente. Elle troubla Aru au plus haut point.

— Je vais aller me reposer, dit-il. Demain, je me rendrai là-bas, si c'est que tu penses que je dois faire.

— Essaye de ne penser à rien d'autre qu'à toi-même, ajouta-t-elle.

— Que veux-tu dire ?

— Tes yeux n'ont jamais autant brillé, sourit-elle. Il y a une femme ou un homme derrière cet éclat empli de douceur. Peut-être même deux… Peut-être même les deux !

Aru était un livre ouvert pour sa mère. Il repensa machinalement à Ena, mais aussi à Anaya. L'amour et la passion. Deux forces capables de s'unir ou de se détruire. D'autres sentiments vinrent bousculer son rythme cardiaque, le ramenant face à sa vulnérabilité.

— Il y a une personne, oui, avoua-t-il. Peut-être même deux… Je ne sais pas. C'est…

— Dangereux ?

— J'allais dire compliqué, mais le terme que tu as choisi est plus adéquat.

Elle le gratifia d'un sourire qui en disait long, et la discussion n'alla pas plus loin.

Comme l'avait prévu Gloria, Aru s'endormit sans difficulté dans le lit de son enfance. Ce fut comme de voyager dans le passé, avant que les tracas de la vie d'adulte n'emprisonnent sa liberté et ne le soumettent tel un esclave participant lui-même à la création de ses chaînes. Plus tard, quand les chaudes lueurs dorées de l'aube naissante glissèrent sur son visage, il eut l'impression de se réveiller d'une longue semaine de repos. Il était requinqué, comme remis d'une longue maladie, et se sentit prêt à affronter derechef cette maudite enquête qui cherchait à l'enterrer.

Sa mère dormait encore, il ne fit donc aucun bruit. Silencieux comme un voleur, il mangea une tartine au beurre de cacahuètes sur laquelle il avait composé un sourire en rondelles de bananes (un réflexe juvénile qui l'amusa) et sortit. La journée était fraîche et traversée de quelques ondées passagères, mais le ciel s'éclaircissait bien et les nuages déjà s'éparpillaient et se désagrégeaient dans le ciel. Il contourna la maison de son enfance et alla dans cette petite remise qui sentait le vernis et le vieux gazon pour y retrouver sa bécane. Une moto passée de mode depuis fort longtemps, bien avant que la poussière ne commence à s'accumuler sur sa ferraille.

Résistant mieux au temps que laissait présager son allure, son moteur trembla et gronda après quelques essais seulement, avant de vrombir et de faire résonner ce vieux chant granuleux qu'Aru était persuadé de ne plus jamais entendre.

Après avoir rempli son réservoir d'un mélange d'eau iodée, d'huile de cuisine et de fond de pétrole, il l'enfourcha avec nostalgie, comme s'il s'apprêtait à rouler en direction de son passé, et mit plusieurs minutes pour retrouver son équilibre et se rappeler la sensibilité de sa bécane. Une fois qu'il eut à nouveau le guidon bien en main, il partit en direction de Tervâne. Des plaines aux sols inégaux et des collines abruptes l'attendaient, et des terrains infréquentables où il n'était pas rare de croiser l'un ou l'autre nuisible venimeux, mais il avait besoin de faire ce voyage. Il le sentait dans son esprit. Dans sa chair et son sang.

Il roula des heures, jusqu'à perdre la notion du temps et oublier ce qui l'avait poussé à prendre la moto de son adolescence pour traverser les Vallées-Chantraine. Il en oublia même son enquête et toutes les mésaventures qui s'étaient enchaînées, et les épisodes traumatiques qui n'avaient eu de cesse de mettre à l'épreuve sa détermination. Il n'était plus qu'un simple voyageur en quête de l'impossible. Les seules choses auxquelles il pensait, c'était la vérité se cachant derrière sa force, et Ena Lovemor. Il la revoyait partout, hantant son esprit de sa présence magnifique et de sa force incroyable, tel un rêve s'accrochant à votre esprit le temps qu'il se réalise.

Le soleil quittait son zénith quand il arriva aux abords de la dernière forêt des fées. Il n'y avait alors plus aucun nuage dans le ciel, mais les lumières chaleureuses d'un ancien été que l'automne n'avait pas réussi à achever. Pourtant, malgré cela, il faisait sombre. Comme si les ténèbres provenaient des terres et s'élevaient jusqu'à la cime des arbres, englobant le jeune Gardien et sa vieille bécane. Il la laissa derrière lui, comme pour la garder loin des auras néfastes que dégageait le dernier repaire des Fées, et eut l'étrange impression de s'approcher d'un enclos rempli à ras bord des pires prédateurs du monde.

La dernière forêt des Fées ne possédait aucune beauté digne d'être contemplée. Les herbes y étaient cendreuses, les arbres y étaient morts et vivants à la fois, les frondaisons s'enveloppaient d'ombres mystérieuses ternissant leurs tons clairs et les silhouettes informes et longilignes qui se déplaçaient furtivement dans les brouillards lointains, certaines aussi hautes que les arbres rappelaient combien il était dangereux d'aller s'y promener.

Ces silhouettes terrifiantes redoutées par tous les habitants du pays. Ces Fées redoutables qui ambitionnaient depuis tant de siècles d'envahir le monde et de le repeindre à leur manière.

Quelques mètres le séparaient encore de ce massif forestier maudit, mais il en était assez proche pour ressentir la magie noire qui y était prisonnière. Cette puissance néfaste, visqueuse et insidieuse, qui aspirait tant à se répandre dans le monde. Les vibrations lui donnèrent la nausée et attaquèrent aussi son esprit, le flagellant et l'assaillant comme tant d'ennemis frappant de tous côtés dans l'intention de le soumettre totalement. Si Aru se laissa d'abord faire, peu habitué à cette magie, il résista finalement et la repoussa. Il y eut alors des voix désincarnées qui chuchotèrent à ses oreilles et à celles de son esprit. Des voix s'entremêlant, menaçantes et stridentes, jusqu'à ce que l'une d'elles domine les autres et s'adresse directement à lui.

Je te connais, toi…

Moi aussi, pensa très fort Aru.

Et c'est ce qu'il pensait réellement.

Fort de cette certitude, il entra dans la forêt. Il dépassa les premiers arbres et pénétra cet univers sinistre où s'éternisait le crépuscule d'une fin de monde. Évitant de s'égarer dans la contemplation de ce cauchemar ambulant, marchant dans les herbes fragiles et les terres noires, il progressa droit vers celle qui l'attendait. Les ombres l'enveloppèrent, le froid s'intensifia et des odeurs de décomposition vinrent à lui, mais rien n'allait freiner ses intentions. Pour comprendre ce qui lui était arrivé, il devait aller à la rencontre de cette créature.

La Fée hurla, mais pour faire reculer les curieuses et les affamées. Aru, lui, ne les vit même pas. Il était concentré sur celle qui le guidait. La seule qui comptait.

Jamais personne ne s'était autant approché d'une Fée sans en subir de terribles conséquences. Aru, lui, ne se sentit même pas menacé. Les voix désincarnées s'étaient tues, les vents s'étaient calmés, l'ombre et le froid l'accompagnaient de loin, et la peur, si présente dans son cœur à la vue de cette immonde créature, était finalement la bienvenue. Un rappel à la prudence qu'il ne chercha pas à repousser.

Quand il s'arrêta, il se trouvait à seulement deux mètres de la Fée. Celle-ci, malgré l'horreur de son visage difforme et ses airs cruels, n'eut aucun geste menaçant. Au contraire, elle posa sa main et ses griffes sur l'épaule du jeune Gardien, et ce dernier reçut un cadeau inestimable.

Une vision. Une vision terrible, pleine de guerres, de flammes et de magie destructrice. Le chaos dans sa forme la plus pure. Il vit les bâtiments les plus hauts s'effondrer, les peuples s'affronter et la peur dans le regard de tous ceux obligés de connaître ces heures sombres. Mais, il vit aussi un monde nouveau. S'épanouissant dans les cendres de l'ancien, offrant à chacun une place d'honneur. Et au cœur de cet avenir troublant, une jeune femme. À peine visible, mais Aru sut qu'il la connaissait. Il la connaissait mieux que quiconque, sans savoir qui elle était.

Ce fut sur cette personne que la vision cessa.

Revenant à la réalité, Aru sentit le danger reprendre sa place dans cette forêt. Il vibrait et battait à ses oreilles. La Fée recula et disparut dans les ténèbres, laissant les autres prendre sa place. Cette fois-ci, il n'était plus en sécurité. Sans perdre une seule seconde, Aru rebroussa chemin à toute vitesse, s'éloignant au plus vite de ce repaire maudit.

ÉCHANGE TENDU

De retour dans la maison de son enfance, il ne repassa pas voir sa mère. Il n'en avait pas besoin. Il remit sa vieille bécane en place, dans cette remise où elle allait pouvoir se reposer éternellement, et traversa à pied les Vallées-Chantraine jusqu'à retrouver la civilisation et ses trams. Il rentra à Fairy-Bourg et fut de retour dans sa demeure vers la fin de l'après-midi. Il y avait douze appels en absence sur son téléphone, provenant tous du numéro d'Edouard Blake, mais il n'était pas d'humeur à blablater avec un officier supérieur. Au lieu de cela, il se doucha, se vêtit de sa tunique officielle et partit en direction de Belle-Fort.

Il ne s'y rendait pas pour présenter ses excuses aux officiers supérieurs. Il n'était pas d'humeur à faire des courbettes. S'il se rendait là-bas, c'était pour voir son meilleur ami. Joseph Orgull croupissait désormais dans les cachots du bâtiment-mère, réservés aux détenus dits *sensibles*. Ceux-là mêmes qu'on ne pouvait envoyer dans la prison de Goldin-Hall pour leur propre sécurité (et surtout pour éviter qu'il ne s'y fasse éviscérer avant d'avoir pu parler). Faisant valoir ses droits en tant que Gardien, il put ainsi se rendre dans les sous-sols du bâtiment. Deux Inquisiteurs l'accompagnèrent, comme le voulait la procédure, et lui ouvrirent le chemin. Après quelques corridors dénudés et quelques portes blindées, Aru se retrouva comme de l'autre côté du miroir. Il fut plongé dans cet univers insonorisé où confort et liberté n'étaient plus que deux lointains concepts sans valeur.

Il dut laisser ses armes à l'entrée et passer par une grille en barreaux, avant d'entrer dans un domaine blindé où des sorts d'annihilation rebondissaient sans cesse pour garder un impact certain sur les prisonniers et les empêcher d'avoir accès à leur propre magie. Des odeurs âcres de transpiration y stagnaient indéfiniment, si intenses que vous aviez l'impression de les avaler, et du sang séché formait comme les prémices d'une œuvre d'art moderne sur certains murs.

Les cachots étaient ainsi configurés, on y entrait par un seul couloir, celui-ci menant à la salle principale où les gardiens (de jeunes Inquisiteurs assignés à cette tâche ingrate) surveillaient sans cesse les prisonniers en personne ou par le biais des écrans de surveillance accrochés au-dessus de leurs bureaux. Il y avait six annexes autour de cette salle, dont chacune possédait trois cellules différentes pouvant accueillir deux ou trois détenus.

Joseph Orgull se trouvait dans la cellule 3B, dans la première annexe. Les deux Inquisiteurs l'accompagnèrent encore jusqu'aux portes blindées et l'autorisèrent à entrer.

La cellule était minuscule. C'était à peine si on pouvait s'y allonger sans avoir les pieds ou le crâne tout contre un mur. Il y avait une toilette dans le sol, un banc servant également de lit et une chaise pour s'asseoir quand le temps était venu de faire autre chose que dormir.

Son ami était assis sur le banc, dans le coin, veillant sereinement sur sa porte et sur l'espoir sans doute de la voir s'ouvrir. Quand apparut Aru, son meilleur ami, il ne se montra pas surpris. Et s'il le fut, il le cacha derrière le masque inexpressif de cet orc n'attendant plus rien de son existence.

– Jo…

– Aru.

– J'espère que je ne te dérange pas ?

C'était une plaisanterie risquée, mais qui fit rire l'orc.

– J'vais te donner deux conseils, mon ami, dit Joseph en bougeant à peine les lèvres. Le premier, c'est de ne pas essayer de t'habituer aux odeurs, c'est impossible d'y arriver. Le deuxième, c'est de te tirer fissa ! Ne réfléchis même pas. Retourne-toi, ferme bien la porte sans la claquer et retourne dans ta petite barque pour flotter au gré des courants. Continue ta petite enquête jusqu'à ce qu'elle t'explose à la figure.

– C'est une image ou risque-t-elle réellement de m'arracher la tronche ?

– Ça te ferait peut-être du bien…

– Si ça me défigure, on nous prendra peut-être pour des frères jumeaux.

Ils rirent en chœur cette fois-ci, rappelant tristement à Aru ces longues soirées de discussions qu'ils partageaient autour d'une bière.

— J'ai peut-être enfin trouvé, reprit Aru, qui retrouvait son rôle de Gardien.

— Trouver quoi ?

— La personne qui t'a donné cette foutue dague.

— Ah bon ? Tu penses l'avoir trouvée ou tu l'as trouvée ?

— Peu importe… Tout ce qui compte, c'est que je l'arrête et que je puisse enfin te disculper.

— De belles paroles…

— Je vais y arriver, Jo !

Joseph se remit à rire. Un rire sans joie, qui soulignait simplement la naïveté de son ami.

— Tu n'as pas eu la vie facile ces derniers jours, à ce que je vois, dit-il quand il eut fini de rire. Ton visage parle de lui-même. On croirait que tu as combattu le diable et repoussé les avances d'une bande de trolls femelles assoiffés de sexe durant la même matinée. Aurais-tu saisi à quel point il est difficile de mener une quête quand le pays tout entier prie que tu échoues ?

— On a essayé de m'arrêter, c'est vrai.

— Et on essayera encore.

— Ça prouve simplement que je suis sur le bon chemin.

— Ça prouve que tu n'as rien compris, Aru. Il est facile de prévoir une attaque quand on connaît le visage de son ennemi. Mais, tu nages dans le brouillard depuis le début. Tu erres comme une ombre dans la nuit.

— Pourquoi ne désires-tu pas m'éclairer ?

Joseph croisa les bras et toisa son ami comme un professeur qui s'apprête à faire passer un examen oral à son élève.

— Parce que ce n'est pas comme ça que c'est censé se passer. Pour apprécier le paysage, il faut d'abord faire le voyage.

— J'en ai fait du voyage et j'aimerais arriver à destination, là. Mettre un frein à toute cette merde avant qu'il ne reste que des cendres de notre pays. Et si pour toi, Tenebrium ne compte pas, moi j'ai bien l'intention de faire perdurer la paix et l'harmonie.

— De belles paroles ET de jolis mots ! Paix et harmonie… pff. De beaux costumes surtout. Ceux que doivent mettre le chaos et la désolation pendant la nuit d'Halloween.

— Ils servent du rhum au déjeuner?

— Ils ne me servent rien en pensant que la faim et la soif me feront parler.

Cette révélation agaça le jeune Gardien. Sa douce naïveté, fruit de son éducation stricte et de ses croyances, en prenait encore un coup.

— J'irai les voir, déclara-t-il. Je leur dirai de…

— Ne perds donc pas de temps avec moi, Aru, il en faudra bien plus pour me faire parler. Comme il faut plus d'une paire de mains pour arrêter un monde qui change. Sais-tu au moins contre quoi tu te bats ? Comprends-tu, toi le jeune et beau Gardien de l'Ordre, que tu ne seras jamais de taille pour affronter cet ennemi ? C'est le monstre qui se cache sous le lit que tu affrontes. Le squelette dans le placard. Tu sais ce qu'on dit de ces monstres, hein ?

S'il y avait des nuances poétiques dans ses propos, ils résonnaient comme ceux d'un dément. Et Aru en vint à la conclusion qu'il perdait son temps s'il était venu chercher des réponses.

— Tu ne veux pas m'aider ? soupira-t-il.

— C'est ce que je fais depuis le début…

— En gardant le silence ?

— En gardant le silence, approuva l'orc.

Là-dessus, Orgull bascula la tête en arrière et fit mine de vouloir se reposer. Aru comprit que leur entretien était terminé.

— Peu importe ce que tu crois, je trouverai le moyen de te sortir d'ici, lui promit-il.

— Oh, je sortirai, c'est sûr… Mais pas de la manière dont tu le penses.

— Abruti d'orc, s'énerva Aru.

En quittant les cachots, il ordonna aux Inquisiteurs d'offrir un repas à son ami. Il les menaça de les laisser dans cette salle de surveillance jusqu'à la fin de leurs carrières s'ils ne s'exécutaient pas.

Refusant de se laisser troubler par cette discussion, Aru reprit ses esprits. Après tout ce temps perdu, il se devait de reprendre les rênes de l'enquête. Il devait arriver au bout du chemin pour enfin offrir au meurtrier un visage. Il le devait, pour tout ce qu'il avait enduré, et pour Tenebrium.

Il ne quitta pas le bâtiment-mère. Au contraire, il se rendit au dernier étage. Là où la cheffe suprême, Siam Alma, avait ses quartiers. Il n'avait pas le droit d'y entrer sans invitation, mais il tenta quand même le coup. Pour le bien de cette enquête, il devait se permettre de faire preuve d'un peu de culot et d'outrepasser les traditions et les règlements en vigueur. Il prit donc l'ascenseur et se rendit au 14e étage. Il tapa son code d'accès sur un écran au-dessus des touches, puis réfléchit aux arguments qu'il allait devoir avancer pour recevoir l'information capitale dont il avait tant besoin. Cette information que possédait très certainement la cheffe suprême.

Contre toute attente, il sembla qu'on l'attendait. En sortant de l'ascenseur, il rencontra le Gardien en charge de la sécurité des officiers supérieurs qui le salua poliment, comme ils se saluent habituellement, et ce dernier lui ouvrit les portes du bureau de Siam sans même lui demander la raison de sa présence. Aru le remercia et entra.

Siam était là, dans une belle robe bleu marine à volants plissés, les cheveux tirés en arrière et le visage maquillé, comme si elle s'apprêtait à se rendre à un cocktail. Appuyée contre un meuble, elle discutait avec Ena Lovemor.

De voir la superviseuse troubla les intentions d'Aru. Il était venu jusqu'ici, gonflé à bloc, et voilà qu'il perdait son souffle. La jeune femme, rayonnante de cette beauté simple et naturelle qui la caractérisait si bien, se tourna vers lui et offrit un demi-sourire ne manquant pas d'affection.

— Ah ! Le Gardien en charge de l'enquête, s'exprima Siam comme si Aru avait besoin qu'on lui rappelle qui il était. Je suppose que vous venez pour les mêmes raisons que mademoiselle Lovemor.

— Quelle raison ?

— Vous cherchez à arrêter le Meneur de Loup ? C'est bien ça ? fit la cheffe suprême.

Un peu pris de court, car c'était effectivement la raison pour laquelle il s'était lancé dans les hauteurs du bâtiment, il finit par acquiescer.

— Nous devons l'interroger, ajouta-t-il. Nous avons toutes les raisons de penser qu'il est…

— La superviseuse m'a déjà fait un topo, merci, l'interrompit Siam. J'en sais suffisamment pour aller dans votre direction. Si ce que dit mademoiselle Lovemor est vrai, je pense que nous pouvons nous permettre d'accélérer certaines procédures. Aux situations exceptionnelles, devoirs exceptionnels…

Elle soupira et se tourna vers Lovemor.

— Je me rends à un dîner avec les officiers supérieurs et les anciens dirigeants de l'Ordre qui nous font l'honneur de revenir à Te… à Belle-Fort, pour nous apporter leurs lumières, expliqua-t-elle. J'aimerais que ce repas se passe au mieux, dans l'intérêt de notre pays. Il faudra donc attendre demain matin pour que je vous offre l'information que vous êtes venus quérir. Le temps de mettre… certaines choses en place.

Aru tiqua sur ces mots.

— Que comptez-vous mettre en place ? demanda-t-il.

Ena détourna le regard, comme mal à l'aise.

— Vous êtes le plus jeune Gardien, Aru Velner, et vous le prouvez par cette simple question, dit Siam d'un ton un peu cassant. Si le Meneur de Loup n'est pas la personne que vous recherchez, il faudra bien rendre des comptes auprès de certaines gens insupportables qui espèrent pouvoir prendre ma place. J'aime autant assurer mes arrières avant de vous lancer dans les bras du croquemitaine. Maintenant, si vous voulez bien m'excuser, je dois encore…

— Le repaire du Meneur de Loup se trouve-t-il vraiment à Tenebrium et non à Berserkir ? l'interrompit Aru.

Cette prise de parole ne manquait pas d'impertinence, mais le jeune Gardien avait besoin d'éclairer le chemin qu'il s'apprêtait à emprunter. Il ne voulait pas tomber des nues et être pris pour un doux naïf.

— Vous en apprendrez davantage au fil de votre carrière si seulement je décide qu'elle se poursuit, lui répondit froidement Siam. Ne jouez pas les étonnés et agissez selon les règles encadrant votre fonction. Me suis-je fait comprendre ?

C'était sa façon à elle de remettre les points sur les i. De redéfinir sa position aux yeux du jeune Gardien toujours sous ses ordres directs. Aru, bien obligé (avait-il réellement envie de jouer les rebelles ou était-il simplement exténué par cette enquête ?), excusa son comportement.

— Demain, j'enverrai l'adresse sur le portable privé de mademoiselle Lovemor, poursuivit-elle. Vous pouvez disposer.

Aru fit une courte révérence, comme il était de coutume de faire, et sortit à la suite de Lovemor. Ils prirent l'ascenseur ensemble, mais la superviseuse était ailleurs. Le jeune Gardien aurait aimé l'entendre parler, jusqu'à vouloir la secouer juste pour espérer qu'elle réagisse enfin à sa présence, mais elle était plongée dans ses pensées. Ils se contentèrent donc de sortir du bâtiment-mère en adoptant des attitudes formelles séant tant à leurs rôles.

Une fois à l'extérieur, loin des regards curieux, Lovemor parut revenir à la surface du monde physique.

— Il faut nous préparer à une confrontation risquée, dit-elle.

— Je crois qu'on est bien préparés, non ?

Il aurait voulu la faire sourire, offrir à son visage un peu d'éclat, mais sa tentative glissa sur la morosité de ses traits.

— Tout va bien ? s'inquiéta-t-il.

— Oui, je crois… désolée…

— Je peux te ramener chez toi ?

Aru craignait d'être seul et plus encore d'être sans elle. Il ne pouvait renier les sentiments qu'il éprouvait à son égard et ne supportait plus l'idée de la voir partir.

Malheureusement, en cet instant précis, Ena aspirait à la solitude.

— Non, c'est gentil, se contenta-t-elle de dire.

— J'aimerais pourtant être avec toi…

Les mots étaient sortis tout seuls, débordant involontairement de ses pensées, mais il fut heureux de se dévoiler. Il tenta même une approche, désireux d'entendre à nouveau le battement de son cœur, mais Ena recula.

— Je suis désolée, j'ai besoin de me retrouver seule avec mes pensées, dit-elle simplement. Je ne veux pas que tu le prennes mal.

Aru s'assombrit.

— Très bien… soupira-t-il. Tu as peut-être raison. Terminons cette enquête et nous verrons ensuite.

Lovemor était d'accord et repartit dans son costume de superviseuse.

Sur le chemin du retour, le cœur déçu et l'âme en berne, Aru essaya de dévier ses pensées ailleurs pour ne plus souffrir des mots et des attitudes de celle dont il était tombé amoureux bien malgré lui. Sans le vouloir, il pensa à Anaya, avant de repousser violemment cette image. Il préféra se concentrer sur cette discussion froide qu'il avait eue avec sa cheffe suprême, au dernier étage du bâtiment-mère. Il la revit, si classe et si avenante, lui faire comprendre que son dîner avec les officiers et ses prédécesseurs était plus important que de recevoir une information capitale dans cette enquête. Que devait-il penser de tout ça ? Pourquoi le meurtre de l'Héritier passait soudain en second ? Et que devait-il penser du retour des anciens dirigeants de l'Ordre en ces heures si sombres ? De mémoire, il ne les avait jamais rencontrés, ni durant sa formation ni après. Comme s'ils avaient disparu dès la fin de leur carrière.

Dans cette impasse pleine de pensées contraires, il décida de se concentrer sur autre chose. Il tenta de se visualiser son futur entretien avec le Meneur de Loup, pour tenter de prédire certaines de ses actions, mais il manquait d'imagination pour donner un véritable aperçu de ce qui l'attendait le lendemain.

De retour à Fairy-Bourg, il eut l'amère impression de rentrer chez lui pour la dernière fois. Que les prochaines heures allaient être déterminantes autant pour sa carrière que pour son existence. Alourdi par ces pensées peu amènes, il sut qu'il ne dormirait pas aussi bien que la veille. Il était loin de la chambre de son enfance et de la magie persistante des douces berceuses.

Avant d'aller s'enfermer dans sa maison, il s'arrêta chez l'épicier du coin pour s'acheter un plat à réchauffer. Il sentait comme un creux désagréable dans l'estomac et se rappela qu'il n'avait rien mangé depuis des heures. Malheureusement, n'ayant pas d'argent sur lui, il exécuta un sortilège de confusion sur le vendeur afin de rapporter son plat sans devoir le payer. C'était un acte totalement illégal, que les policiers du coin allaient détecter, mais son statut de Gardien lui offrait des privilèges. Dès qu'ils auraient identifié le suspect de ce sort, ils abandonneraient les suites et ne rédigeraient aucun procès-verbal.

Dans le passé, avant qu'il ne soit en charge de cette enquête, jamais il n'aurait fait quelque chose d'aussi illégal sans une très bonne raison. Aujourd'hui, tout ça n'avait plus aucun sens pour lui. Il ne ressentait même plus de culpabilité. Pourtant, peu de temps le séparait du Gardien intègre qu'il avait été, mais fut comme s'il avait traversé les mers et les océans depuis.

Dans sa demeure, il affronta une solitude intense et oppressante, comme s'il n'y avait plus personne non plus au-delà de ces murs. Le monde semblait vide en cette fin de journée, offrant ainsi au désarroi du jeune Gardien le luxe de s'épanouir et de devenir une véritable détresse émotionnelle qu'il dut contenir en silence. Il avait le pas lourd, le corps lent et l'esprit souffrant, et traîna plus qu'il ne marcha. Malgré l'appétit et les plaintes de son estomac, il ne s'arrêta pas dans la cuisine, mais continua jusqu'à son lit, où il laissa le malheur l'emporter dans d'horribles cauchemars. Des cauchemars qui le ramenèrent face à sa véritable mère et à la vision qu'elle lui avait offerte.

LE REPAIRE DE NATHANIELGARNIER

Plusieurs fois, il se réveilla en sursaut, le front en sueur et le cœur en panique. Ses rêves avaient conduit son pauvre esprit en des terrains bien trop hostiles, là où la magie noire œuvrait dans ses formes les plus démoniaques, avant de le plonger, encore et encore, dans cette vision. Il revit les flammes, les visages en larmes, les morts… et cette jeune femme marchant au travers de cette désolation.

Au matin, quand le soleil se hissa à l'est, il ne fit rien d'autre que caresser sans conviction les ombres tenaces de la nuit passée. Ce serait un jour voilé, de ceux n'apportant aucune joie ni aucun réconfort à ceux qui prient pour des avenirs meilleurs.

Il prit un rapide petit-déjeuner et enfila sa tunique officielle. Il s'arma de son pistolet de service (dont le magasin était rempli de 15 balles en argent) et d'un chargeur supplémentaire, et emporta également une baguette à sort unique (chargée à bloc d'une entité de feu). Il compléta son arsenal avec une paire de menottes liberticide et une grenade d'aveuglement à effet miroir (permettant ainsi à son détenteur de ne pas être aveuglé). Une fois certain qu'il ne manquait rien à sa tenue, il se sentit étrangement vide. Comme nu.

Le beau visage d'Ena était encore là, dans son esprit, repoussant sans violence les derniers vestiges de ses cauchemars, avant de s'effacer dans un sourire triste et de se dissoudre dans le néant. Il entrevit aussi celui d'Anaya, et son regard froid et tranchant. Cette femme mystérieuse qui ne le laissait pas indifférent.

Un instant, il se perdit dans ses émotions. Son cœur battait pour Ena, sans hésiter, mais peut-être subissait-il encore le charme de la Lycane.

Entre deux torrents de pensées destructrices, on vint frapper à sa porte. Il se saisit, retrouva ses esprits et vint ouvrir à son visiteur matinal.

C'était Ena Lovemor.

Elle portait l'uniforme gris des membres de la B.A.D et deux armes de services, chacune d'un côté de son bassin. Cela lui donnait un faux air de justicière de l'ouest. Elle avait ramené ses cheveux en arrière pour en faire un chignon, libérant ainsi son beau visage des mèches parasites, ce qui révélait également ses traits fatigués et le sérieux de son regard.

Non, ce n'était pas Ena. C'était la superviseuse de l'équipe Sierra, venue chercher son collègue pour mener un devoir d'enquête.

— Tu es prêt ? demanda-t-elle d'un ton solennel, réfrénant toute émotion.

Pourquoi ? Pourquoi réagissait-elle de cette manière ? Le voyait-elle comme une erreur de parcours ? Un instant de faiblesse auquel elle aurait préféré ne pas succomber ? Comprenait-elle que cette relation était vouée à bien trop de tourments ?

Il était difficile pour Aru d'y arriver, mais il devait mettre ses sentiments de côté. Du moins, le temps de l'enquête.

– Oui… finit-il par répondre en adoptant à son tour une attitude ne souffrant d'aucun sentiment superflu. Tu as reçu l'adresse ?

– Je suis venu dès qu'on me l'a envoyé. On se rend dans le sud, à Jure-Grando.

Aru opina du chef. Jure-Grando n'était pas une région de grand luxe, contrairement à Belle-Fort, mais elle était riche de ses champs et de sa flore. On y trouvait d'immenses fermes appartenant aux grands producteurs de céréales. Le maraîchage y était également une activité très répandue, tout comme l'élevage d'animaux. De ce qu'on en disait, la moitié de votre assiette provenait de Jure-Grando. On y trouvait aussi de grandes cultures dédiées aux textiles, s'étendant sur bien un tiers de cette région, et aussi une poignée de villages coincés entre les champs, les entrepôts, les abattoirs et les fermes géantes. Des maisons pour abriter les centaines (si pas millier) de villageois qui œuvraient chaque jour pour offrir à Tenebrium de quoi se vêtir et se sustenter. Autrefois, bien avant les âges de la modernité, elle était le repaire de familles nobles aux plaisirs sadiques, du temps encore des châteaux, mais les guerres civiles tranchèrent les racines de ces arbres généalogiques incestueux pleines de seigneurs assoiffés de sang pour offrir l'opportunité à ces terres fertiles de devenir le cœur des ressources de Tenebrium.

Selon la position géographique envoyée par Siam Alma, la maison du Meneur de Loup se trouvait à la sortie du premier village, à quelques mètres d'un champ de maïs. Une demeure isolée, à l'ombre des collines séparant Jure-Grando de Kittlesen. Pour s'y rendre, il fallut rouler presque deux heures, et souvent sur des routes abîmées par d'anciennes saisons. Aru proposa de prendre le volant, mais Lovemor insista pour conduire. Elle avait besoin de rester concentrée pour le bien de cette enquête.

— Je ne veux plus me faire surprendre, déclara-t-elle.

Sur ce point, elle avait raison.

— Siam a peut-être raison, dit Aru en observant l'horizon et ses silhouettes colorées qui paraissaient s'éloigner à mesure qu'on s'approchait d'elles.

— À quel sujet ?

— Concernant mon âge. Mon expérience. Je n'étais peut-être pas prêt pour une telle enquête.

— Si on te l'a confié, c'est pour de bonnes raisons.

— C'est ce que je pensais, mais, là, j'ai un peu de mal à les trouver.

— Nous apprenons de nos erreurs…

Aru ignora s'il y avait un sens caché à cette phrase.

— Je ne pouvais pas me permettre de commettre des erreurs dans une telle enquête, dit-il. Et j'en ai fait tout un tas !

— Tu as retrouvé qui avait jeté la Dague de Sang dans les casernes.

— Ce qui a permis de libérer Ted Ans…

— Tais-toi ! S'il te plaît. Ne… ne parlons pas de ça pour le moment. Leur disparition vient d'être remarquée par l'un des officiers supérieurs et deux de mes gars sont déjà sur leurs traces.

Il y avait peu de chances qu'on retrouve les cadavres de cette équipe. Les mercenaires avaient de bonnes techniques pour les faire disparaître. Cependant, les inquiétudes de Lovemor restaient légitimes.

— On arrive à la fin de cette enquête, je le sens, murmura Aru.

Ena ne répondit rien à cela, mais renifla bruyamment. Comme pour retenir des sanglots. Aru l'interrogea sur son état, mais elle se reprit rapidement et jura que tout allait bien.

Le reste du voyage se fit en silence.

Dès l'instant où ils rejoignirent la région, ils furent entourés de champs plats. Ceux-ci avaient été moissonnés quelques semaines auparavant, laissant la liberté aux yeux d'en voir davantage par-delà ces terres cultivables. On pouvait apercevoir quelques fermes géantes au loin, s'affichant dans la plus pure tradition du monde industriel et de ses usines sans âmes, mais aussi les formes emmêlées de lointains villages au charme indéniable. Il y avait également quelques fermettes, vétustes pour la plupart, mais qui tenaient bon face au capitalisme grandissant de Tenebrium et aux rêves insipides de riches producteurs.

La maison du Meneur de Loup était un manoir en pierres grises, construit aux pieds des collines. Ses murs étaient recouverts par la végétation. Pour s'y rendre, il fallait passer sous une arcade construite au milieu d'un muret ceinturant une partie du domaine, et ensuite traverser une cour envahie de mauvaises herbes. Il y avait des annexes de chaque côté de la cour, mais la nature s'occupait déjà de les avaler et de les ramener à leur état premier.

En découvrant cette demeure, Aru ne put cacher son étonnement. De près ou de loin, il était évident qu'elle n'était pas habitée. Elle était certainement la plus vieille construction de Jure-Grando, (si pas du pays entier.) Le jeune Gardien avait du mal à imaginer qu'un personnage aussi important que Nathaniel Garnier puisse y vivre.

— Tu ne t'es pas trompé d'adresse ? demanda-t-il à Lovemor.

— Pas d'après notre cheffe.

— Nous ne trouverons que des insectes et des rats là-dedans. Même des camés refuseraient d'aller se shooter au Bleuté à l'intérieur.

Il semblait qu'Ena partageait cet avis, mais elle se dirigea quand même jusqu'à la porte d'entrée. Une belle porte tout en bois, rendue fragile par l'usure, mais qui faisait encore son devoir.

— Allons quand même jeter un œil, finit-elle par dire.

— Restons prudents. Si Nathaniel Garnier vit bien ici, ce ne sera certainement pas sous sa forme humaine. Je ne peux qu'imaginer un loup-garou régner sur ce manoir.

Lovemor était d'accord sur ce point.

À deux, ils sortirent leurs armes, chambrèrent, poussèrent la porte et s'invitèrent dans un immense hall d'entrée par lequel il était possible d'accéder à toutes les parties du manoir. Comme le laissait prévoir la triste apparence de cette vieille bâtisse, ils découvrirent un empire de poussière et d'araignées, et aussi le vide offert par les pillages des siècles passés. Il y avait bien un escalier en bois tout au fond, permettant d'accéder aux nombreux étages, mais il était évident qu'aucune ascension n'allait mener à la moindre fortune. Ce manoir était pauvre, autant dans son aspect que dans ses découvertes. Et il était certain que le Meneur de Loup n'était pas là.

– Elle nous a menés en bateau ! se plaignit Aru.

– Elle n'a pas pu se tromper, dit Lovemor. Peut-être a-t-il deviné qu'on allait venir. Peut-être qu'il… qu'il…

– C'est encore une foutue impasse ! répliqua froidement Aru.

– Non, il doit être là.

Elle n'en démordait pas et se mit à faire le tour du hall en jetant des regards pleins d'espoir vers les couloirs et les pièces qui l'entouraient. Le jeune Gardien, lui, ne se berçait plus d'illusions. Il se sentait de plus en plus comme la marionnette qu'on agite selon le bon vouloir de ses officiers, tout juste bon à mener une enquête le temps que le peuple se calme et accepte enfin la mort de l'Héritier. Dirigeant le canon de son arme vers les hauteurs, il scruta les plafonds pour s'assurer de ne pas y trouver une bête à la fourrure noire et à la gueule disproportionnée attendant le bon moment de se laisser tomber, puis vérifia les accès aux pièces et aux couloirs. Il partit dans le sens opposé à Lovemor, avant de conclure que ce manoir n'était plus capable de surprendre personne depuis des décennies. Il rangea son arme dans son holster et alla s'asseoir sur les marches de l'escalier, le temps que la superviseuse enfin se fasse une raison.

Ce fut précisément à cet instant que tout se passa. Débarquant de partout, de sous les gravats, des étages, des pièces voisines, de l'entrée principale, de portes dérobées et des couloirs où ils avaient dû faire usage d'une magie de camouflage pour ne pas se faire repérer, tous les membres de la B.A.D apparurent, braquant les canons de leurs fusils d'assaut dans la direction du jeune Gardien. Une quarantaine de policiers, armés jusqu'aux dents, concentrant tous leurs efforts dans l'unique but d'arrêter Aru Velner.

C'était une scène surréaliste. Un retournement de situation qui figea le jeune Gardien, incapable de faire autre chose que d'être surpris par ces hommes, ces femmes, ces trolls et ces orcs qu'il connaissait bien ou de vue. Parmi eux, parmi les superviseurs, il reconnut même Korf, portant l'insigne des officiers assistants.

Une fois l'effet de surprise passé, il voulut se lever, juste pour leur rappeler qui il était (il devait y avoir erreur sur la personne), mais les ordres tombèrent et l'obligèrent à ne pas faire le moindre mouvement sans y être invité. Ce fut alors l'apothéose de cette scène. Lovemor sortit de l'un des couloirs et rejoignit la ligne formée par les superviseurs devant les escaliers. Arborant le visage coupable d'un allié en pleine présentation de sa meilleure traîtrise, le jeune Gardien comprit ce qui se passait. Ena Lovemor était à l'origine de ce déploiement. Elle supervisait elle-même cette arrestation.

La femme qu'il aimait était aux commandes de sa propre condamnation.

— Aru Velner, au nom de l'Ordre et dans le respect des lois qui protège l'harmonie des peuples de Tenebrium, je vous informe que vous êtes désormais privé de votre liberté ! tonna l'assistant-superviseur de l'équipe Charlie, Korf Talran. Nous allons procéder à votre arrestation et vous donner des directives claires et précises qu'il faudra suivre sous peine d'être mis à mort. Au nom du code de sécurité de la magie, je vous informe que le moindre geste de rébellion de votre part peut motiver une salve de tirs mortels. Dans votre intérêt, il est crucial que vous ne tentiez rien à notre égard. Si vous avez compris, merci d'acquiescer d'un hochement de tête.

Aru l'entendait, mais ne l'écoutait pas. Il avait beau être dans la ligne de mire de son ancien coloc de chambrée, qui le menaçant avec un TAR-21 équipé d'un lance-grenade, la trahison d'Ena était l'élément le plus troublant et le plus difficile à digérer. L'arme la plus fatale. Dans un mouvement lent, il tourna la tête vers elle et chercha son regard. Quand il le trouva, un simple mot s'échappa de ses lèvres :

– Pourquoi ?

– Avez-vous compris ? répéta Korf, plus grave que jamais.

L'assistant tenait à garder un cadre formel afin d'éviter des incidents, sachant d'avance qu'un Gardien en colère pouvait devenir ingérable. Néanmoins, Lovemor lui fit un signe pour qu'il se détende un peu. Une quarantaine de policiers braquait Aru Velner, ne lui laissant que peu de chance de pouvoir se rebeller. Persuadée de lui devoir une explication, elle fit un pas en avant. Elle se détacha de cette foule de soldats nerveux et avança vers le jeune Gardien.

Elle était à nouveau Ena. La femme dont Aru était tombé amoureux.

– C'est toi qui as organisé tout ça ? Cette mise en scène ? demanda-t-il.

Il parlait sans lever la voix et sans faire de mouvements, aussi placide qu'un enfant récitant une leçon devant un public. Ainsi, sa rigidité pouvait rassurer ceux qui désiraient l'achever dans une averse mortelle de plomb et d'argent.

– C'est ce que j'ai fait, oui, avoua Ena. J'ai orchestré cette arrestation avec notre cheffe suprême. Nous avons convenu de t'amener jusqu'ici, loin des grandes villes, avec l'espoir de t'arrêter sans qu'il y ait de dommages collatéraux. C'est pour cela que nous avions besoin de temps. Le temps de trouver le lieu idéal et de préparer tout ça…

— Pourquoi ?

Ena eut un regard grave.

— Tu l'ignores réellement ? fit-elle, les larmes au bord de ses yeux.

— Mademoiselle Lovemor ! l'appela Korf. La procédure veut que…

— La ferme ! s'écria Aru, faisant tressaillir la moitié des policiers. Je jure de vous laisser m'arrêter sans opposer la moindre résistance et d'obéir à tous vos ordres, uniquement si vous me laissez terminer cette discussion !

Craignant le pire, il ne fallut pas longtemps aux superviseurs pour accepter cette demande.

— On vous donne trois minutes, lui dit Korf.

Ena fit encore un pas vers Aru, et ce fut comme si des barrières s'élevèrent tout autour d'eux pour les réunir et les éloigner des autres en même temps. Les emprisonner dans cet amour salvateur et offrir la chance à Aru de quitter enfin ce cauchemar. Ena allait le sortir de ce monde si sombre, l'éloigner de cette réalité accablante, pour qu'enfin ils puissent être libres tous deux et suivre le cours de leur histoire.

Au lieu de cela, elle s'arrêta et lui jeta un regard si froid, que le jeune Gardien eut la sensation que plus aucune saveur de ce monde ne pourrait lui offrir la moindre satisfaction.

— Sais-tu ce que tu es ? demanda-t-elle.

— Je sais *qui* je suis, répliqua Aru.

— Mais, as-tu réellement conscience de ce que cela représente pour notre pays ? Pour ce refuge où nous pouvons vivre loin des humains et de cet enfer qu'ils font de la terre ?

— Je ne suis rien d'autre que ce tu vois en ce moment précis, jura Aru.

— Non… Non, désolé… Ce n'est pas vrai. Aru, tu fais partie du peuple des Fées. Nous sommes obligés de t'arrêter. De te combattre. Je ne sais pas comment tu as fait pour sortir de ces bois, mais si tu es ici, ce ne peut être que pour une seule raison… propager le chaos et briser les frontières magiques qui retiennent ton peuple.

— C'est ce que tu crois réellement ? Crois-tu vraiment que j'ai l'intention de tout détruire ?

— C'est ce qu'elles désirent faire depuis toujours. Elles veulent réduire en cendres nos libertés. Tu le sais… Vous le savez ! C'est dans votre…

— Nature ? termina Aru. Crois-tu vraiment que l'Ordre a besoin de moi pour mettre fin à cette joyeuse harmonie ? Je te croyais bien plus intelligente…

— Tu fais partie du peuple des Fées ! s'exclama Lovemor, comme si cette explication était suffisante pour enlever tout crédit aux propos du jeune Gardien.

— Je le sais bien. Je n'ai pas choisi de l'être, mais c'est ce que je suis. Le seul mâle vivant du peuple des Fées. (Il inspira profondément et laissa un sourire apparaître sur son triste visage) Sais-tu ce qui m'est arrivé hier ?

— Non, je l'ignore.

— J'ai rencontré ma mère. Je ne te parle pas de la femme qui m'a élevée, mais de celle qui m'a mise au monde. Cette immonde créature retenue prisonnière sur les terres maudites de Tervâne par la magie ancienne de ceux qui les craignaient. Je l'ai haï, parce que je savais qu'elle m'avait rejeté. Je n'étais pas une femelle, mais un mâle immonde, de ce genre qui raisonne sans intelligence et qui n'agit qu'au nom de ses intérêts. Selon elle, je ne méritais pas de vivre. Mon genre était une difformité à ses yeux. Une aberration. Elle m'a donc déposé loin de son abri en attendant que ses sœurs viennent me dévorer le cœur. Mais, ça ne s'est pas passé comme prévu. Débarquant de nulle part, un peu comme ces soldats à cran, une mage est apparue et m'a recueilli pour faire de moi son fils. J'ai été élevé loin de mon peuple et loin de leurs terres, mais sans pour autant briser véritablement les liens. C'est ce que j'ai appris hier soir, quand j'ai parlé avec ma mère. Sais-tu ce qu'elle a fait d'autre ?

— Non.

— Elle m'a montré l'avenir de notre pays. Pas ces illusions prophétiques ou ces visions troublées nées d'un mauvais sort, mais une réalité à laquelle Tenebrium ne pourra bientôt plus échapper. Si tu avais vu cela également, sans doute que tu serais assise à mes côtés te demandant si toute cette mise en scène en vaut vraiment la peine.

— Je t'entends bien, Aru, mais je crois que tu ne comprends pas. Tu n'as pas vu ce que j'ai vu lorsque tu as perdu le contrôle. Si tu es capable de faire ça, sans doute es-tu capable de…

— Tuer un Héritier ? devina Aru.

Il n'en revenait pas d'être l'objet d'une telle accusation et surtout de la part d'Ena.

— Nous allons officiellement t'accuser de ce meurtre, oui.

— C'est vraiment ce que tu crois ?

Elle ne répondit pas, mais son air était convaincant. Elle le pensait coupable. Aru, dépassé par tout ça, se mit à rire. De prime abord, c'était une accusation complètement folle. Pourtant, elle commençait à intégrer si profondément son esprit, qu'il en était presque à l'accepter. Il sut alors que des portes, à l'intérieur même de sa tête, s'apprêtaient à s'ouvrir et à lui révéler de sombres secrets sur lui-même.

Était-il le meurtrier ? Avait-il réellement tué un Héritier ? Dans cette brume spirituelle, trouverait-il un souvenir lié à cet acte innommable ?

Il s'assombrit soudain et laissa retomber sa tête.

— Je ne ressemble pas à une Fée, rappela-t-il.

— Tu leur ressemblais étrangement lorsque tu as combattu ces Lycans. Je peux te montrer.

Dans un geste lent et bien calculé, elle leva le bras et dirigea ses doigts vers le front d'Aru. Sa magie s'anima sous la forme de vapeurs étincelantes et envoya l'esprit du jeune Gardien vers les souvenirs de la superviseuse.

Ce fut une vision brève, mais valant tous les mots. Durant un bref instant, Aru se vit lui-même, mais sous une forme nouvelle. Sous la forme d'une Fée mâle. La peau dure et d'un bleu minéral, il avait le long visage et les protubérances osseuses des Fées, leurs longs cheveux d'un vert sale, et surtout leur puissance physique et magique. Emporté dans son combat contre les Lycans, il se vit les briser comme des brindilles, leur arracher la tête et les bras, aussi cruels qu'un enfant s'amusant à torturer des insectes.

Quand il revint à lui, il saisit enfin les raisons du changement de comportement de Lovemor. Il n'était pas possible de revenir intact d'une telle vision. Surtout pour elle, après ce qui s'était passé dans la salle de bain du bâtiment Sierra. Elle s'était accouplée avec un Fée dans un instant de vulnérabilité et digérait cette nouvelle depuis.

Aru ne pouvait pas lui en vouloir. Il ne pouvait que la comprendre.

– Je suis tellement désolé… finit-il par dire.

– Tu l'ignorais.

– Je ne parle pas de ça...

– Alors de quoi ?

Aru laissa le mystère s'installer quelques secondes.

– Je suis désolé de t'avoir menti, reprit-il. De t'avoir dit que je me laisserais menotter sans causer de problèmes.

– Pardon ? s'alarma Lovemor.

Une voix prit alors possession des lieux. La voix grave d'un homme située à l'arrière des lignes formées par les membres de la B.A.D, bien décidé à apporter son aide au plus jeune Gardien et à la première Fée mâle de l'histoire.

La voix du Meneur de Loup.

– Maintenant, jeune Gardien ! hurla-t-il.

RÉVÉLATIONS

L'instant était trop parfait pour ne pas en profiter. Délivrant les charmes d'effroi dont il maîtrisait les arts depuis sa plus tendre enfance, le Meneur de Loup instaura la peur dans le cœur des policiers présents. Sa simple voix et ses simples mots suffirent pour déstabiliser même le plus ingénieux des mages. Ceux-ci, persuadés que l'unique ennemi se trouvait au bout de leurs canons, ne surent se préparer à une telle offensive.

Brisé dans l'effort déployé pour tenir en joue le jeune Gardien, ce dernier vit la défaillance dans le regard des soldats. À ce moment précis, il tira sur la goupille de sa grenade d'aveuglement. Il avait préparé cette arme tandis qu'il déjouait l'attention de l'ennemi par le biais d'une belle et honnête discussion avec Lovemor. Elle lui avait offert cette occasion sans le savoir, et fut autant surprise que les policiers par cette ultime défense. La dernière image qu'elle garda du jeune Gardien fut la véritable couleur de ses yeux de Fée. Des yeux vairons offrant un contraste troublant entre le rouge et le noir.

La grenade explosa dans un vacarme assourdissant, inondant le manoir de lumières vives et attaquantes qui aveuglèrent tout le monde, à l'exception du Gardien et du Meneur de Loup. Celui-ci s'était préparé et usa d'un sort de protection.

Comme si le soleil en personne était apparu une fraction de seconde à l'intérieur du hall, tous les membres de la B.A.D s'agitèrent et fermèrent leurs pauvres yeux douloureux, se baissant instinctivement et tâtant le sol pour retrouver leurs repères et adopter une posture stratégique afin de se protéger des attaques à venir. Si le Meneur de Loup en profita pour dévoiler son apparence bestiale et assaillir les prédateurs devenus proies, Aru se jeta littéralement sur Lovemor et la projeta dans une pièce voisine, là où elle serait à l'abri.

Malgré l'aveuglement et la douleur, Korf donna l'ordre de tirer. Il était désormais impossible de limiter les dommages collatéraux, mais la priorité était de tuer le Fée avant qu'il ne disparaisse dans la nature. Aru Velner ne pouvait quitter cet endroit vivant, au risque de condamner Tenebrium.

Un premier policier tira sur une tache sombre qu'il identifia comme étant un ennemi, engageant par cette occasion une fusillade. Comme un effet en chaîne, les fusils s'activèrent, les balles sifflèrent, pénétrèrent les armures et les chairs, les déflagrations s'enchaînèrent comme les percussions d'une symphonique démoniaque et les odeurs de soufre envahirent le hall. Les visions floues d'ennemis divers, alimentées par l'imagination paranoïaque de ces policiers trop nerveux, les amenèrent à tirer dans un esprit de survie, oubliant presque l'objectif de toutes ces détonations. Leurs esprits, confus par les flashs et fragilisés par l'effroi, jouèrent de leur raison au point de les rendre fous.

Le Meneur de Loup lacéra les visages de trois policiers et planta ses crocs dans le bras de Korf, propageant la peur et l'animosité, et engendrant toujours plus de carnage et de désolation à la scène. Aru, plus conscient de la tournure dramatique des évènements, se fraya un passage au cœur de ce champ de bataille et força le Meneur de Loup à sortir avant que l'un des deux ne se prenne une balle perdue. Il fallait profiter de l'instant avant que les membres de la B.A.D ne se reprennent. Pour l'heure, ils n'étaient encore que des gamins apeurés à qui on avait offert des armes de guerre, et ceux-ci ne cessaient de vouloir se protéger de leurs propres collègues en tirant à tout-va. Ils étaient entrés dans un terrible effet tunnel aux conséquences désastreuses et il valait mieux quitter ces paysages apocalyptiques avant d'en faire partie intégrante.

Aru voulut prendre le véhicule de Lovemor pour quitter les lieux, mais le Meneur de Loup l'arrêta d'un hurlement. Reprenant peu à peu sa forme humaine, il retrouva également l'usage de la parole.

— J'ai ma propre voiture, l'informa-t-il.

Le jeune Gardien le suivit jusqu'aux pieds des collines voisines où se trouvait une vieille Buick Riviera des années 70 d'un noir flamboyant. Le Meneur de Loup passa de l'autre côté de la voiture pour achever sa métamorphose, et reparut dans son état humain, pauvrement vêtu des lambeaux de son ancien costume. Il ouvrit son coffre pour remplacer les vêtements qui n'avaient pas supporté sa transformation, s'habilla en un temps record (la force de l'habitude) et invita Aru à grimper dans son véhicule.

— Les effets de l'aveuglement ont été décuplés par l'effroi que j'ai provoqué, mais les survivants reprendront leurs esprits d'ici une à deux minutes, dit-il au jeune Gardien en s'installant derrière son volant.

Aru ne dit rien, mais ne put s'empêcher de penser à Ena. Même si elle l'avait trahie en l'amenant volontairement dans un piège pour le capturer, embarquant toute la B.A.D pour arriver à ses fins, il ne pouvait s'empêcher d'espérer qu'elle aille bien. Qu'il l'ait jetée assez loin des tirs croisés pour la préserver de la folie suicidaire qui s'était instaurée dans ce manoir.

Le Meneur de Loup démarra en trombe et s'éloigna rapidement des lieux. Aru, assis à côté, se perdit dans ses pensées. Il se laissa emporter dans une amertume teintée de peine et se surprit à donner raison à Ena. Avait-elle eu de bonnes raisons de faire ce qu'elle avait fait ? N'y était-elle pas contrainte du fait de son métier ? N'aurait-il pas fait la même chose si les rôles avaient été inversés ? Après tout, les Fées étaient les créatures les plus dangereuses de tout Tenebrium. Les reines du chaos. Les impératrices de la désolation. Les dévoreuses d'âmes et de chair, ne se satisfaisant que du malheur et de la destruction.

Devait-il lui-même avoir peur de ce qu'il était ?

Ce raisonnement le rendait fou et l'amenait à des conclusions terribles.

Et si…

Nathaniel Garnier roulait vite, mais connaissait les routes par cœur. Il prévoyait chaque tournant avant même qu'il n'apparaisse dans le décor, freinait avant les obstacles et redonnait de la vitesse à l'instant parfait, faisant de lui un redoutable pilote capable d'égarer n'importe quel poursuivant.

Au bout d'un moment, une fois qu'ils furent assez éloignés du manoir, le Meneur de Loup brisa le silence et ramena Aru hors de ses pensées :

— Quel moment ! s'exclama-t-il en souriant. Il n'y a pas meilleure façon de commencer une journée ! N'es-tu pas d'accord ?

— Complètement, ironisa Aru, le regard dans le vide.

Garnier comprit qu'il ne fallait pas pousser la plaisanterie plus loin. Du moins, pour le moment.

— Tu m'as vu me glisser derrière eux et tu n'as rien dit, reprit-il. Savais-tu qui j'étais ?

— Sans vouloir vous offenser, la sournoiserie de votre approche m'a mis sur la voie. Et je sais que peu de gens peuvent réussir à déjouer la vigilance de policiers aux sens surdéveloppés.

— Je ne suis qu'une ombre sournoise…

Là-dessus, Garnier rit. Aru se tourna vers lui et l'observa réellement. Il avait un visage long de profil, les yeux d'un noir étincelant, un charme indéniable et l'assurance des grands, mais aussi cette bestialité se reflétant constamment dans ses airs, dans ses regards, ses traits et ses attitudes, renvoyant à sa puissance et à sa dangerosité. Ce genre d'être qui attire tous les regards lorsqu'il entre dans une pièce.

— Nous pouvons bien nous accoutrer des plus beaux costumes ou lever le petit doigt quand nous portons des toasts, nous sommes ce que nous sommes, dit-il une fois qu'il eut fini de rire. Acceptons-le et cessons de lutter contre notre nature. N'ai-je pas raison ?

Aru ne chercha pas à répondre, car il avait une autre question en tête. Une question qui lui brûlait l'esprit :

— Pourquoi avoir donné l'ordre de nous tuer dans le camp des mercenaires ?

— J'ignorais qui tu étais… Tout ce que je désirais, c'était mettre plus de chaos au cœur de cette enquête. Mon seul objectif est de faire revenir ton peuple sur Tenebrium. Il fera ce qu'il faut pour nous sauver de la tyrannie instaurée par l'Ordre et ses Héritiers. Et quand ma fille m'a dit qui tu étais réellement, j'ai accouru. J'ai été là où il fallait que je sois, j'ai écouté ce qu'il fallait entendre, et ainsi je suis arrivé là où j'étais attendu sans l'être réellement.

Anaya… Anaya l'avait sauvé. Aru ne savait plus quoi penser. Il était perdu dans ses sentiments. Il avait aimé deux femmes, et chacune d'une manière bien différente, et toutes deux avaient bouleversé sa vie. L'une avait essayé de le tuer et l'autre voulait l'arrêter.

Craignant de retomber dans de grandes réflexions sur la nature de son existence, il se détourna de ses pensées et revint vers le Meneur de Loup.

— L'Ordre ne vous permet-il pas de vivre aisément dans Tenebrium ? lui demanda-t-il.

— Sous tant de conditions. Et si loin des miens… Je ne suis pas parfait, je le sais bien. Je suis un personnage sournois qui sait utiliser son pouvoir pour en tirer profit, voilà tout. Mais, au fond de moi, j'ai toujours espéré le retour des Fées pour instaurer un Nouveau Monde dans lequel chacun aura la place qu'il désire, et non celle qu'on lui impose. L'Ordre n'est composé que d'infâmes hypocrites n'agissant que pour leur confort. Mais, quelque chose me dit que tu le savais déjà.

Le jeune Gardien fut sur le point de démentir, de redorer le blason de cet Ordre qu'il avait idolâtré tant d'années, mais il n'y arriva pas.

Il ne trouvait plus rien de bon à dire à leur sujet. Son esprit, en réalité, semblait reprendre vie. Il retrouvait ses formes d'antan, sa complexité et les couleurs vives de certains souvenirs qui étaient restées trop longtemps dans l'ombre. Tandis que Garnier prenait la direction de l'est, restant éloigné des grandes villes pour ne pas passer dans l'œil des milliers de caméras scrutant Tenebrium pour le compte de l'Ordre, Aru Velner voyageait au cœur même de sa mémoire.

— Je me rappelle certaines choses, avoua-t-il… Des souvenirs que mon esprit avait planqués sous le tapis.

— Ton esprit n'avait aucunement l'intention de te cacher des choses ! Du tout. Tu as juste combattu des années durant le Fée qui sommeille en toi, poussé par des principes tordus que tu t'efforçais de suivre. En réalité, tu admets enfin que ce combat était voué à l'échec. Tu ouvres les yeux à nouveau et tu retrouves l'être que tu as toujours été. Je te le dis ! Tu peux te mettre des plumes dans le cul et criailler en faisant la roue, ça ne fera pas de toi un paon ! Cesse le combat. Oublie le Gardien. Offre à ton esprit le plaisir de te montrer qui tu es réellement et ce dont tu es capable…

Les mots du Meneur de loup l'amenèrent à faire d'étranges découvertes au sein de sa propre mémoire. Il comprenait enfin ce qu'avait voulu lui dire Joseph Orgull, son meilleur ami. Le monstre sous le lit… Le squelette dans le placard… Nous sommes nos propres monstres.

… Nous sommes nos propres monstres…

Ce fut comme une gifle en plein visage. Comme un coup de poing dans le cœur. Après avoir fait tant d'efforts pour réussir à maintenir l'équilibre dans son pays, c'était finalement dans son propre esprit qu'il l'avait atteint. Les portes s'étaient ouvertes et il se découvrait lui-même. C'était lui… Depuis le début, c'était lui. Au fil des années, sa nature instinctive commençait à reprendre le dessus lorsqu'il perdait le contrôle, lorsqu'il buvait un peu trop ou quand il s'endormait trop profondément. Si ce ne furent que de courts instants au tout début, pas plus de trois ou quatre minutes, bientôt sa véritable nature reprit le contrôle et se mit à réfléchir. Sa part d'ombre se mit à établir des plans, jusqu'à en mener un bien précis pour instaurer le chaos et libérer ses sœurs et sa mère biologique.

Renvoyé dans ses propres souvenirs, il se vit en compagnie de Joseph Orgull, la première personne l'ayant découvert sous son apparence de Fée, un soir de buverie, entre deux shots et loin des regards. Celui avec lequel il avait partagé les visions certaines de ce qui allait devenir le pays s'il continuait à être régi par l'Ordre. L'orc qu'il avait amené dans sa propre folie…

Il se revit dans sa belle apparence, celle qu'on acceptait si aisément à Tenebrium, se rendant pour la première fois au bâtiment-mère de l'Ordre. Fraîchement promu au grade de Gardien, brandissant sa médaille comme le trophée de toute une vie, s'égarant dans les étages de ce building légendaire. Sans le vouloir, il avait surpris une discussion entre Siam Alma et Edouard Blake dans les quartiers des officiers supérieurs.

Une discussion dont son esprit de Fée s'empara.

« *Vivement que nous rejoignions le monde des humains* », avait dit Blake. « *Les anciens ne cessent de vanter les plaisirs qu'ils s'offrent là-bas, loin des règles et des peuples primaires. Cet endroit n'est plus qu'une prison à mes yeux...* »

« *Je suis également impatiente* », lui avait répondu Siam. « *Un monde où notre magie offrira tout ce que nous désirons, sans limites, et où nous vivrons tels les seigneurs que nous sommes. Il est grand temps, je te l'avoue. Je pense avoir donné assez.* »

« *Oh, mais avec les sorts éternels, nous vivrons longtemps. Il ne restera que des cendres de Tenebrium alors que nous serons encore jeunes et beaux, tout disposés à mener de riches existences.*

– Gardons les bêtes dans l'enclos et profitons bientôt d'une retraite au paradis ! »

Les rires ponctuèrent cette discussion. Des rires enivrés par l'alcool et leurs projets.

Tant d'années, l'Ordre certifiait aux peuples que le monde des humains n'était rien d'autre qu'un enfer sur terre. Tant d'années, il jurait que la paix se trouvait ici, de ce côté des frontières magiques, dans ce pays parfois souffrant, mais promis à de meilleurs avenirs.

Ce jour-là, il avait compris. Les paroles et les promesses n'avaient pour but que de les retenir dans ce pays où les guerres civiles attendaient impatiemment de reprendre. L'Ordre, cet implacable faiseur de paix, désirait simplement tenir les peuples loin des terres paradisiaques situées derrière les frontières. L'Ordre remplissait son contrat en gardant Tenebrium dans un bel état illusoire, par le biais d'une poignée d'hommes et de femmes, avant de pouvoir le quitter et de profiter du monde des humains sans avoir de trolls sauvages dans les pattes et des nécromanciens ingérables. Ils désiraient se rendre là-bas et faire usage des sorts qu'ils interdisaient aux autres, dans des buts purement égoïstes.

L'Ordre préservait son paradis.

Comment avait-il pu oublier cette discussion ? Comment était-ce possible ? Son esprit de Fée s'était joué de sa mémoire, sans aucun doute, mais dans quel but ? Était-ce pour le protéger ? Pour s'assurer qu'il garde son rôle de gentil Gardien le temps de mettre tout en place ? Le temps de faire ses preuves et d'avoir une chance d'être à la tête de cette enquête ?

Ils sont tous coupables

Au moment voulu, tu te souviendras de ce qu'ils ont dit… de ce qu'ils ont fait…

Le coup de téléphone durant le premier soir des émeutes. Ce n'était pas un stupide rêve. Cette discussion avait eu lieu. Chamboulé par les cris émanant de la dernière forêt des Fées, il s'était mis à parler avec lui-même…

Non, ce n'était pas la silhouette d'un Héritier qu'il avait aperçue derrière la fenêtre de sa salle à manger. C'était son propre reflet. Le reflet de ce qu'il est réellement.

On court après des Chimères pour fuir la vérité…

Tout paraissait si clair désormais…

Ce jour-là, ce jour où il avait découvert les projets réels de l'Ordre, il se sentit faire une chute de si haut, qu'il sut qu'il n'en remonterait jamais. Un combat se déroula contre lui-même, opposant son esprit de jeune Gardien au Fée qu'il avait toujours été, et ce fut au cœur de cette lutte qu'il s'offrit à sa véritable identité. Il ouvrit la porte à sa véritable nature. Il maintint l'apparence trompeuse qu'il arborait, ses beaux traits de jeune Gardien, mais ses yeux vairons étaient ceux de l'être tapi dans son cœur.

Le rouge et le noir. La vérité et l'illusion…

Contrôlé par l'esprit dominant du Fée, il s'était enfui à Sous-Terre. Il avait fui dans l'ombre, plus capable de respirer le même air que l'Ordre, et ce fut sa première rencontre avec les quartiers gris. Les marchés noirs où les armes légendaires pullulaient et menaient à d'ambitieux projets.

Une idée… Bien précise. Une idée qui devait mettre un terme aux projets de l'Ordre.

L'Ordre qui comptait tant sur ses Héritiers pour garantir leur propre sécurité.

Une arme capable de briser leurs rêves.

« Une femme ! avait dit Dollos.

– Vous avez vu une femme ?

– Et grande en plus ! Majestueuse, peut-être même, si c'est l'bon mot. J'l'ai vu de dos, mais un peu de profil aussi, avec son faciès typique de femme et ses longs cheveux foncés… Avec une robe, du genre que portent les dames de l'Ordre. »

Non, pas une femme… Un Fée…

L'OMBRE

— On se perd dans ses souvenirs ? devina Garnier.

De toute évidence, il était sensible au trouble que subissait Aru. Il semblait même avoir entrevu ses pensées.

— Je l'ai fait…

— Le premier Fée mâle était promis aux grandes premières, non ? sourit Garnier. Depuis le début, je me suis dit qu'il fallait être une créature plutôt puissante pour réussir à atteindre l'un de ces foutus Héritiers ! Et comme ce n'était pas moi qui avais fait le coup, la liste des suspects se réduisait fortement.

— Vous saviez depuis quand ?

— Pas fort longtemps, je l'avoue. J'en suis venu à cette conclusion quand ma fille m'a dit que l'homme qu'elle aimait était de la race des Fées et qu'il avait tué de ses mains quelques-uns de mes loups les plus sauvages.

— Anaya…

— Elle s'en doutait avant, m'a-t-elle dit. Elle est maligne, cette petite ! Je pourrais bien t'en vouloir du bordel que t'as fait dans ma ville, seulement, il est mieux d'avoir dans ses rangs un Fée que de l'avoir contre soi, non ? Quelle foutue histoire, en tout cas !

Cette histoire était désormais d'une telle limpidité pour Aru, qu'il fut atterré d'avoir progressé dans la brume si longtemps. Tout était si clair. Il revit même cet instant où Orgull lui offrait de cacher l'arme dans un lieu bien précis pour faire accuser l'un des services les plus respectés de Tenebrium, jurant que cet acte ferait tomber le premier domino.

Avait-il eu raison de faire cela ? Aru avait-il bien fait de lui faire confiance ?

— Et maintenant ? se demanda-t-il.

— Pas vraiment le choix, votre honneur ! rit le Meneur de Loup. Ici, je ne suis qu'un riche excentrique vivant de ce qu'on lui offre ! Mais, en bas, je suis le seigneur de ces terres. Nous allons rejoindre mon fief et y rester le temps que tu te reprennes. Ensuite… eh bien, nous verrons !

C'était donc ça son avenir ? Une alliance avec les loups ? La naissance d'une révolte des mondes d'en bas ? Se sentait-il réellement prêt à un tel engagement ?

Pour le Fée qu'il était, cela ne faisait aucun doute. Mais, de son point de vue de jeune Gardien tout juste déchu, le doute était encore bien présent. Cette voie l'enfermait dans ses choix. De toute façon, l'avait-il encore, le choix ? Il ne pouvait plus revenir en arrière. Son esprit s'y était préparé depuis un moment, à l'ombre de sa propre réflexion, mais, pour lui, tout était arrivé si vite. Tout avait basculé en si peu de temps, qu'il en avait des vertiges.

Gloria...

Était-elle au courant de tout ça ? Elle lui avait caché son passé, falsifié l'histoire de son adoption pour le protéger, et ne l'avait certainement pas fait pour qu'il devienne le meurtrier le plus recherché de tout Tenebrium. Même si l'Ordre ne possédait pas encore de preuve irréfutable de sa culpabilité, il suffirait qu'il en crée pour le condamner à mort et s'assurer que rien ne vienne entacher leurs beaux projets.

Ils s'arrêtèrent au bout d'une bonne heure de route, aux abords d'un petit village situé au sud des Vallées-Chantraine. Un lieu sans histoire, d'à peine deux cents habitants, où les gens aimaient mieux la randonnée et les parties d'échecs que la magie et les histoires de goules. L'endroit idéal pour se planquer.

— Suis-moi ! l'intima le Meneur de Loup.

Aru le fit sans broncher. Ils marchèrent une centaine de mètres sans se préoccuper du regard curieux des gens, jusqu'à rejoindre une entrée de métro condamnée. Garnier se ficha bien des planches, des chaînes et des recommandations placardées dessus, et arracha le tout en quelques mouvements. Sans surprise, personne ne vint l'arrêter dans cette entreprise. Une fois l'accès libre, ils descendirent dans l'ombre et l'humidité, rafraîchies par des vents nauséabonds qui ramenaient les odeurs oubliées des entrailles de la Terre, et rejoignirent un quai à peine éclairé. Ils traversèrent les voies et passèrent par la porte de service.

En cette journée curieuse, pleine de trop de rebondissements pour Aru, rares étaient les clients dans les galeries souterraines. Aucune orgie en plein air aujourd'hui, comme si la pudeur s'était éveillée et avait entraîné les gens à mettre quelques murs autour de leurs mœurs les plus légères. Aru fut étonné du calme régnant en ces lieux, vu tout ce qu'il avait vécu dans ces tunnels. Les maisons closes l'étaient réellement cette fois-ci, aucune fumée bleuâtre ne sortait des fenêtres ouvertes des tavernes, les impasses dissimulaient à peine quelques silhouettes figées, les cabots se faisaient rares et les bancs n'étaient occupés que par deux ivrognes dormant l'un sur l'autre.

Nathaniel ne se préoccupait pas de tout ça. Son intention était de retrouver Berserkir au plus vite, là où sa sécurité serait garantie par quelques centaines de loups-garous. Aru craignait d'y être mal accueilli, au vu du nombre de morts qu'il avait provoqués lors de sa récente excursion, et se mit à ralentir le pas. Cela n'échappa pas au Meneur de Loup, sensible aux craintes de l'ancien Gardien, et il le rassura :

– Nous aspirons à retourner en haut depuis tant d'années, que nous te voyons bien plus comme un libérateur qu'un destructeur ! Nous n'avons gardé aucune animosité contre toi, je te le promets ! L'avenir est entre nos mains, désormais. Un avenir radieux.

Machinalement, Aru revit les images terribles de la vision offerte par sa véritable mère.

– Le sera-t-il vraiment ? demanda-t-il.

Le Meneur de Loup comprit ce qu'il voulait dire. Il s'approcha d'Aru et esquissa un sourire empli de confiance :

– Il y aura des guerres, certes, jusqu'à l'apothéose. Quand le chaos règnera, ton peuple sera libéré. Et la paix reviendra.

– Les Fées ne risquent-elles pas de détruire les peuples ?

— La prison a révélé leur part d'ombre, mais la liberté apaisera leurs cœurs. Elles seront à nouveau les êtres paisibles d'autrefois. Les véritables garants de notre paix. Nous le savons, nous, descendants des prophètes. Nous le savons, car nous avons vu.

— Et si l'ombre avait envahi leur cœur et ne leur permettait pas de redevenir ce qu'elles étaient ?

— L'oiseau en cage ne cesse jamais de battre des ailes.

Son assurance et l'étincelle dans ses yeux aidèrent Aru à se détendre, et tous deux se remirent en route. Au bout d'une dizaine de minutes, ils arrivèrent enfin devant l'une des portes blindées menant à Berserkir. Une bande d'orcs en étaient les gardes. À voir leurs airs méfiants et patibulaires, ceux-ci n'avaient pas dû reconnaître Nathaniel Garnier. Aru se dit que ça n'avait rien d'étonnant, vu que le Meneur de Loup vivait à Tenebrium.

D'un même mouvement, ils se rapprochèrent l'un de l'autre pour bloquer l'accès de leurs corps musculeux. Un solide rempart de prime abord, mais aussi fragile qu'un mur de porcelaine pour le Meneur de Loup.

— Mes amis, je suis le maître de ces lieux, s'annonça Garnier. Pourriez-vous me laisser passer, moi et mon ami ?

— Vous êtes Nathaniel Garnier ? demanda l'un des orcs.

— Ouais, c'est lui ! réagit un autre. Attendez !

Là-dessus, il frappa trois coups sourds à la porte. Aru trouva cela étrange. Il était persuadé que les orcs allaient simplement les laisser passer.

— Vous n'ouvrez pas la porte ? s'étonna Garnier.

— Oh, ce n'est pas contre vous, seigneur ! Promis ! dit l'un des orcs.

— C'est juste les directives de votre fille, ajouta un autre.

— Elle veut qu'on la prévienne dès que vous êtes là pour vous accueillir personnellement ! dit un troisième.

— Ah bon ? s'étonna Garnier. Ainsi, Anaya est devenue la reine de Sous-Terre. J'en suis heureux.

Les orcs approuvèrent et le Meneur de Loup parut fier de sa progéniture. De son côté, Aru trouva cela étrange. Même inquiétant. De toute évidence, quelque chose clochait. La tranquillité des galeries. L'attitude nerveuse des orcs…

Aru partagea ses inquiétudes, mais Garnier lui assura que tout allait bien. Sa fille allait arriver et, ensemble, ils allaient pouvoir fomenter contre l'Ordre et sa tyrannie.

Cinq minutes plus tard, la porte s'ouvrit enfin. Nathaniel sourit, impatient de retrouver sa fille, mais le bonheur se mua en une terrifiante vision. Ce ne fut pas Anaya, cette magnifique femme à la beauté froide et cruelle qui apparut, mais la dernière personne à laquelle ils s'attendaient.

Ce fut Siam Alma qui les accueillit.

Le Meneur de Loup, fâché de cette traîtrise, commença aussitôt sa transformation, prêt à jouer des crocs et des griffes pour prouver sa colère. Malheureusement, il n'en eut pas l'occasion. Une autre personne sortit des ombres à cet instant, de derrière Siam, et se jeta sur Garnier. Un Héritier, en proie à sa rage meurtrière, qui planta les griffes acérées de ses mains difformes dans la chair du Meneur de Loup. Un coup contre lequel on ne pouvait rien, ni le préméditer ni s'en protéger, et qui mit fin à toutes les ambitions magnifiques se tramant dans l'esprit de l'ancien seigneur de Sous-Terre.

Un seigneur qui ne l'avait jamais été, finalement. L'illusion d'un pouvoir que d'autres gardaient jalousement.

Aru se figea, frappé par la peur, avant de se ressaisir et d'être rappelé à l'ordre par son instinct de survie. Il chercha à s'enfuir, sachant bien qu'il n'était pas de taille face à la cheffe suprême et à l'Héritier, mais déjà un ennemi apparaissait pour lui couper toute retraite. Braillant de son cri si étrange, un deuxième Héritier venait à lui. Si grand, dépourvu de cette élégance qui avait charmé Aru du temps de ses jeunes années, l'être divin ouvrit ses longs bras et révéla une partie de sa bestialité. L'ancien Gardien découvrit ce qu'ils étaient en réalité, derrière ces capes et cette noblesse. Des créatures démoniaques tenant bien plus de l'animal que de l'humain.

Il était coincé. Pris au piège. Cette fois, il n'avait plus d'allié. Siam avait repris le contrôle de Berserkir et Lovemor lui avait tourné le dos. Sa mère ne se doutait certainement pas de ce qui était en train de se passer et son seul ami croupissait dans les cachots du bâtiment-mère de l'Ordre.

Il était seul… Désespérément seul.

Garnier, puisant dans ses dernières forces (et entre deux crachats de glaire et de sang), s'adressa une dernière fois à lui. Un dernier monologue, teinté d'espoir et de folie, que seul un homme comme lui pouvait déclarer. Rampant loin des pieds de l'Héritier, il souriait malgré les douleurs qui avaient pris possession de son corps meurtri.

— T'inquiète pas, mon ami ! L'avenir est beau ! Il se mesure à la cruauté du présent. Et un jour, loin des chaînes et des ordres, la magie retrouvera ses couleurs ! Elle sera libre et nous libèrera. Elle sera belle, à nouveau, et nos enfants vivront dans le monde que nous rêvions de leur offrir ! C'est pour cela que nous mourrons aujourd'hui, mon ami. Pour l'amour, finalement, qu'aucun coup jamais ne brisera totalement. Pour l'amour de ceux qui nous survivront et qui vivront bien dans les cendres de nos sacrifices. Car des cendres, naîtra le phénix !

Il énonça les derniers mots de cette tirade en usant de toutes ses forces restantes. Siam l'écouta, riant de sa naïveté, puis donna l'ordre de l'achever. L'Héritier s'exécuta en usant d'un sort de feu qui brûla le Meneur de Loup de l'intérieur, lui offrant un dernier instant de pure souffrance avant que ses yeux ne se mettent à fondre dans leurs orbites et que sa chair ne se calcine en prenant la teinte cendreuse du charbon refroidi. Une fois qu'il fut mort, Siam se tourna vers Aru et grimaça de dégoût et de mépris.

— Le fléau de toute existence dans nos propres rangs, dit-elle. Le premier mâle de sa race qui tenta d'ouvrir les portes à ses sœurs affamées, pour échouer si proche de la gloire. Quel dommage… Il n'est pas bon d'envoyer un mâle faire un tel travail !

— Je croyais en l'Ordre… répondit Aru qui reprenait le dessus sur ses émotions.

— Peu importe, ton avis ne compte plus de toute façon, immonde créature.

Siam marcha vers lui d'un pas assuré, les mains dans le dos et le sourire flamboyant. Elle respirait la joie d'ainsi finir ce chapitre sombre de Tenebrium et de revoir bientôt le soleil briller sur les belles illusions polluant l'esprit de ses habitants.

— Vous ne valez pas mieux, dit Ari.

— On se fiche de ce que tu penses, Gardien, rien n'empêchera le monde de tourner au rythme que nous lui avons imposé.

– C'est vrai, avoua Aru, soumis aux deux Héritiers qui le prenaient en étau. Vous avez raison… Sauf pour une chose, cheffe suprême. Je ne suis pas un Gardien.

Cette révélation, c'était à lui-même qu'il la faisait. De cette manière, il se libérait de cette apparence qu'il arborait depuis tant d'années. Il ôtait son costume et retrouvait enfin sa véritable forme. Sa propre illusion se brisait, et apparaissait enfin la créature qu'il était réellement.

Il était un Fée et il l'avait toujours été. C'était une évidence à laquelle il ne voulait plus échapper.

Siam et les Héritiers tentèrent de l'arrêter. Il y eut des sorts divers qui frappèrent le Fée de plein fouet, des éléments se déchaînèrent sur lui et des malédictions terribles, capables de condamner le plus puissant des mages à prier pour une mort salvatrice, mais la créature ne se calmait pas encore. Déchaînée, en proie à une colère brûlante améliorant chacune de ses capacités, elle survivait à chaque attaque et les repoussait même de cette magie noire et naturelle émanant de sa personne. Les Héritiers, qui n'osaient pas approcher, ne cessèrent d'envoyer leurs malédictions et leurs sorts les plus dévastateurs, jusqu'à faire trembler toute la galerie et même Berserkir, et Siam n'hésita pas à faire un usage excessif des magies interdites pour briser ce monstre terrifiant menaçant tous ses plans.

Le Fée résistait. Aru résistait. Durant de longues minutes, le combat dura, menaçant les plafonds de leur tomber dessus et de condamner à tout jamais Sous-Terre. Les Héritiers, craignant de mourir sous les effondrements, commencèrent à penser à leur fuite, diminuant naturellement leur magie pour préparer une éventuelle défense. Cela offrit l'occasion à Aru d'attaquer à son tour. Enfin, il allait déverser toute sa force. Toute sa puissance. Sans doute, emporterait-il Tenebrium dans ce déferlement de magie chaotique, mais il n'était plus en état de considérer les conséquences de ses actes.

Cependant, une rencontre mit fin à ce déploiement de magie destructrice. On entendit d'abord, au loin, une femme hurler, implorante et désespérée. Celle-ci accourut et fit son entrée dans le feu de l'action, se protégeant simplement de sorts mineurs auxquels elle était autorisée. Quand le Fée la reconnut, il repoussa une dernière fois les sorts et les malédictions, au point de faire reculer ses agresseurs et de les arrêter enfin, pour se tourner et regarder tendrement, de ses yeux vairons, Ena Lovemor.

Elle avait souffert pour venir jusqu'ici, elle était épuisée, en nage et en sang, et peut-être même sur le point de s'évanouir, mais elle était arrivée à temps. Et sans prudence, car elle avait trop souffert pour arriver jusque-là, elle contourna l'un des Héritiers et se posta devant le Fée. Elle vit la créature immense et si dangereuse, dont le faciès n'était que la représentation d'une cruauté sans failles, mais vit aussi Aru Velner, ce jeune Gardien dont elle était tombée amoureuse. De voir cette étincelle, résumant l'union de leurs âmes, lui donna le courage d'avancer.

Siam et les Héritiers laissèrent faire, profitant de l'instant pour se ressourcer. Le Fée, lui, les avait déjà oubliés, étrangement heureux de retrouver le visage d'Ena. Le visage de celle qu'il aimait, objet de tant de trouble dans son esprit.

— Je suis tellement désolée, murmura-t-elle.

Les pensées d'Aru étaient toutes tournées vers elle, mais il n'arrivait pas encore à les exprimer au moyen de mots simples. Il voulut juste lui dire qu'il ne lui en voulait pas. En réalité, il ne lui en avait jamais voulu. Il l'aimait, et cet amour pardonnait de lui-même.

Il s'approcha d'elle et voulut la toucher, quand il comprit ce qu'elle avait vraiment voulu lui dire.

Non, elle n'était pas désolée pour ce qui était arrivé dans le manoir. Elle était désolée de cette ultime trahison. Elle était désolée de lui briser le cœur une dernière fois, et cette fois avec la lame d'une Dague de Sang. Une arme faite pour annihiler toutes les espèces sans distinction, dont la valeur était de rappeler que la mort atteignait chaque personne et même les plus puissants.

Le Fée lâcha un long soupir, brisé dans son amour et ses projets, et vacilla. En un instant, il ne resta plus rien de sa grandeur. La créature était brisée. Ena recula, tremblante, et les yeux gonflés de larmes, et observa avec peine les dégâts de son œuvre. Le cœur souffrant, elle vit, de si près, l'étincelle du jeune Aru disparaître.

L'étincelle d'un amour qu'il avait gardé intact, malgré les évènements, et qui passa dans l'œil de la jeune femme. Dans un râle déchirant, le Fée s'effondra, et sa magie cessa, laissant Ena à ses larmes.

Il n'était plus. Le monde allait pouvoir retrouver le rythme imposé par l'Ordre.

— Vous avez fait ce qu'il fallait, lui jura Siam. J'ai bien fait de vous remettre cette arme… Je savais bien que la raison vous reviendrait et que vous feriez ce qui est juste.

Mais Ena ne l'entendait pas. Elle n'était à l'écoute que de ses remords. Du chagrin qui venait d'exploser en elle et des doutes qui en étaient nés.

Siam vint à sa hauteur, jeta un regard méprisant vers la créature gisant désormais dans une flaque de sang rouge vif, et posa une main sur l'épaule de la superviseuse.

– Ce monstre aurait détruit notre beau pays, dit-elle à son oreille. C'est fini, maintenant. Les gens vont pouvoir retrouver le sommeil. Les enfants seront saufs. Les Fées resteront dans leur forêt et l'harmonie peut reprendre. C'est grâce à vous.

Toujours enfermée dans sa bulle de solitude, seulement accompagnée d'une peine presque palpable, les paroles réconfortantes de la cheffe suprême continuaient de survoler son intérêt.

– Il est temps que chacun retrouve sa place, termina Siam.

Là-dessus, elle laissa la superviseuse et raccompagna les Héritiers dans l’ombre de cette galerie. Bientôt, l'heure du deuil allait passer, les gens allaient retrouver leurs occupations malsaines dans ces tunnels vicieux, Berserkir allait retrouver cette fausse indépendance dont elle se targuait et Tenebrium allait pouvoir reprendre son souffle, au plus grand plaisir de l'Ordre.

Ena, elle, resta auprès du Fée. Elle resta auprès de lui tant de temps, à pleurer encore et encore, que l'écho de son chagrin hanterait à tout jamais les galeries de Sous-Terre.

ET LE COEUR

Ce plaisir revint, naturellement, à la cheffe suprême. Cette annonce se devait d'être faite par la meilleure représentante de l'Ordre. Elle se rendit donc au dernier étage du bâtiment-mère et parla dans le microphone de son bureau servant, en de très rares occasions, à communiquer avec le pays tout entier. Elle appuya dessus, une fois que son discours fut révisé et approuvé par ses collègues les plus proches, et sa voix résonna dans tout Tenebrium par le biais de haut-parleurs accrochés sous les milliers de caméras de surveillance.

— Mes amis, mes enfants, ma famille, l'heure est à la lumière. Je suis tellement heureuse de vous annoncer que tout est rentré dans l'ordre. Ce soir, vous dormirez des deux yeux, je vous le jure, car plus rien ne pourra vous en empêcher. Nous avons retrouvé le meurtrier. Il est retourné dans les ombres qui l'avaient engendré. Les Héritiers l'ont retrouvé et l'ont brisé, prouvant une nouvelle fois leur valeur et leur détermination à veiller sur notre beau pays. Soyez donc en paix, ce soir, et demain sera un jour neuf. Les Héritiers et l'Ordre veillent sur vous, sachez-le, et continueront de remplir vos assiettes et de vous protéger. Dormez ce soir, et que vos rêves soient à nouveau beaux. Longue vie à nos peuples, longue vie à l'Ordre et longue vie à Tenebrium. Bonne soirée.

Cette annonce installa le trouble dans le cœur des manifestants et des pilleurs, et dans celui des policiers épuisés de combattre les flammes de la rébellion. Le pays se figea, égaré dans ses réflexions et ses sentiments, et le calme s'en suivit doucement. La colère s'atténua, comme si elle faisait soudainement face à elle-même et se rendait compte du ridicule de sa forme, et les habitants perdirent cette motivation brûlante qui les avait amenés dans les rues pour exprimer leurs craintes.

Tout rentrait dans l'ordre. Les gens rentraient dans leurs maisons. Les portes se claquaient. Les esprits se refroidirent et les anciennes habitudes revinrent.

Pour les Héritiers, le temps n'était pas encore au plaisir. Poussé par des objectifs bien précis, chacun partit de son côté. L'un d'eux se rendit dans le camp des mercenaires, où certains actes commis ne pouvaient être oubliés. Un terrible massacre s'y déroula, sous les yeux impuissants de Nox condamné à voir ses amis périr de la main cruelle du démon suprême. Les mercenaires tombèrent les uns après les autres, littéralement brisés (et même démembrés) par les magies noires et interdites, dont l'Héritier pouvait faire usage à sa guise. Il ranima les cadavres de la section Delta afin de poursuivre ceux qui tentaient d'échapper au courroux de l'être divin. De terrifiants alliés, embrumés par la colère et la jalousie de n'être plus de ce monde. Nox fut épargné, mais seulement pour souffrir de la pire des culpabilités et pour recevoir les châtiments prévus par l'Ordre. Il fut maudit à ne jamais trouver la paix et à ne jamais avoir la force de se donner la mort, l'obligeant ainsi à survivre dans le remords éternel, tout entouré des cadavres pourrissants et mal recomposés des membres de la B.A.D qu'il avait tenté de faire disparaître à tout jamais.

Dollos Armin, le mage d'entretien s'étant confié au jeune Gardien à propos de cette femme qu'il avait vue, fut tué également par l'un des Héritiers. Il était inconcevable qu'on tienne en vie un homme capable de retenir des informations aussi capitales. On ne retrouva jamais rien de son cadavre, ne laissant que peu d'imagination à la manière dont l'Héritier s'était débarrassé de lui, mais, de toute façon, personne ne le chercha vraiment. Sa femme voulut signaler sa disparition le lendemain au poste de police le plus proche, avant de s'évaporer à son tour dans la nature.

Le massacre ne s'arrêta pas là. Au milieu de la nuit, Korf Talran débarqua dans les cachots du bâtiment-mère et intima les Inquisiteurs d'éteindre les caméras de surveillance. Il était accompagné d'un Héritier venu rencontrer Joseph Orgull, l'orc coupable d'avoir aidé Aru Velner à se débarrasser de la Dague de Sang. Si tous les membres du personnel et les suspects présents furent saisis et impressionnés par la venue de ce demi-dieu, ce ne fut pas le cas de Jo. Il ne put cacher totalement son effroi de voir un tel monstre s'inviter dans sa cellule, car il prenait bien la moitié de l'espace, mais il se reprit vite et joua les indifférents.

— Ainsi les chiens sont lâchés, rit-il. L'Ordre doit être dans tous ses états pour oser faire appel à vous… N'ont-ils pas peur que vous preniez goût à la sauvagerie ? Que vous redeveniez les dignes successeurs de vos aïeuls ? Je vous voyais pourtant bien marcher de pair avec les Fées, propageant le chaos dans un monde qui en a tant besoin…

L'Héritier répondit de ses grondements et de ses bruits de mastications désagréables, rappelant à l'orc que cet être considéré comme un demi-dieu par les habitants de Tenebrium n'était rien d'autre qu'un animal à la solde de l'Ordre et de son propre pouvoir.

— J'aurais rêvé assister à votre déchéance, mais je pars sans regret. Je pars pour des mondes où nous ne nous reverrons jamais, sauf si je prends le temps de regarder vers le bas… Je ne vous maudirai pas, car vous l'êtes déjà, mais je vous souhaite de brûler à la lumière du jour de la libération. Aussi longue puisse être la nuit, toujours revient le…

Il ne put aller au bout de sa phrase, car l'Héritier se jeta sur lui telle une bête affamée. Korf eut un hoquet d'effroi en voyant cela, mais se contenta de tourner la tête et de fermer les yeux.

Malheureusement pour l'Ordre, persuadé de voir dans ce massacre la solution à tous leurs problèmes, il fut déçu d'apprendre que deux des Héritiers n'avaient pas rempli leurs objectifs. Le premier, resté dans les galeries souterraines pour rejoindre Berserkir, n'avait pas trouvé la fille du Meneur de Loup, même après semé le chaos parmi les Lycans. Quant au deuxième, qui était parti en direction des Vallées-Chantraine, ne trouva pas Gloria Velner dans son domaine.

La femme était déjà partie, brûlant ses traces à l'aide de ses sorts. En l'apprenant, Siam Alma ragea de l'intérieur, mais ne laissa nullement ses émotions déborder sur ses attitudes. Elle resta calme et donna des ordres précis aux Gardiens.

— Retrouvez-les. Retrouvez Gloria Velner et Anaya Garnier et ramenez-les dans les cachots du sous-sol !

— Où pensez-vous qu'elles puissent se trouver ? lui demanda l'un des Gardiens.

Siam se tourna vers Édouard Blake, son bras droit, et le regard qu'ils échangèrent en disait long sur les inquiétudes qui les animaient. Néanmoins, ils surent les garder pour eux, comme ils savaient garder bien des secrets depuis tant d'années.

— Il est peu probable qu'elles se trouvent dans les grandes villes, mais envoyez quand même un avis de recherche aux services d'intervention et aux patrouilles de sécurité. Envoyez les Inquisiteurs dans les Vallées-Chantraines, mais aussi à Jure-Grando et les régions de Kittlesen.

— Et pour le nord ?

— Envoyez-y la moitié de vos effectifs.

Cette demande étonna le Gardien. Le nord de Tenebrium, dominé par les régions de Damnaro, n'offrait que peu de chance de survie à ceux osant les traverser. Du temps des dragons, ceux-ci avaient décidé d'en faire leurs dernières terres. Ils y étaient morts, faisant de l'endroit un cimetière légendaire. La simple présence de leurs ossements provoquait encore aujourd'hui des troubles dans cette région où les saisons se mélangèrent et formèrent de violentes tempêtes incessantes, et des blizzards et des ouragans empêchant quiconque de pouvoir s'y installer.

Ce que les Gardiens ignoraient par contre, c'est qu'il permettait aussi de rejoindre une faille dans les frontières magiques séparant leur monde de celui des humains. Un savoir partagé parmi les officiers supérieurs et la cheffe suprême, mais aussi par certains agents de liaison ayant travaillé pour le compte de l'Ordre.

Dont Gloria Velner.

— Si elles se trouvent là-bas, elles ne vivront pas longtemps, remarqua le Gardien. Les tempêtes magiques les anéantiront…

— Je ne vous demande pas de réfléchir, mais d'agir ! rétorqua Siam en lui adressant un regard noir.

Le Gardien s'excusa de son audace et s'exécuta.

Quand Blake et Siam furent à nouveau seuls, bien après le départ des Gardiens, ils purent enfin exprimer leurs angoisses.

— Pensez-vous qu'elles soient de l'autre côté ? l'interrogea Blake.

— Il n'y a pas d'endroit plus sûr pour elles, désormais, répondit Siam.

— Nous ne pouvons pas y envoyer nos Gardiens ou des Inquisiteurs. Ce serait trop risqué… Même s'ils réussissent, ils risqueraient de parler.

Le visage de Siam s'assombrit à cet instant.

— Nous n'enverrons personne, déclara-t-elle. Utilisons ceux qui se trouvent déjà au-delà de nos frontières.

Ces paroles offrirent un sourire de soulagement à l'officier Blake.

Au même instant, Anaya observait les paysages animés de la ville derrière l'immense baie vitrée du restaurant. Elle buvait un café qui manquait de saveur, mais pas d'amertume, sans réussir à détourner son regard de ces gens si ordinaires courant d'un bout à l'autre de la rue. Ils se pressaient tout le temps, en prenant le bus, en entrant et sortant des taxis, en traversant la route, un peu comme si la mort était sur leurs traces. Longtemps, elle s'était demandé à quoi pouvait ressembler le monde des humains, s'imaginant des constructions extraordinaires, des moyens de locomotions futuristes et des attitudes complètement différentes des populations de Tenebrium. Pour être honnête, elle fut grandement déçue. Même si elle ne savait pas grand-chose du pays sous lequel elle avait grandi, elle le connaissait assez pour pouvoir le comparer à ce monde vide et dénué d'intérêts.

— Ce n'est pas ce que tu t'imaginais ?

Gloria Velner, assise face à la Lycane, venait de lui poser cette question. Elle buvait un thé à la menthe et paraissait bien sereine, malgré les drames qui les avaient conduites jusqu'ici.

— Je ne pensais pas dire cela un jour, mais ça manque de trolls et de gobelins ! répondit Anaya. Et les gens ont l'air de subir leur existence.

— Il ne faut pas trop leur en vouloir… Il n'y a pas de magie, par ici. Il est normal qu'ils aient l'esprit froid et le cœur sombre.

— Cette magie n'était pas si bénéfique, à Tenebrium, rétorqua Anaya.

Une serveuse vint leur proposer le menu du jour, mais Gloria refusa poliment. Quand elle fut repartie, la discussion put reprendre.

— Nous allons nous rendre vers des lieux ressemblant aux Vallées-Chantraines, à plusieurs centaines de kilomètres de la faille. Là, je pourrai acheter une maison et t'héberger le temps qu'il faudra. Ces régions seront parfaites pour s'y faire oublier.

— Pourquoi donc ? Pourquoi nous faire oublier ? Nous ne sommes plus à Tenebrium, lui rappela Anaya.

— Cela ne veut pas dire que nous sommes en sécurité. Tu ignores beaucoup de choses sur l'Ordre. Je t'apprendrai ce que je sais durant ces prochains jours, mais sache déjà ceci ; il est partout.

Anaya ne sut comment réagir face à cette terrible annonce. Elle se sentit soudain épiée et vulnérable. Loin de ses terres, de sa ville et de ses galeries, elle avait perdu sa protection et ses privilèges, lui donnant l'impression de n'être plus qu'une Lycane sauvage égarée dans un monde dont elle ne sait rien. Pour la première fois de sa vie, elle n'était plus reine, mais seulement une ombre cherchant à rester dans les ténèbres.

Gloria lui sourit, puis s'assombrit. Elle repensait à son fils qu'elle venait de perdre et son cœur se mit à saigner.

— Je suis désolée pour Aru, dit Anaya qui le pensait réellement.

— Je ne me remettrai jamais de son trépas, jamais…

Elle prit un moment pour pleurer. Elle le fit sans bruit, avec l'élégance qu'on lui connaissait, et sécha ensuite ses larmes avec un tissu.

— Je me rends compte que je ne t'ai même pas remerciée de m'avoir sauvée, reprit Gloria en essayant de se montrer forte. Si tu n'étais pas venue me chercher ce matin, je ne sais pas ce qui me serait arrivé.

— Si vous ne m'aviez pas emmenée ici, nous serions toutes les deux aux mains de l'Ordre en ce moment même. C'est vous que je devrais remercier.

Gloria ne savait pas quoi répondre, alors elle s'abstint de tout commentaire. Elles terminèrent leurs boissons et sortirent ensuite du restaurant. Pour payer leurs consommations, Gloria avait fait usage d'un sort de transformation en changeant deux mouchoirs usagés en billets de 20 euros. Il était si facile de créer de l'argent dans ce monde, et si facile de le dominer au moyen de ces simples billets, que n'importe quel magicien pouvait en devenir l'un de ces rois. Elle en venait presque à comprendre l'Ordre qui s'efforçait de les maintenir derrière les frontières pour que ce plaisir leur soit réservé.

Anaya fut troublée de découvrir la véritable utilité des métros souterrains. Gloria dut même l'arrêter lorsqu'elle voulut descendre sur les rails pour rejoindre la porte de service, comme elle l'aurait fait pour se rendre à Sous-Terre. Elles prirent ensuite deux bus et arrivèrent, vers la fin de l'après-midi, aux abords des Ardennes. Afin de mieux se situer et de repérer d'éventuels lieux où elles allaient pouvoir s'installer, elles se dirigèrent vers les collines et grimpèrent celle qui dominait toutes les autres. Une fois qu'elles abordèrent ses hauteurs, elles eurent le privilège d'avoir une vue panoramique sur la région. Les villages, dispersés sans ordre au milieu d'une nature fort bien présente, respiraient le confort et la sécurité. Aux yeux de Gloria Velner, il était certain que l'Ordre ne devait pas être implanté dans ce décor.

Du moins, elle l'espérait.

— Combien de temps allons-nous rester ici ? lui demanda Anaya.

— Je l'ignore encore.

— Serons-nous à l'abri ?

— Je l'ignore également. Nous devrons bientôt abandonner nos noms et nos passés pour nous fondre dans le paysage, oublier nos amis et nos familles, de ce qu'il en reste, et revenir quand il sera l'heure.

— Quand je reviendrai, je ne serai plus rien. J'ai abandonné les miens et ils ne me le pardonneront pas.

— Ils t'excuseront lorsque tu leur offriras la liberté…

Anaya soupira.

— Si j'y arrive.

— L'espoir est pourtant là. N'entends-tu pas les complaintes sinistres qui résonnent depuis les terres de Tervâne ? Aucune frontière ne peut les étouffer totalement. Elles savent ce qu'il se passe. Elles ont vu l'avenir et il est radieux, je te le promets.

— Aru aurait dû être là… Je m'en veux tellement pour ce qui s'est passé. J'étais aveuglée par la colère. Je n'aurais pas dû…

Gloria lui adressa un regard tendre et miséricordieux.

— Longtemps, j'ai cru en l'Ordre et en l'harmonie des peuples, expliqua-t-elle. Et un jour, il y eut cet enfant au milieu de ma route. Quand nos regards se sont échangés pour la première fois, j'ai croisé l'avenir. J'ai vu la paix et le chaos, l'un succédant à l'autre. J'ai laissé ensuite l'avenir suivre son cours, aidant au mieux mon fils, et priant qu'il ramène la véritable harmonie. J'ignorais ce qui devait arriver exactement, mais je n'ignorais pas que ça pourrait finir mal. De ça, je m'en voudrai éternellement.

— Moi, je l'avais vu… Lors de notre première rencontre, j'ai vu son aura et j'ai perçu d'horribles présages le concernant. Je devinais son importance, mais je connaissais également son triste destin. J'aurais dû le prévenir. Le mettre en garde.

— Ne t'en veux pas, jeune Lycane, lui dit Gloria avec un sourire empli de charme. Tu sauras honorer sa mémoire. À tout jamais, vous serez liés.

Anaya s'égara dans ses plus tristes pensées.

— Il aurait dû se tenir ici, avec nous. Il ne méritait pas de mourir de la sorte dans l'ombre humide et poisseuse de ces maudites galeries.

— Mort ? Il ne l'est pas vraiment. Au travers de toi… Au travers de vous, il est et restera. Ainsi était son destin. Ainsi devait être sa mort… (Elle s'assombrit et mit quelques secondes avant de sortir la tête de sa tristesse) Les raisons m'échappent encore, mais c'est de cette manière qu'il devait partir.

Gloria posa un regard doux sur Anaya.

— Mon père pensait qu'Aru était le libérateur, mais il s'est trompé. Cette erreur lui a coûté la vie…

— Aru n'était pas le libérateur, il était l'instigateur. La tyrannie de l'Ordre vacille sur un royaume branlant. Il s'effondrera sous le poids d'une nouvelle ère.

La Lycane apprécia les paroles pleines d'espoir de Gloria et passa ses fins doigts sur son ventre où un deuxième cœur battait.

Des cendres, allait naître le phénix.

Ce livre a été imprimé
en France par **ICN**

Zone Industrielle des Saligues
98, rue Louis Rabier
64300 Orthez

05 59 69 77 80
icn@imprimerie-icn.fr